노는 사람,

임동창

노는 사람,

임동창

임동창 지음

문학동네

넓다란 길
사람들은 모두 그 길 위를 걷는다.
그저 앞만 보고 걷는다.

나도 걷는다.
그런데 나는 왠지 답답하다.
그래서 가끔 뒤돌아보지만
아무것도 보이지 않는다.

차라리 더 앞으로 가고 싶어
몸부림쳐보지만
사람들의 벽에 가로막혀 나아갈 수 없다.

내 뜻대로 되는 것이 아무것도 없다.
내가 왜 나아가야 하는지,
내가 왜 이 길 위에 있는지 알 수 없다.

출발점도 보이지 않고
도착점도 보이지 않고
그저 거대한 군중의 흐름에 떠밀려 송장처럼 가고 있을 뿐이다.

더이상 견딜 수 없었다.
그래서 나는
한순간에 용수철처럼
그 거대한 흐름에서 튕겨나왔다.

홀로 무언가를 찾아 정신없이 헤매다가
좁은 골목길에 접어들었다.
골목길 양 옆으로는 판잣집들이 다닥다닥 붙어 있다.
그 많은 집에 사람은커녕 개미 새끼 한 마리 없다.
구석구석 살피며 계속 나아갔다.
답답하기는 거대한 군중에 떠밀려갈 때와 마찬가지다.

갑자기 앞이 툭 트였다.

저 멀리
모래밭과 큰 강을 지나
온통 바위로 이루어진 절벽이 보였다.
절벽 오른쪽으로는 거대한 군중의 흐름이 보였다.
그 흐름은 절벽의 뒤를 휘감고 절벽 왼쪽으로 이어졌다.
벌써 몇몇 사람들은 절벽을 타고 올라가고 있었다.

비로소 나는 알게 되었다.
사람들의 목적지를.

순식간에 모래밭과 강을 건너
가장 먼저 절벽의 정상에 오른
내 눈앞에는 황량한 벌판이 펼쳐졌다.

고개를 돌려 절벽 아래를 내려다보았다.

허무
그리고 안타까움
......

위의 글은 내가 열일곱 살 때 꾸었던 꿈 이야기다.
내 삶의 역정을 고스란히 예견한 듯한 꿈.
나는 실로 이 꿈같이 살았다.

　나는 대부분의 사람들이 휩쓸려가는 돈, 지위, 명예의 추구, 이렇게 저렇게 살아야 한다는 관습, 고정관념에 내 삶을 끼워맞추려 한 적이 없었다. 그저 내 삶의 화두를 열심히 붙들고 치열하게 공부하며 살았을 뿐이다. 나의 어리석음을 대면하고 인생의 곡절들을 굽이굽이 지나는 과정들도 모두 화두로 모여 흘러갔다.

　나 자신도, 나의 목숨도 잊은 채 오로지 화두에만 매달리던 그때, 드디어 몰입沒入이 몰아沒我로 터져나갔다. 화두 자체가 사라지고 나는 텅텅 비워졌다. 털끝 하나 남김없이 비워지고 나서야 비로소 화두가 풀렸다. 그리고 한없이 평화로운 자유 속에서 우리 조상이 물려준 놀라운 지혜, '풍류風流'를 만났다. 이제, 나는 자유로운 삶으로의 열쇠인 풍류를 많은 이들과 함께 나누려 한다.

2013. 봄
그냥 임동창

차례

🎼 프롤로그 4

❋ 입문 11

'바이올린 책' 주세요 | 처음이자 마지막 레슨비 | 두드리고 또 두드렸다 | 열리지 않는 하늘 왜 얼었을까? | 악보를 온몸으로 먹는 법 | 빨리 치는 것과 잘 친다는 것 | 몰입을 넘어 몰아로

❋ 작곡 51

작곡의 길로 | 또하나의 벽 | 내가 나를 모르는구나 | 마치 한 편의 영화를 보는 것처럼

🍀 출가 73

이놈 찾으러 왔습니다 | 이 뭐꼬? | 보리차 이야기 | 부인! 나요! | 솥을 걸어라 | 달다! 자네가 죽어야지 | 첫사랑, 다시 찾아온 별

🌱 음악가의 길 125

영감이 흘러다니는 길 | 논리는 상상력의 실체였다 | 오롯한 나만의 길을 찾아 | 운명과도 같은 전통음악 연주 | 즐거운 외도, 연극 | 모시 적삼 입고 지휘한 오페라 | 막걸리에 취하고 육자배기에 취하고 | 사물놀이와의 만남 | 대중과의 만남 | 우리 음악의 큰 스승들 | 외국 전통음악과의 만남 | 전설이 된 기와집

🍃 **전통음악** 187

우리 가락 | 세상의 모든 음양 | 오행과 5음음계 | 신비로운 묘수 | 얼과 말 | 시김새 | 흥과 신명

🌼 **화두를 풀다** 229

사랑 공부 | 사랑이란 무엇인가 | 동창이 밝았느냐 | 허튼가락, 자유의 음악 | 이천오백 년 전 나의 친구, 공자 | 허망하기 그지없는 숙제풀이

✿ **풍류** 263

효재처럼 | 아리랑, 아리랑 | 전통음악의 현대화 | 살아 꿈틀대는 피아노, 피앗고 | 딴따라 음악, 여민락 | 새로운 만남 | 흥이 날 때까지 기다려주는 일 | 마음의 중심을 잡는 것 삶의 기술을 익히는 공부 | 몸과 마음을 풀어라 | 풍류

🎼 **에필로그** 320

입문

*

나는 피아노의 소리 못지않게
피아노의 냄새에 매료되었다.
꽃을 찾아드는 벌, 나비처럼
나는 피아노 주변에서
도무지 헤어날 수 없었다.

‘바이올린 책’ 주세요*

열다섯 살, 중학교 2학년 첫 음악시간이었다. 당시 나는 수업이고 뭐고 관심이 없던 개구쟁이였다. 휴대전화도 컴퓨터도 없던 시절이라 방학하면 학교 친구들이랑은 연락두절이었다. 두 달 만에 만난 친구들이 얼마나 반가웠던지 선생님의 꾸중도 뒷전이었다.

친구들과 함께 신나게 떠들고 있노라니 김정권 음악 선생님이 다 포기하신 듯 일단 들어보라며 〈고향집〉이라는 노래를 피아노로 연주해주셨다.

고향집에 홀로 계신 어머님 그리워

벌레 우는 가을밤을 달 함께 샙니다

오막살이 작은 집에 벗 삼을 이 없는 밤을

호젓하고 외로워서 어이 지내시나

아무도 관심이 없었다. 그런데 하필 그 선율이 벼락처럼 내 몸에 들어왔다. 마치 신이 내리듯. 수업을 마치기가 무섭게 선생님께 달려갔다.

"선생님, 음악실 열쇠 좀 주세요."

"왜?"

"피아노 좀 치게요."

"이 녀석이? 네가 난데없이 무슨 피아노를 쳐?"

"좀 주세요. 쳐보고 싶어서 그래요."

조르고 졸라서 열쇠를 받아 음악실에 들어가 피아노 앞에 앉았다. 불현듯 몸속으로 들어와버린 피아노 소리를 가만히 손가락 끝으로 끄집어내기 시작했다. 오른손은 멜로디, 왼손은 '도솔미솔'…… 그 자리에서 〈고향집〉을 악보도 없이 비슷하게 흉내내어 쳤다. 잘 된다. 신기한 일이었다. 둘째날도 음악실에 가서 뚱땅뚱땅 피아노를 쳤다. 너무 잘 되었다. 그런데 잘 되자마자 재미가 없어졌다. 너무 잘 되니까 심심해진 것이다.

'어떻게 해야 신이 날까?'

왼손을 두 배로 빠르게 쳤다. 완전히 신난다. 삼 일째 되니까 나는 완전히 붕 떠버렸다. 머릿속에는 온통 피아노 생각뿐이었다.

"선생님! 음악실 열쇠 좀……"

"이제 안 돼! 치려면 정식으로 치든지, 이 녀석이 장난하는 것도 아니고…… 이게 뭐하는 거야!"

"정식으로 치는 게 어떻게 하는 건데요?"

선생님 말씀인즉 '바이올린 책'을 사서 공부를 하라는 것이었다. 피아노를 치려면 바이올린 책을 사서 음악 공부를 기초부터 제대로 해야 한다니 난데없다 싶었지만 그렇게 하겠다고 하고 곧바로 헌책방으로 갔다.

"아저씨, 바이올린 책 주세요."

"바이올린 뭐?"

"그냥 바이올린 책이요."

"임마, 너 바이올린 뭐 하는데? 자세히 말해야 책을 주지."

"아니요, 저는 피아노 칠 건데요……"

"피아노? 근데 왜 바이올린 책이야?"

"선생님이 바이올린 책을 사서 공부하라고 하시던 걸요."

"피아노는 어디 치는데?"

"아직 잘 못 쳐요. 이제 배우려구요."

"야, 이놈아! 그럼 바이올린이 아니고 바이엘이야!"

바이올린은 들어봤어도 '바이엘'이란 말은 들어본 적이 없는 나는 선생님이 분명히 바이엘이라고 하셨을 텐데 바이올린으로 잘못 알아들었던 것이다. 어쨌든 바이엘 책을 사가지고 가서 보여드리자 선생님은 비로소 음악실 열쇠를 내어주셨다. 그날부터 나는 아예 학교 음악실에서 살았다. 친구들의 도시락을 얻어먹으며 집에도 가지 않고 음악실에서 자고 일어나 죽자고 피아노만 두드렸다. '정식으로 친다'는 것은 악보를 보고 그 악보대로 치는 것이었다. 그런데 내게 악보란 고스란히 암호 뭉치였다. 아무런 해설도 없고, 누가 가르쳐주는 사람도, 참고할 만한 자료도 없었다. 모든 것을 스스로 해결해야만 했다. 무식한 방법이었지만 무조건 감각만 가지고 두드리고 또 두드리는 수밖에 없었다. 그것이 내가 피아노에 입문한 방식이었다.

지금도 기억이 생생하다. 그때 나는 피아노의 소리 못지않게 피아노의 냄새에 매료되었다. 그 냄새는 가난한 나에게는 부의 상징처럼 느껴지기도 했고, 예쁘고 귀한 집 딸에게서 나는 향수 냄새처럼 느껴지기도 했다. 그 냄새는 끊임없이 나를 피아노로 끌어들였다. 꽃을 찾아드는 벌, 나비처럼 이 냄새에 빠져든 나는 피아노 주변에서 도무지 헤어날 수가 없었다.

처음이자 마지막 레슨비*

그해 겨울은 유난히 추웠다. 잠은 집에서 잤지만, 음악실은 너무 추워서 온종일 피아노만 두드리는 데도 손이 곱아서 건반을 제대로 짚기가 힘들 정도였다. 건반에 손가락 끝이 닿으면 면도날로 긋는 것처럼 찌릿찌릿 전율이 일곤 했다. 겨우 손가락을 움직여 한 시간 정도 치고 나면 그제야 내 체온으로 건반에 조금 온기가 흘렀다.

보다못한 이형구 음악 선생님께서 동료 선생님들께 말씀드려 음악실 피아노를 숙직실로 옮겨주셨다. 따뜻한 숙직실에서 연습하라는 배려였다. 음악실에 비하면 숙직실은 천국이었다. 하지만 막상 그곳에서는 마음 편하게 피아노를 연습할 수 없었다. 선생님들께서 휴식도 취하고 대화도 나누고 하는 곳에서 시도 때도 없이 시끄럽게 피아노를 두드릴 수는 없는 노릇이었다. 결국 음악 선생님께 부탁해서 피아노를 다시 음악실로 옮겨놓게 되었다. 추웠지만 역시 그편이 마음이 편했다. 당시 나는 악보를 살 돈이 없어서 선생님께 악보를 빌려다가 내 손으로 베껴 그려가며 피아노를 맹렬히 연습하고 있었다. 피아노에 입문한 지 대략 일 년쯤 지난 뒤였다. 어느 날 음악 선생님이 말씀하셨다.

"3월 15일 학예발표회 때 피아노 독주를 해봐라."

곡도 정해주셨다. 모차르트 피아노소나타 K331 제3악장. 일명 〈터키 행진곡〉이다. 선생님께서는 음반도 들려주셨다. 나로서는 첫번째 검증의 자리였다. 그저 연습만 많이 하면 되겠지 싶었다. 달리 배운 바가 없었기 때문에 음반에서 흘러나오는 소리는 나에게 모범답안이었고, 그 모범답안과 똑같이 치지 못하면 죽는 줄 알았다. 그래서 정말 죽어라 연습했다. 그런데 이게 웬일인가. 연습을 하면 할수록 오히려 두려워지기 시작했다. 힘을 주고 치면 순발력이 떨어지고, 힘을 빼고 치면 소리가 부실해졌다. 아무리 연습해도 음반에서 들었던 소리를 낼 수가 없었다. 어찌어찌 학예발표회는 끝났다. 부끄러워서 미칠 것 같았다. 괴로워서 견딜 수 없었다. 어떻게 해야 원하는 대로 쳐질까?

'아! 이래서 배우는구나……"

너무나 답답한 마음에 군산에서 최고 부자들이 모여산다는 월명동을 찾아갔다. 무작정 그 일대를 돌아다니다보니 어느 한 집에 유독 피아노 책을 든 아이들이 많이 들락거리는 걸 볼 수 있었다. 피아노 레슨을 하는 집이 분명했다.

'좋다. 저 집이다.'

용기를 내서 집 안으로 들어갔다. 그곳에서 잊을 수 없는 나의 첫 번째 스승 이길환 선생님을 만났다. 한 달 레슨비는 삼천 원이라고 했다. 그 돈은 당시 우리 아버지의 한 달치 월급과 같았다. 게다가 선불이란다. 가당찮은 액수였다. 불가능하다는 걸 알면서도 간절한 마음에 일단 집으로 돌아와 어머니께 졸랐다. 그런데 놀랍게도 어머니는 얼마 후 아무런 말씀 없이 내 손에 삼천 원을 쥐어주셨다.

그렇게 첫 레슨이 시작되었다. 그야말로 '정식'으로 시작된 음악교육이었다. 그렇게 한 달이 다 되어가던 어느 날, 갑자기 이길환 선생님이 내게 말씀하셨다.

"다음달부터 레슨비 가져오지 마라."

지금껏 그 까닭을 알 수 없다. 아마도 내가 찢어지게 가난한 집의 자식임을 어떤 단서로 짐작하셨던 것이리라. 어쨌든 고맙고 또 고마운 일이었다. 덕분에 이후로 나는 레슨비 없이 이길환 선생님 밑에서 체계적인 음악수업을 받으며 피아노뿐 아니라 작곡까지 공부할 수 있게 되었다. 삼천 원은 내 인생의 처음이자 마지막 레슨비였다.

두드리고 또 두드렸다 *

고등학교 2학년, 마침내 나는 학교도 안 가고 피아노 연습에만 몰두하기 시작했다. 어느 날 담임선생님이신 노춘길 선생님이 나를 교무실로 불렀다.

"왜 학교에 안 나오는 거냐?"

"피아노 치느라구요."

"피아노를 치느라구 학교를 안 나온다는 게 말이 되냐?"

"거짓말이 아니니 달리 드릴 말씀은 없습니다."

"음…… 나쁜 짓 하고 돌아다니느라 그런 것은 아니지만, 그래도 이놈아, 피아노를 쳐도 학교는 다니면서 쳐야지."

나중에 알게 된 일이지만 담임선생님은 우리 어머니를 불러 아들을 잘 설득해서 학교에 나오게 해달라고 하셨고, 그래도 내가 말을 듣지 않자 나를 어떻게든 학교에 나오도록 하기 위해 어머니와 함께 많은 궁리를 하셨다고 한다. 억지로 윽박지르거나 교칙대로 처리하지 않으시고 이런저런 방도를 고민해주셨다는 점에서 참으로 고마운 분이 아닐 수 없다. 어쨌든 당시에는 담임선생님으로서도 별 뾰족한 방법을 찾지 못했는지 결국 매를 드셨다.

"앞으로 하루 결석하면 삼십 대씩 때리겠다."

삼십 대를 맞았다. 이틀을 결석하고 난 뒤 또 불려갔다.

"이틀 결석했으니 육십 대 맞아라."

육십 대를 맞았다. 다 맞고 나자 선생님이 말씀하셨다.

"동창아, 학교 다닐래 피아노 칠래?"

"선생님. 저 학교 다닐 시간 없어요. 피아노 치기에도 바쁩니다."

선생님은 기가 막히다는 듯 나를 빤히 쳐다보셨다.

"너는 말로도 안 되고 매로도 안 되고…… 나는 너를 이해할 수 없구나. 그럼 자퇴원서를 써라. 앞으로 하루만 더 결석하면 그날부터 너는 자퇴가 되는 거다. 알겠냐?"

'나는 너를 이해할 수 없구나.' 포기하듯 내뱉은 선생님의 이 말씀이 내게는 오히려 시원하게 들렸다. 나를 위해 최선을 다 하셨음에도 뜻대로 되지 않는다는 것, 그래서 내린 결론이 곧 '이해할 수 없음'인 것이다. '드디어 포기하시는 건가…… 이제 학교에 불려 다닐 일이 없겠구나.'

어떤 카타르시스가 느껴지면서 나는 오히려 뛸 듯이 기뻤다. 바로 그 순간 선생님은 비로소 나를 이해하신 것 같았다. 선생님의 '이해할 수 없음'이란 다른 말로 하면 '나쁜 짓을 하느라고 그런 것도 아니고, 가난해서 돈을 벌기 위해 그런 것도 아니고, 오직 피아노에 미쳐서 그러는 너를 내가 더이상 어찌해볼 도리가 없구나!'인 것이다.

나는 여전히 학교에 가지 않고 피아노만 쳤다. 일 년쯤 흐른 후 이길환 선생님은 내게 적어도 고등학교는 졸업해야 한다고 간곡히 권유하셨다. 나는 그렇다면 주간학교는 싫고 야간학교를 다니겠다고 했다. 야간학교는 출석을 엄격하게 따지지 않는 걸로 들었기 때문이다. 학교를 가려고 보니 노춘길 선생님이 3학년으로 진급은 시켜놓고 자퇴 처리를 해놓아 야간학교 3학년으로 편입할 수 있었다. 그럼에도 여전히 학교에는 적만 두고 피아노랑 같이 살았다. 결국 야간학교에서도 출석일수 미달, 성적 미달로 졸업식이 끝난 후 두 달 동안 교무실로 출석해 공부도 하고 시험도 봐야 했다. 워낙에 결석을 밥 먹듯 해서 확실히 졸업이 됐는지 어떤지도 알 수 없는 상태로 고등학교를 마쳤다. 십 년 뒤, 뒤늦게 대학에 들어갈 때에야 정식으로 졸업 처리가 되었다는 사실을 알았다.

열리지 않는 하늘 ✽

학교를 거의 나가지 않게 되면서 나는 거처를 교회로 옮겼다. 교회 옥상으로 이어지는 계단 틈의 창고로 쓰는 조그만 공간에 매트리스를 놓고 숙식을 하게 되었다. 낮에는 이길환 선생님 댁에서 레슨을 받고, 아침과 저녁에는 교회 피아노로 연습을 하고, 밤에는 계단 틈에서 잠을 잤다.

당시에 이길환 선생님은 그 교회의 장로 격인 집사를 맡고 계셨다. 성가대원들의 절대적인 존경과 사랑을 받으며 성가대 반주도 하셨다. 어느 날 선생님이 성가대 반주 자리를 내게 물려주셨다. 영광스럽기도 하고 떨리기도 했다. 그날부터 성가대 반주를 한다는 구실로 교회는 나의 집이자 최고의 연습실이 되었다.

하루는 아무도 없는 텅 빈 교회에서 혼자 연습하고 있는데 낯모르는 여학생이 조용히 들어와 근처에 앉았다. 연습이 끝나면 나하고 이야기를 나누고 싶었던 모양이다. 하지만 나는 눈길 한번 주지 않고 열심히 피아노만 두드렸다. 서너 시간 정도 지나 고개를 들어보니 그 여학생은 어느새 사라지고 보이지 않았다. 아무리 기다려도 말 붙일 틈이 보이지 않으니 조용히 돌아간 모양이었다. 그런 일이 여러 번이었다.

어느 무더운 여름날이었다. 교회에서 땀을 줄줄 흘리며 연습 삼매경에 빠져 있는데, 나와 반주를 맞춰보기로 한 성악 공부하는 여학생이 박카스 한 병을 사 들고 들어왔다. 연습에 몰두해 있는 나를 본 여학생은 피아노 건반 끝 빈자리에 슬며시 병을 내려놓았다. 그 여학생이 온 것을 안 나는 하던 연습을 마무리하기 위해 더욱 몰두해 건반을 두드렸다. 시원한 음료수를 두고도 바보처럼 땀을 뻘뻘 흘리면서 건반을 두드려대는 내 모습을 보고 답답했던지 그 여학생은 병을 집어 내 눈앞에 들이댔다. 나는 계속 피아노를 쳤다. 이번에는 아예 병뚜껑을 열고 시원할 때 얼른 먹고 연습하라는 뜻으로 내 눈앞에서 흔들어 보였다. 그 여학생이 흔들어대는 병이 악보를 보는 시야를 가리자 나는 자연스럽게 병과 반대 방향으로 머리를 흔들면서 건반을 두드렸다. 결국 그 여학생이 내 입에다 병을 대줬다. 나는 어쩔 수 없이 음료수를 마시면서 계속 피아노를 쳤다. 내가 생각해도 참 징그러울 정도였다.

당시 나는 새벽기도가 끝나는 소리를 듣자마자 옥상에서 달려내려와 건반을 두드리기 시작해서 잠자러 올라가기 전까지 계속 피아노를 두드리는 생활을 반복했다. 교회에 아예 붙어 있던 수호집사님 댁은 물론 교회건물과 다닥다닥 붙어 있는 집에 살던 분들이 얼마나 많은 불편을 겪었을까 생각하면 지금도 송구한 마음이다. 하지만 연습에 미쳐 있던 그때는 그런 생각을 전혀 하지 못했다.

당시 교회 옆 건물에 신경성 위장병을 앓고 있는 아주머니 한 분이 살고 계셨다. 하루종일 피아노 소리가 들리니까 장로님한테 피아노 좀 그만 치게 해달라고 이야기를 하셨던 모양이다. 장로님은 이길환 선생님께 이야기하고, 선생님은 나한테 이야기를 하셨다. 그래도 아랑곳 않고 나는 계속 두드렸다.

결국 그 아주머니가 나를 직접 찾아오셨다.

"학생…… 다른 데 가서 피아노 치면 안 될까?"

"왜요?"

"내가 신경성 위장병이 있는데…… 하루종일 피아노 소리를 들으니까 너무 힘들어서 살 수가 없어."

"그러면 이사 가세요."

"아니, 뭐 이런 학생이 다 있어!"

맹랑한 나의 반응에 아주머니는 결국 크게 화를 내며 돌아갔다. 그 당시 나는 정신없이 피아노에 몰입해 있던 상태였기 때문에 다른 사람의 불편을 헤아릴 여유라곤 전혀 없었다. 지금 생각해도 너무 죄송하고 가슴 아픈 기억이다.

한번은 후배 여학생이 내게 물었다.

"오빠, 배울 게 뭐 있다고 여기 있어? 서울로 가지."

"저 강아지들이 짖는 소리도, 사모님 잔소리도 모두 내게는 가르침의 소리로 들려."

실제로 내게 소리의 내용이나 성격은 아무 상관이 없었다. 어떠한 소리든 당시의 내게는 모두 가르침의 소리였다. 내 정신이 온통 '어떻게 해야 피아노를 잘 칠 수 있을까'라는 문제로 똘똘 뭉쳐 있었기 때문에 그런 지극한 몰두의 상태에서 무슨 소리가 나면 매순간 정신이 번쩍 들곤 했다. 방금 들린 바로 그 소리가 피아노를 잘 칠 수 있는 비법을 일러주는 소리 같았기 때문이다. 들리는 소리만 그런 것이 아니었다. 무엇을 보아도 그랬다. 무엇을 먹어도 그랬다. 무엇을 해도 그랬다. 나에게 일어나는 모든 일이 그랬다.

내 모든 시간과 사유가 피아노를 중심으로 돌아갔다. 연습하러 교회에 가는 길에 소변이 몹시 마렵다고 느껴도, 막상 교회 문을 열면 바로 오른쪽에 있는 화장실을 그냥 지나쳐버리고 멀리 있는 피아노 앞에 가서 두드리는 것부터 시작할 정도였다. 그렇게 한 번 앉으면 열여섯 시간 이상을 내리 두드려댔다.

여름에는 내가 흘린 땀 때문에 발이 질퍽거렸고, 겨울에는 내 체온으로 건반에서 김이 피어올랐다. 건반은 마모되어 뒤틀렸고 피아노 페달에는 급기야 구멍이 났다. 조율사가 피아노를 열어보고는 현을 때리는 해머가 닳아 양털가루가 바닥에 몇 센티미터씩 쌓여 있는 걸 보고 혀를 내둘렀다.

어느 날 옥상 계단 틈에 자려고 누워 맑은 하늘의 반짝이는 은하수를 보고 있다가 나도 모르게 눈물을 흘렸다.

'이렇게 열심히 두드려도 문이 열리지 않는구나……'

그 맑은 하늘을 주먹으로 쳐서 "펑!" 뚫고 싶었다. 나는 유명한 연주자가 되어 관객의 환호 속에 살고 싶다든가 돈을 많이 벌겠다든가 교수가 되고 싶다든가 하는 꿈은 꾸지 않았다. 오직 어떻게 해야 잘 칠 수 있을까, 어떻게 해야 자유롭게 연주할 수 있을까, 그 숙제를 풀고 싶었다. 그러기 위해 두드리고 두드리고 또 두드렸다.

왜 얼었을까? *

그 무렵 어떻게 먹고 살았는지는 잘 기억이 나지 않는다. 백이십 원 짜리 삼립식빵 한 봉지로 일주일을 먹고 남을 때도 있었다. 수호집사 님 댁에서 얻어먹기 일쑤였다. 한마디로 거지처럼 살았다고밖에는 달리 설명할 길이 없다.

어느 날 이길환 선생님이 나를 불러 앉히고는 아예 집에 들어와 살 라고 말씀하셨다. 하루아침에 거지에서 왕으로 형편이 바뀌었다. 나 중에 선생님께 여쭈었다.

"왜 저를 들어와서 살라고 하셨어요?"

"어느 날 점심을 먹으려고 부엌문을 열고 들어갔는데 창문 밖으로 네가 보이더라. 추운 겨울인데…… 교회 담벼락에 기대어 햇볕을 쬐면서 고구마를 까먹고 있더라고.”

이길환 선생님은 그렇게 순박하고 따뜻한 분이셨다.

어느 날 이길환 선생님께서 제1회『월간음악』콩쿠르에 나가라고 말씀하셨다. 콩쿠르에 나간다는 것이 무슨 뜻인지도 몰랐지만 선생님 말씀이라 거역하기 힘들었다. 전라북도와 전라남도를 묶어 광주에서 예선을 치렀다. 베토벤 피아노소나타 4번 제1악장. 쉽게 통과했다. 심사하던 교수님들이 연필을 놓고 감상했다고 했다. 심사위원이었던 전남대학교의 한 교수님은 내가 원하기만 한다면 4년 장학생으로 받아주겠다는 제안도 하셨다.

서울에서의 본선은 한양대학교 대강당에서 열렸다. 무대 중앙에 피아노 한 대가 있었고 음악잡지에서만 보던 심사위원들이 피아노를 둘러싸고 앉아 있었다. 무대 위로 나가 앉으니 심장이 멎는 것 같았다.

리스트의 〈헝가리안 랩소디〉 제8번 F샵단조. 도살장에 끌려가는 소처럼 덜덜 떨다 완전히 정신을 놓치고 말았다. 어떻게 곡을 끌고 갔는지도 모른 채 정신을 차려보니 연주는 이미 끝나고 나는 밖에 나와 서성대고 있었다. 왜 얼었을까? 왜 정신을 놓고 쳤을까?

고등부 일등이라는 소식을 전해 들었지만 전혀 기쁘지 않았다. 시상식장에 차마 갈 수 없었다. 나는 줄곧 ‘왜 얼었을까?’ 하는 의문에만 붙들려 있었다.

“주최 측에서 오빠 찾아.”

후배의 닦달에 뒤늦게 정신을 차리고 심사위원들을 찾아갔다.

"학생이 아니라 대가여, 대가."

"음악성이 좋구나! 우리 학교로 와라."

고마운 말씀들이었다. 그러나 관심이 가지 않았다. 작곡된 곡을 작곡된 대로 연습해서 한 치의 착오도 없이 연주하는 것, 끝없는 연습을 통해 그 룰을 몸에 밸 정도로 익히는 것, 그러한 배움에는 이미 흥미를 잃어가고 있었다. 나는 어떻게 하면 그 정해진 룰 안에서 마치 룰이 없는 것처럼 자유롭게, 털끝만큼의 부담도 없이 연주할 수 있을까 하는 문제를 해결하고 싶었다. 하지만 이는 누구의 도움을 받아 해결될 문제가 아니었다.

집으로 내려오는 고속버스 안에서도 내 생각은 온통 '왜 얼었을까?'뿐이었다. 돌아와 피아노 앞에 다시 앉아서도 마찬가지였다. 이길환 선생님께 여쭤보았다. 선생님도 무대 위에서 얼었던 경험이 있는지.

"내가 십대 때 쇼팽의 〈즉흥환상곡〉을 사람들 앞에서 연주할 기회가 있었지. 그때 얼마나 얼었는지 갑자기 건반들이 일어선 것처럼 보였어. 시작할 때 G샵을 쳐야 하는데 엉뚱하게도 C샵을 쳐버렸지. 앞이 캄캄하더라. 그러고는 엉망진창이 되어버렸어. 그때의 무대공포증 때문에 나는 연주자의 꿈을 접었단다."

그렇다면 나는 왜 얼었던 것일까? 지방도시 촌놈이 잡지에서만 보던 대가들에 둘러싸여 피아노를 치다보니 긴장해서 그랬던 것일까? 하지만 그것만으로는 이해가 되지 않았다. 시작음, 중간에 한 번의

미스터치, 그리고 끝음 외에는 어떻게 쳤는지 전혀 기억이 나지 않았다. 그 상황이 충격적이었고 도저히 용납이 되지 않았다.

나는 콩쿠르 상황을 다시 재현해보았다. 바짝 얼어 있던 상태로 다시 피아노를 쳐본 것이다. 그랬더니 뭔가 보이기 시작했다. 그것은 바로 내가 놓쳤던 것, 내가 찾아야 했던 나만의 것이었다.

악보를 온몸으로 먹는 법 ✱

악보를 외우는 방법에는 여러 가지가 있다. 먼저 악보를 보고 치다가 저절로 외워지는 경우가 있다. 피아노를 치는 대부분의 사람들에게 널리 퍼져 있는 방법이다. 그러나 외워서 치는 것은 맹목적으로 손가락을 길들이게 되므로 잘 치다가도 한 번 막히면 이어가기가 어렵고, 끊임없이 연습하지 않으면 곧 잊어버리게 된다. 특히 평소 연습하던 상황과 다른 상황에 놓이게 되면 그 많은 연습을 왜 했는지 도무지 이해가 안 될 정도로 앞이 캄캄해진다. 그래서 나는 다른 방법을 찾기 위해 피아노 연주법에 관한 여러 책을 뒤적였다.

우선 악보를 '영상'으로 떠올리는 방법이 있다. 책에서 쓰인 대로 몇 번 시도해보았으나 차라리 악보를 보고 치는 편이 훨씬 낫다고 생각해 이 방법은 바로 버렸다.

　두번째로 악보를 분석하여 외운 후 연주하는 방법이 있다. 우선 악보만 보고 분석하여 외운다. 그러고 나서 빈 오선지에 악보를 그려본다. 완벽하게 그릴 수 있을 때까지. 다음에 피아노 앞에 앉아 치기 시작한다. 이 방법은 아주 마음에 들었다. 먼저 두뇌 활동을 통해 외우고, 그 외운 상태로 손가락을 다스려 치는 방법이기 때문에 콩쿠르나 입시 때와 같이 평소 연습 상황과 다른 어려운 상황에서도 정신을 차리기 좋다고 생각했다. 특히 작곡도 공부하던 내게 분석은 늘 하는 일이라서 이 방법에 더욱 매력을 느꼈다. 나는 한 시간에 4페이지를 외워서 그대로 그려보는가 하면, 일주일에 베토벤 소나타 한 곡을 음 하나 안 틀리고 외워서 연주해보기도 했다.

　그러나 이 역시 전적으로 만족할 수는 없었다. 분석하고 외우기 위해서 머리를 너무 많이 쓰다보니 지겹고 재미가 없었기 때문이다. 그렇다면 어떻게 외우는 것이 가장 좋을까? 간편하고 확실한 방법, 나에게 가장 잘 맞는 방법을 찾아야 했다. 내가 찾은 답은 악보를 온몸으로 '먹는' 것이었다. 그것이 바로 내가 찾아야 했던 나만의 방법이었다.

　악보를 온몸으로 먹는 법이란 이런 것이다. 악보를 눈으로 보고 치되 건반을 누르는 손가락의 감각이 팔의 감각으로 이어지고 팔의 감각이 온몸의 감각으로 이어지는, 그리고 귀에 들려오는 소리가 건반을 두드리는 온몸의 감각에 짜릿짜릿한 쾌감을 불어넣어주는, 그 하나하나의 모든 감각을 섬세하게 느끼는 것이다. 다시 말하면, 악보와 내 몸이 감각적으로 하나가 되고 소리와 몸이 영적으로 하나가 되게 하는 방법이다. 이 방법이야말로 악보에 쓰인 모든 것을 가장 빠르고 정확하게 외울 수 있을 뿐만 아니라 피아노 연주의 모든 문제를 해결하는 신묘한 방법이다.

운지법에서도 마찬가지로 나만의 방법을 찾아야 했다. 콩쿠르를 재현해보니 일반적으로 알려진 운지법의 부자연스러움이 새삼 느껴졌다. 어떤 음을 어떤 손가락으로 칠 것인지를 철저히 탐구했다.

양손 모두 엄지는 1번, 검지는 2번, 중지는 3번, 약지는 4번, 소지는 5번이라 부른다. 예를 들어 다장조 음계를 오른손으로 친다면 아래 악보처럼 1 2 3 + 1 2 3 4 의 운지법에 문제가 없다.

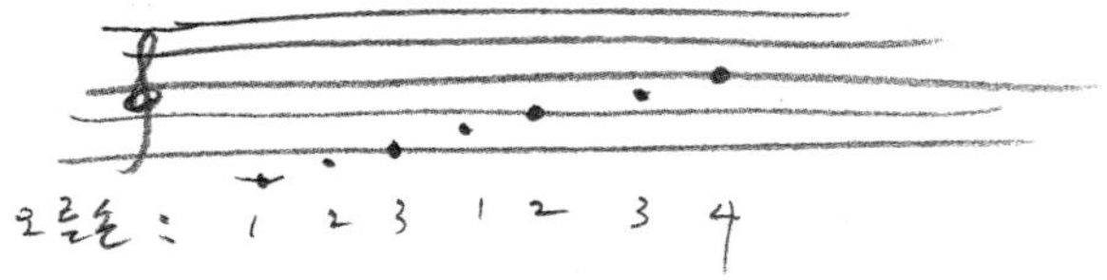

그러나 그다음 악보처럼 라단조의 음계를 1 2 3 + 1 2 3 4 로 연주하게 되면 문제가 생긴다.

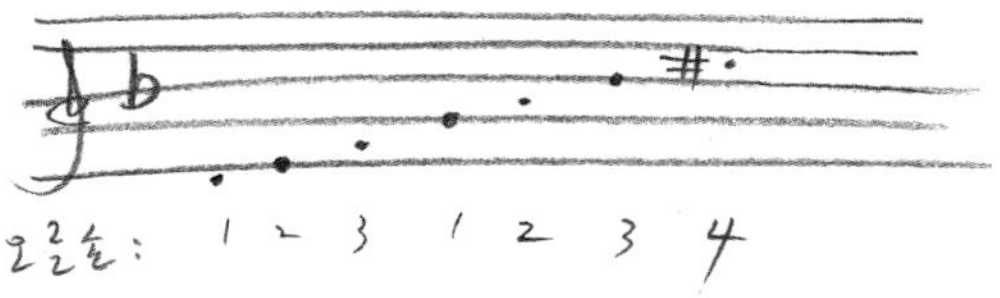

피아노 건반을 살펴보자.

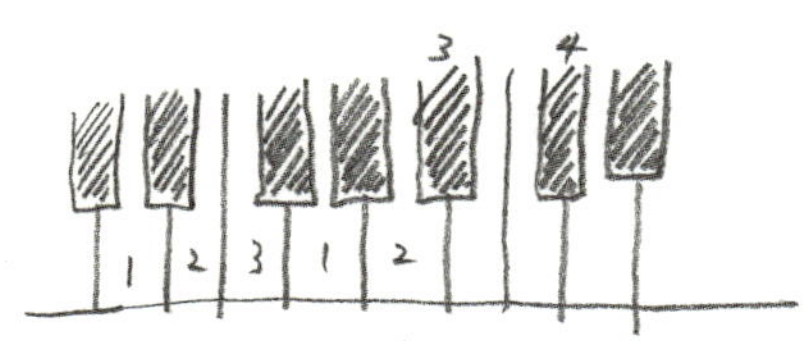

　모든 사람은 3번 손가락과 4번 손가락 사이가 다른 손가락 사이보다 좁다. 4번 손가락이 3번 손가락에 기생하기 때문이다. 또한 4번 손가락은 손가락 중에서 그 힘이 가장 약하기도 하다. 그런데 건반을 살펴보면 B플랫과 C샵은 이 음계에서 가장 간격이 넓은 곳이다. 바로 이곳을 간격이 가장 좁은 3번과 4번 손가락으로 연주하였으니 나도 모르는 사이에 얼마나 많은 험난한 일을 겪은 것인가.

　이처럼 구조적인 문제 때문에 생기는 불편함도 연습을 통해 극복해야 한다는 고정관념에 사로잡혀 쓸데없이 엄청난 시간을 낭비했던 것이다. 그래서 바꾸어보았다. 그랬더니 아주 편해졌다. 속이 시원했다. 행복해졌다.

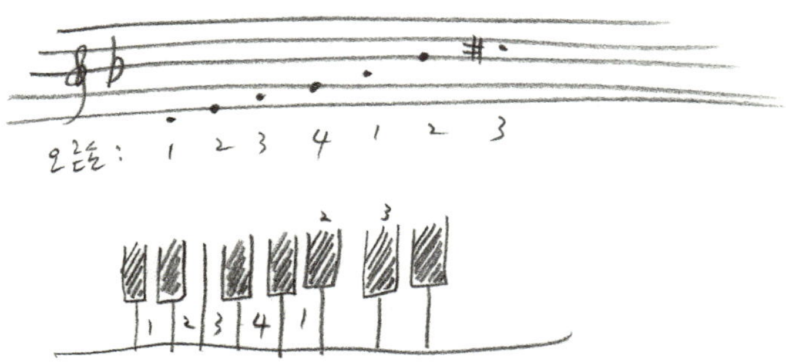

운지법에서 가장 중요한 것은 1번 손가락의 역할이다. 한 집안은 다섯 명의 가족으로 이루어져 있다. 1번 손가락은 아버지, 2번 손가락은 첫째 딸, 3번 손가락은 아들, 4번 손가락은 둘째 딸, 5번 손가락은 어머니. 이들은 모두 생김새가 다르고 힘도 다르기 때문에 그 역할 또한 서로 다르다. 그중에서도 가족의 흥망성쇠를 좌우하는 절대적인 역할을 하는 것이 바로 아버지다. 그래서 1번 손가락은 때로는 힘을 빼서 나머지 네 손가락을 자유롭게 노닐 수 있도록 도와주기도 하고 때로는 힘을 써서 나머지 네 손가락에 힘을 북돋워주기도 한다. 이것을 깨달은 후부터 나는 다섯 손가락의 으뜸인 엄지손가락을 위한 특별연습을 하기 시작했다. 한 집안의 가장인 아버지를 위한 특별교육처럼.

아주 어렸을 때 일이다. 어느 날 내가 뒷집에 사는 형하고 싸웠다. 어머니는 나를 데리고 집으로 돌아와 회초리로 내 종아리를 때리셨다. 나는 내가 잘못한 것이 없는데 왜 때리느냐고 항변했다. 그러고는 분이 풀리지 않아 부뚜막에 앉아 씩씩거리고 있었다. 아버지가 퇴근해서 집에 돌아오셨다. 나를 보고 왜 그러느냐고 하시기에 자초지종을 이야기했더니 아버지는 내 손을 잡고 어머니와 함께 뒷집에 가자고 하셨다. 뒷집에 가서 아버지가 어떻게 무슨 말을 했는지 정확히 기억은 나지 않는다. 하지만 그날 뒷집 식구들과 우리 집 식구들은 평화롭게 화해하고 두 집 모두 기분 좋은 저녁시간을 보냈던 것으로 기억한다.

아버지의 역할은 피아노 연주에서 1번 손가락과 같다. 1번 손가락의 특징과 역할이 확연해짐에 따라 나머지 네 손가락의 특징과 역할도 명확해졌다. 그리고 서로 다른 다섯 손가락이 어떻게 서로서로 도우며 일을 해결해나가야 할지를 알게 되었다.

빨리 치는 것과 잘 친다는 것 *

빨리 치는 문제를 살펴보자. 일반적으로, 악보가 어느 정도 눈에 익으면 제 속도로 칠 수 있도록 손가락을 길들이는 연습을 하게 된다. 그런데 이 방법으로는 잘 되도 잘 되지 않아도 문제가 생긴다.

첫번째, 연습을 해서 잘 되는 경우다. 물론 빠른 악구를 쉽게 잘 칠 수 있다면 일단 기분은 좋다. 그러나 아무리 쉽게 잘 치는 재능을 타고난 사람이라도 연습은 하면 할수록 불안해질 수밖에 없다. 결국 자신감은 사라지고 스트레스만 남게 된다.

군대를 제대하고 독산동에 있는 피아노학원에서 강사를 할 때의 일이다. 초등학교 6학년 여학생이 예술중학교 진학을 준비하고 있었는데, 준비기간은 육 개월뿐이었다. 나는 이 학생에게 사 개월이 지나도록 입시곡을 연습시키지 않았다. 그 대신 전반적인 수준을 끌어올릴 수 있는 곡들을 두루 공부시켰다. 입시곡의 군데군데 숨어 있는 어려운 부분과 비슷하거나 그보다는 조금 쉬운 곡들을 연습시켰던 것이다.

학원의 원장선생님과 학생의 부모는 걱정이 태산 같았다. 다른 학생들은 입시곡이 발표되기가 무섭게 그 곡 하나만 파고들기 때문이다. 그래도 나는 아랑곳없이 이 학생의 여러 재능과 수준을 분석하여 기본기를 끌어올리는 공부를 계속해나갔다. 시험을 한 달 반 정도 앞둔 시점에서야 비로소 입시곡을 연습시키기 시작했다. 결과는 합격이었다. 그로부터 일 년이 흐른 어느 날, 중학교 1학년생이 된 그 여학생이 나를 찾아왔다.

"선생님, 레슨 다시 받고 싶어요."

"왜?"

"퇴보하는 것 같아요."

"한 번 쳐봐라."

나는 일 년 만에 이 학생의 연주를 들었다. 연주가 끝나고 나서 내가 말했다.

"이 곡 얼마나 쳤니?"

"육 개월이요."

"가르치는 선생님께 이 곡으로 칭찬 들은 적 있니?"

"예."

“언제?”

“곡 시작하고 한 달 반인가 두 달쯤 되었을 때요. 그러니까 외운 지 얼마 안 됐을 때요.”

“그러면 나머지 사 개월은 어땠는데?”

“연습을 아무리 해도 칭찬받았을 때처럼 안 되더라구요. 그런데 선생님은 연습 부족이라고, 연습을 많이 하란 말씀만 하셨어요.”

이 학생은 사 개월 이상을 낭비했을 뿐만 아니라 가슴속에 절망의 씨앗을 품기 시작했다. 싱그러운 각성이 사라진 기계적인 길들임의 결론이다.

두번째, 연습을 많이 해도 잘 안되는 경우다. 내가 베토벤의 피아노소나타 〈비창〉 제1악장을 공부할 때였다. 이길환 선생님께서 음반을 들려주셨다. 훌륭한 연주였는데, 특히 제1악장의 제2주제 선율의 연주가 나를 사로잡았다. 그것은 다름 아닌 수식음의 연주법이었다.

첫번째 악보를 두번째 악보처럼 수식음의 연주시간을 바로 앞 음의 길이에서 훔쳐오는 것이다. 이를 이해하기 쉽게 악보로 그려보면 아래와 같다.

이길환 선생님께서는 이렇게 연주하는 방식이 '현대주법'이라고 말씀하셨다. 나는 이 연주법에 홀딱 반해버렸다. 그래서 그 매혹적인 소리를 내기 위해 무조건 연습했다. 그러나 내 머릿속에는 원래 악보에 쓰인 대로 이미 인식이 박혀 있어서 들리는 소리를 온전히 따라갈 수 없었다. 악보 인식 체계가 꼬이면서 손가락도 꼬여 소리가 아예 뭉개져버렸고, 연주하기 쉬운 아래의 '고전주법'으로도 회복되지 않았다.

괴롭고 고통스러웠다. 나는 많은 시간을 낭비했을 뿐만 아니라 쉽게 칠 수 있는 원래의 방법조차도 잊어버리게 되었다.

그렇다면, 어떻게 해야 정말 빠르고 정확하게 잘 칠 수 있을까? 내

결론은 이랬다.

먼저 악보를 정확하게 읽는다. 그리고 운지법을 정한다. 그런 다음 악보를 온몸으로 먹어치운다. 여기까지가 본격적인 연습에 들어가기 위한 준비 단계다. 이때 필요한 매우 중요한 조건이 하나 있다. 그것은 사람마다 빠르게 칠 수 있는 재능이 다르다는 사실을 인정하는 것이다. 여러 사람이 달리기를 했을 경우, 어떤 사람은 아주 빠르고 어떤 사람은 적당히 빠르고 어떤 사람은 느리고 어떤 사람은 아주 느린 것과 같은 이치다.

이제 본격적인 빨리 치기 연습으로 들어간다. 이때 중요한 것은 초롱초롱한 의식을 유지하여 건반을 두드리는 손가락의 감각을 단 한 순간도 놓치지 않아야 한다는 것이다. 몸은 부드럽고 마음은 평화로운 상태가 깨지지 않을 정도의 빠르기로 연습해야 한다. 정해진 속도를 그대로 따라서 치는 것이 아니라, 내 마음이 손가락과 함께 가도록 쳐야 한다. 전에는 내 마음은 안 가고 손가락만 갔기 때문에 떨었다. 마음이 딴짓을 하고 있으니까 손가락이 내 마음대로 안 되었던 것이다. 아무리 빠른 악구라도 천천히 치면서 내 마음이 함께 가게 되면 내 몸과 마음이 완전히 하나가 되어 다른 것이 들어올 틈이 없게 된다. 그렇게 하고 하고 또 하다보면 나도 모르게 피아노 치는 손이 빨라지게 된다. 속도를 높여주는 주인인 초롱초롱한 의식을 놓치지 않아야 하고, 몸과 마음은 자연스럽게 속도를 높이는 기계가 되어야 한다는 것이다. 이렇게 되면 빨리 치기는 저절로 이루어지는 자연스러운 현상일 뿐이고 비로소 빨리 치기에 대한 모든 두려움을 없앨 수 있게 된다.

　내가 연주한 리스트의 〈헝가리안 랩소디〉 제8번 F샵단조는 무척 아름답고 슬픈 곡이다. 하지만 바로 그 매력 때문에 나는 얼고 말았다. 느낌은 눈에 보이지 않는 마음의 세계이지만 손가락이 건반을 두드려 소리를 내는 것은 눈에 보이는 몸의 세계다. 오디오를 예로 들면 오디오에 있어서 마음은 전기이고 몸은 기계다. 전기는 연습의 대상이 아니지만 기계는 철저한 연습의 대상이다. 좋은 소리를 내기 위해서는 좋은 부속의 결합이 중요하다. 그런데 나는 엉성한 기계에 강력한 전기만 흘려보냈던 셈이다. 내 속에서 끌어올린 아름답고 슬픈 느낌이 오히려 내게 독이 되었던 것이다. 마치 물고기가 물속에서 물을 먹고 죽는 것처럼.

　음악에 대한 느낌은 곡을 처음 대했을 때 그 한번이면 족한 것이다. 슬픈 것, 즐거운 것, 심각한 것, 우울한 것…… 뭐가 됐든 그 감정이나 느낌, 이러저러한 마음의 상태에 붙들리지 않고 물고기가 물속에서 자유롭게 노닐 듯 밝고 초롱초롱한 마음의 상태로 연습해야 한다.

　이제야 비로소 정교하고 치밀하게 연습할 수 있게 되었다. ‘나는 왜 얼었을까?’라는 질문을 통해 얼지 않는 나만의 방법을 찾을 수 있게 되었다.

　당시 이길환 선생님은 다른 제자들에게 이렇게 말씀하셨다고 한다.

　“동창이처럼 열심히 하는 놈은 책에서도 어디에서도 본 적이 없다.”

나는 목숨을 걸고 피아노를 친 것이 아니라 실로 목숨을 잊어버리고 피아노를 쳤다. 내가 주로 연습하던 교회의 피아노 건반은 누렇게 변한 채 가운데가 패고, 피아노 페달은 결국 구멍이 났다.

그러던 어느 날이었다. 너무 열심히 연습한 나머지 더이상 건반을 두드릴 힘조차 남아 있지 않았다. 겨우 숨만 붙어 있었고 그저 연습하던 버릇으로 피아노 의자에 앉았다. 쇼팽의 〈그랜드 폴로네이즈〉 E플랫장조…… 무의식중에 손이 건반 위를 훑고 있었다. 완전히 지쳐 기진맥진하여 내 힘으로는 아무것도 할 수 없는 그때, 무어라 이름 붙일 수 없는 그 무엇이 나를 움직였다. 건반을 기가 막히게 잘 치고 있는 내가 있었다. 그 모습을 또다른 내가 지켜보고 있었다.

'어! 아, 이거구나!'

앞이 환해졌다. 내가 사라짐으로써 자유로워짐을 깨닫는 순간이었다. 기쁨에 겨워 홀로 흥얼거리며 덩실덩실 춤을 췄다. 찰나에 달라진 나. 그러나 아무도 이러한 사실을 알 리 없었다.

그날 이후 내게는 연습이라는 무겁고 어두운 그림자가 사라졌다. 푸른색 안경을 쓰고 보면 푸르게 보이고 붉은색 안경을 쓰고 보면 모두 붉게 보이는 것처럼 그동안 나를 지배했던 안경이 사라졌다. 고정관념이 사라진 것이다. 돼지 눈에는 돼지만 보이고 부처 눈에는 부처만 보인다는 말처럼 내 눈, 곧 모든 고정관념의 뿌리가 뽑혀나갔다.

그러자 모든 사람이 달리 보였다. 천재로 보였다. 드러나 보이는 재능과 그 재능의 크기가 다를 뿐 모든 사람에게 내재된 재능의 원천은 같다는 것을 깨달았다. 모양과 색깔, 그리고 크기가 다른 그릇이 존재할 뿐, 작으면 작은 대로 크면 큰 대로 어떤 모양이든 어떤 색깔이든 어떤 크기이든 모든 그릇은 그 그릇 자체로 이미 완벽하다는 것을 알게 되었다.

그러므로 아무것도 가르칠 것이 없었다. 가르친다는 것은 모자란 것을 채우는 것이 아니라 어디까지나 그 천재를 '깨우는' 데 역할이 있다는 것을 알게 되었다. 당연히 다른 사람을 깨우기 위해서는 내가 먼저 깨어나야 한다. 먼저 깨어난 사람이 다른 사람을 깨우는 일, 이것이 가르치는 일이다. 마찬가지로 먼저 깨어난 사람이 깨울 때 벌떡 일어나려고 노력하는 일, 이것이 배우는 일이다. 나머지는 저절로 된다. 다만 깨어나지 못한 사람이 남을 깨우려드니 자꾸 문제가 되는 것이고, 깨워도 일어날 노력을 하지 않으니 또 문제가 되는 것이다.

몰입을 넘어 몰아로*

몸과 마음이 완벽하게 풀어진 상태에서 피아노를 쳐보았다. 손가락이 건반을 치면 소리가 난다는 사실이 새삼 신비스럽게 느껴졌다. 한음 한 음을 칠 때마다 그 신비로운 느낌은 텅 비워진 내 몸을 채우고, 자유로운 마음은 어느덧 춤추기 시작했다. 그렇게 점점 신명이 차오르면서 아무 일도 하지 않아도 모든 일이 절로 된다는 것을 새삼 느끼게 되었다.

고정관념은 모든 것을 선과 악으로 구분한다. 옳고 그름, 좋고 나쁨, 잘하고 못하고, 잘 치고 못 치고. 그래서 비교하게 되고, 경쟁하게 되고, 싸우게 된다. 자유롭게 연주하기 위해서는 그 어떤 틀도 없어야 한다. 틀이 사라지면 싸움이 사라지고, 싸움이 사라지면 경쟁이 사라지고, 경쟁이 사라지면 비교가 사라진다. 비교가 사라지면 잘 치고 못 치고, 잘하고 못하고, 좋고 나쁨, 옳고 그름을 나누는 고정관념이 깨진다. 고정관념이 깨지면 영혼이 자유로워진다.

어느 날 한 학생이 내게 말했다.

"피아노는 너무 좋은데 손도 작고 손가락도 짧고 팔도 짧아서 치다가 포기했어요."

그래서 내가 말했다.

"그렇다면 피아노를 정말 좋아했던 것이 아니구먼."

지금의 피아노는 우리보다 손이 훨씬 큰 서양 사람들이 만든 악기라서 그들보다 손이 작고 손가락이 짧은 동양의 대다수 사람들은 피아노 앞에서 절망하기 십상이다. 뿐만 아니라 그들이 만들어내는 음악은 그들의 영혼 상태를 그들의 기술로 표현한 것이므로 그들과 심성이 다른 우리가 서양음악을 공부한다는 것은 엄청나게 어려운 일일 수밖에 없다. 이 역시 절망할 일인 것이다.

그러나 생각을 바꿔보자. 손이 작다면 현재의 피아노를 작은 손에 맞도록 개조하면 될 일 아닌가. 건반의 크기를 줄이는 것이다. 실제로 나는 피아노 제작 전문가인 친구와 아주 오래전부터 이 문제를 상의했다. 심지어 일자로 평평하

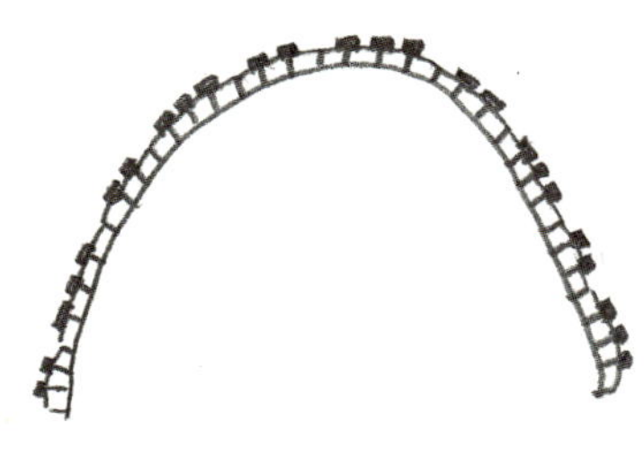

게 되어 있는 건반을 반타원형으로 만들자고 제안한 적도 있다. 아코디언처럼 매고 칠 수 있게. 건반의 크기도 줄이고.

특히 이 형태는 팔이 짧아도 문제가 없을 뿐만 아니라 에너지를 밖으로 뿜어내는 것보다 안으로 머금는 성품을 지닌 우리 민족에 훨씬 잘 어울리기도 하다. 아직 현실화하지는 못했지만 언젠가는 가능한 일이지 않을까.

또한 영혼과 기술의 문제는 고정관념만 떨쳐내면 해결이 가능하다. 자신의 형편에 맞게 자신의 음악을 만들어 자신이 직접 연주하면 그만이다.

하루는 어떤 여학생이 내게 물었다.

"저는 음악성이 없어서 아무래도 포기해야 할까 봐요."

내가 되물었다.

"음악성이 뭔데?"

"감정표현 같은 거요."

"남자친구 있지?"

"예."

"남자친구 사랑하니?"

"그럼요. 생각만 해도 가슴이 떨리는데요."

"지금 사랑하는 그 남자친구 외에 또 가슴 떨리는 남자가 있니?"

"아뇨! 다른 남자는 관심도 없어요!"

"그렇다면 너는 음악에 관심이 없는 거지 음악성이 없는 건 아냐."

"예? 그게 무슨 말씀이세요?"

"지금 사귀는 남자친구가 첫사랑이니?"

"아니요."

"그것 봐라. 사랑은 변함없이 늘 있는 것이고, 사랑의 대상은 없을 수도 있고, 있어도 언제든지 바뀔 수 있는 것이지. 늘 잠재되어 있는 사랑, 그것이 음악성이란 것이다. 음악성은 연습의 대상이 아니야. 관심만 있으면 음악성은 저절로 튀어나와. 떨림이 없는 연애를 할 수 있겠니?"

"아니요. 죽어도 못 해요."

"네가 치는 음악에 관심을 가져봐. 그래도 안 되면 그만둬."

어느 날 나한테 배우는 학생이 내게 말했다.

"선생님, 피아노 치는 건 재밌는데 연습하는 건 재미없어요."

"그럼 연습하지 말고 쳐."

"예?"

"당연한 얘기잖아. 재미없는 연습을 뭐하러 해?"

"근데 저는 피아니스트가 꿈이에요. 그 꿈을 이루려면 엄청난 노력을 해야 하잖아요."

"그렇지. 그런데 네가 말하는 엄청난 노력이라는 게 대체 뭐야?"

"적어도 하루에 여덟 시간 이상은 연습해야 하는데 저는 하루에 한 시간도 겨우 하거든요.”

“나머지 시간에는 뭘 하는데?”

“책도 보고 친구들이랑 수다도 떨고 영화도 보고 인터넷도 하고……”

“좋아, 정리해보자. 꿈이 피아니스트라고 했지?”

“예.”

“연습을 많이 해야 한다고 생각하지?”

“예.”

“그런데 실제로는 연습을 아주 조금 하고 있지?”

“예.”

“괜찮아. 연습은 하루에 십 분만 해도 돼.”

“정말요?”

“다만 그 십 분만큼은 완전히 몰입된 상태가 돼야 해. 그 어떤 것도 범접할 수 없는 몰입 상태, 그 신성한 상태 말이야. 이것이 네가 엄청나게 노력해야 할 일이야. 그거면 돼.”

“저는 피아노도 잘 칠 뿐만 아니라 훌륭하고 멋진 사람도 되고 싶어요. 그런데 많은 전문가를 만나봤지만 그분들의 능력과 삶의 질이 일치하는 경우를 별로 본 적이 없어요. 이것은 불가능한 일인가요?”

“음악에서 깨우침이 오면 삶이 거듭나. 도공이 불 때는 걸로 비유하면, 몰두는 ‘봉통불’ 때는 거야. 가마를 덥히는 거지. 이때는 이것저것 온갖 나무를 집어넣어서 불을 질러. 그러면 매캐하고 검은, 짙은 연기가 많이 나지. 불길이 열정적으로 활활 타올라 예열이 끝나면 이제 잘 마른 소나무만 때서 가마 온도를 1300도 이상으로 올려. 이 온도가 넘어가면 활활 타오르던 불길은 정지 상태가 돼. 불꽃이 추는 춤도 더이상 볼 수가 없어. 이게 몰입이야. 몰입이 되면 곧 몰아가 돼. 흙이 비로소 도자기로 거듭나는 거지."

평소에 연습이 없는 나를 보고 어떤 학생이 물었다.

"대부분 공부라고 하면 연습과 훈련을 반복하고 그렇게 해서 한 단계 올라가면 또 그걸 유지하기 위해 또 연습을 하고 그러는 걸로 이해하잖아요. 세계적인 대가들도 나이 들어서까지 매일 몇 시간씩 연습한다는 걸 커다란 미덕으로 알고요. 그런데 선생님은 스무 살 이후로는 연습을 안 하시고, 그런데도 연주는 다 하시고. 이해가 안 돼요."

"너 밥 먹을 때 밥 먹는 연습하고 먹냐?"

"아니요."

'나는 왜 얼었을까'라는 참담한 자기 질문에서 시작하여 기술적인 고착 상태를 벗어날 수 있는 방법을 고민하고, 몰입과 몰아의 경지로 나아가야 한다는 지향을 얻게 되기까지…… 그것은 신이 내리듯 피아노 소리가 몸에 들어와 미친 듯이 건반을 두드려댄 지 오 년 만에 내가 도달한 자리였다.

작곡

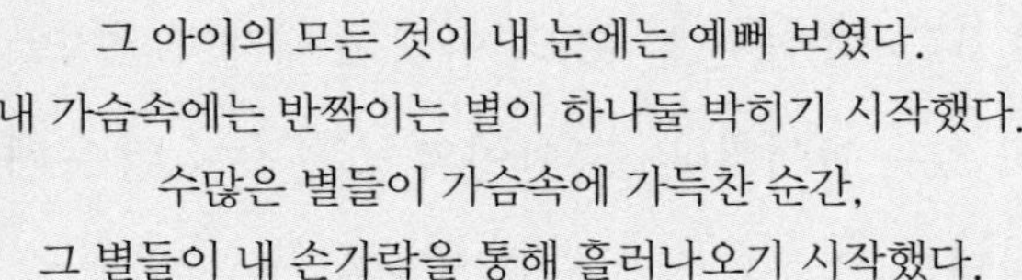

그 아이의 모든 것이 내 눈에는 예뻐 보였다.
내 가슴속에는 반짝이는 별이 하나둘 박히기 시작했다.
수많은 별들이 가슴속에 가득찬 순간,
그 별들이 내 손가락을 통해 흘러나오기 시작했다.

✱ 작곡의 길로

고등학교 1학년 때, 나는 한 여학생을 무척 좋아했다. 피아노를 잘 치니까 예뻐 보였고, 부모 도움을 받아 다달이 은행에서 새 돈을 찾아다 새하얀 봉투에 레슨비 넣어서 이길환 선생님께 갖다드리는 것도 부러웠다. 내 처지에서 볼 때 그 아이는 내가 부러워할 만한 모든 걸 다 갖추고 있는 아이였다. 그 아이의 모든 것이 내 눈에는 예뻐 보였다. 무엇보다도 그 무렵 나는 사춘기였다.

레슨이 끝나고 그 아이가 집으로 돌아가는 밤이면 꼭 집까지 데려다주곤 했다. 그런 밤마다 내 가슴속에는 반짝이는 별이 하나둘 박히기 시작했다. 그러다가 결국에는 밤하늘의 별처럼 수많은 별들이 내 가슴속에 가득찼다. 마침내 이 별들이 내 손가락을 통해 흘러나오기 시작했다. 자연스럽게 작곡을 하게 된 것이다.

'아! 이것이 작곡이구나. 이것이 진짜 음악을 하는 거구나.'

엄청난 희열을 느꼈다. 바흐도 베토벤도 쇼팽도 브람스도 모두 자기 음악을 만들었다. 내가 죽어라 연습하고 있는 그 모든 음악이 지금 내가 이렇게 느끼듯이 그들이 어느 순간 절실히 느꼈을 별들의 흔적일 것이다.

첫사랑의 에너지는 모두 음악이 되어 거침없이 흘러나왔다. 잠도 오지 않았다. 24시간 내내 흥분 상태로 곡을 만들고 또 만들었다. 이 무렵 나는 영감이 떠오르는 이치와 그 실상을 알게 되었다. 완벽하게 몰두하면 바로 영감이 튀어나온다는 것이었다. 한순간에 완벽하게 꽂히지 않으면 바로 튀어나오지 않으므로 공을 들여야 한다. 이것은 기도하는 마음과 같다. 기도란 꽂힌 상태가 백 퍼센트가 될 때까지 공을 들이는 것이다. 그래서 공들이는 정도에 따라 영감이 튀어나오는 시간이 달라진다.

그러나 한 순간에 백 퍼센트 꽂혀 바로 나오든 공을 들여 어렵게 나오든 그것은 모두 땡감에 불과했다. 왜냐하면 내가 만든 음악이지만 내 음악이 아니기 때문이다. 희열에 들떠 있는 시간들이 지나자 어느 순간 필연처럼 회의가 찾아왔다. 내 가슴속의 별들이 한 마디 멜로디가 되어 나오든 유장한 소나타가 되어 나오든 그것은 바흐, 하이든, 모차르트, 베토벤, 슈베르트, 쇼팽, 브람스, 리스트, 드뷔시,

라벨, 쇤베르크의 흉내내기에 불과했다. 그래서 결심했다. 작곡에 대한 전문적인 공부를 해야겠다고.

"선생님! 저 작곡할래요."

다짜고짜 이길환 선생님께 졸랐다.

"안 돼. 작곡은 배고파. 우리나라에는 남자 피아니스트가 귀한데다가 너는 쓸 만하니까 연주가로 나가야 한다."

"싫어요, 저는 작곡할래요."

어떻게 안 할 수 있겠는가. 음악의 원천이 터져버렸는데. 나는 선생님의 만류에도 불구하고 당시 서울대에서 쓰던 화성법 교재를 구해 보았다. 등사한 자료인지라 글씨들은 흐릿했고 한자투성이여서 읽기 어려웠지만 그런 것은 문제가 되지 않았다. 나는 선생님 몰래 혼자서 화성법 공부를 끝낸 후 소나타 한 곡, 변주곡 한 곡을 썼다.

어느 날 선생님께 작곡한 악보를 보여드리며 말했다.

"제가 작곡한 곡인데 한번 들어봐주세요."

이길환 선생님은 악보를 찬찬히 들여다보시며 내 연주를 끝까지 다 들어주셨다.

"좋네. 작곡해도 되겠구나."

날아갈 듯이 기뻤다. 허락이 떨어진 것이다. 이제는 몰래 공부할 필요도 없고, 어려운 부분에서는 선생님의 도움을 구할 수도 있게 되었다.

✳ 또 하나의 벽

혼자서 공부하며 작곡을 하다보니 별난 경험을 하기도 했다. 한번은 작곡을 하다가 방 벽에 기대어 살짝 잠이 들었다. 그런데 꿈속에서도 계속 작곡을 하고 있었다. 잠들기 전에 작곡을 하다 부자연스럽다고 느낀 부분을 꿈속에서도 계속 붙들고 고민하고 있었던 것이다. 그때 갑자기 수염이 허연 할아버지가 나타나 이렇게 저렇게 해보라고 일러주셨다. 깜짝 놀라 잠에서 깨어나 할아버지가 일러준 대로 고쳐보았더니 부자연스럽다고 고민했던 부분이 해결되는 게 아닌가! 희한한 경험이었다.

또 한번은 당시 최고 작곡가라는 분께 레슨을 받고 싶어 무작정 서울로 올라간 적이 있다. 레슨에 앞서 숙식이 문제인지라 피아노학원

강사 자리를 알아보았으나 아무도 받아주지 않았다. 고등학생 신분이었기 때문이다. 할 수 없이 다른 아르바이트 자리를 알아보았으나 서울에서 숙식을 해결하며 레슨비까지 벌 수 있는 일거리는 하나도 없었다. 어쩔 수 없이 다시 군산으로 내려와 독학을 할 수밖에 없었다. 그래서 이왕 독학을 할 바에야 목숨을 걸고 해보자는 생각이 들어 이번에는 이길환 선생님께 부탁을 드려보았다.

"선생님, 변산반도 깊은 산속에 저 혼자 살 수 있는 초가집 하나만 지어주시면 안 될까요. 가장 낡은 피아노 한 대만 주시고 다달이 먹을 쌀만 좀 보내주세요. 저는 공부만 하고 싶습니다."

이길환 선생님은 나의 무모하고 황당한 부탁을 들어주지 않으셨다. 답답한 마음으로 지내던 어느 날, 이길환 선생님을 사사하고 서울대 작곡과를 나와 이화여고 음악교사를 하고 있던 선배 형이 수박 한 덩이를 들고 나타났다. 반가운 마음에 악보부터 가져다 안겼다.

"형! 내가 곡을 썼는데 좀 봐줘!"

"모르겠다. 내가 봐서는 무슨 말을 못하겠으니 백병동 교수님께 보여드리고 얘기해줄게."

그로부터 얼마 후 선배로부터 전화가 걸려왔다.

"교수님께서 곡을 쭈욱 훑어보시더니 가장 먼저 물으시더라. 곡을 쓴 사람이 기성 작곡가냐, 학생이냐 하고. 그래서 고등학교 1학년생이라고 말씀드렸지."

"그랬더니 뭐라셔?"

"조금 놀라는 눈치셨어. 그러고는, 음악은 다 되었는데 학생이니까 기술 위주로 곡을 쓰도록 하라고……"

"기술?"

"기법 말이야."

"기술, 기법이라……"

혼자서 공부하던 내가 처음으로 들은 조언이었다. 고무된 나는 당장 명동에 있는 음악사를 찾아가서 작곡기법과 관련된 책을 모조리 긁어왔다. 나는 그 책들을 분석하고 흉내내면서 그야말로 책들이 모두 구멍 나도록 파고 또 팠다. 새벽이면 이길환 선생님을 깨워 일본어로 된 작곡이론 서적들을 내밀며 읽어달라고 하고 열심히 받아 적었다.

여기 집 한 채가 있다. 그 집을 자세히 뜯어보고 한 치의 오차도 없이 그 집의 설계도를 그리는 일이 분석이다. 그렇게 분석한 내용을 토대로 새로운 집을 지어보는 것이 흉내내는 것이다.

여기 명곡 하나가 있다. 보통 사람들은 그 음악이 주는 느낌에 푹 빠져 감상하는 데 그칠 것이다. 하지만 전문적으로 음악을 공부하는 사람이라면 그 느낌이 구체적으로 어떤 기술을 통해 구현되는 것인지를 파헤쳐보게 된다. 그것이 분석이다. 그리고 분석했던 기술을 응용해서 새로운 느낌의 곡을 써보는 것이 흉내내기다. 나는 이 과정을 수도 없이 반복해나갔다.

서양의 바로크 시대부터 쇤베르크 시대까지의 작품을 분석하고,

오로지 기술에만 매달리다가 드디어 '이제 기술은 됐다' 싶어 '지금부터 내 음악을 만들어보자' 하고 달려들었다. 그런데 이게 웬일인가. 아무것도 떠오르지 않았다. 음표 하나도 그릴 수 없었다. 오 년 전 처음 작곡을 시작했을 때는 모방에 불과했을지언정 주체할 수 없이 마구 쏟아져나오더니 지금은 꽉 막혀 음표 하나 그릴 수 없었다. 이게 대체 어찌된 일인가?

열심히 노력하여 좋은 오디오 기계를 만들었는데, 기계를 가동시킬 전기가 없어졌다. 오롯한 내 음악을 만들겠다고 작곡 공부를 본격적으로 시작했고 기법을 익히고 나면 자연스럽게 음악이 나올 줄 알았다. 그렇다면 지금까지 공부한 것은 무엇이란 말인가. 아무리 노력해도 나다운 곡은 나오지 않았다. 노력하면 할수록 오히려 답답함만 커져갔다. 연필을 놓고 산책하며 사색을 하기 시작했다.

✽ 내가 나를 모르는구나

손을 풀기 위해 그저 기술적으로 오선지 위에 곡을 쓰고 있었다. 집 중력이 떨어져 잠시 쉬려고 연필을 놓고 고개를 뒤로 젖혔다. 그때 안방에 있는 괘종시계 소리가 들려왔다. '댕, 댕, 댕'

'어! 벌써 새벽 세시란 말인가?'

책상 위에 놓여 있는 탁상시계를 보았더니 아직 열두시밖에 안 됐다. 시계가 죽었나 싶어 귀를 대어보니 째깍거리는 소리가 분명히 들렸다. 방문을 열고 나와 복도를 지나 선생님께서 주무시는 안방 문 앞에 섰다.

"선생님…… 주무세요?"

"아니, 테레비 본다."

"죄송하지만, 지금 몇시나 되었습니까?"

"열두시다."

"방금 시계가 몇 번 쳤어요?"

"열두 번 쳤잖냐, 이놈아."

내 귀가 소리를 듣는 것이 아니었다. 그렇다면 귀를 통해서 듣는 놈이 내 속에 따로 있구나. 이놈이 진짜 '나'로구나. 이 진짜 '나'는 어디에 있을까.

배고프면 밥 먹고, 졸리면 자고, 잘 만큼 잤으면 일어나서 활동하는 나…… 그 모든 것이 나인 줄 알았는데 그것이 허깨비였다. 내 속에 보이지 않는 뭔가가, 보이지 않는 진짜 내가 따로 있었다. 그런데 찾을 수 없었다. 자동차가 굴러가는데 운전자가 보이지 않는 것이었다. 보이지도 않고, 소리도 없고, 냄새도 없고, 느낌도 없고, 만져지지도 않지만 없는 것은 아니다. 분명하게 있으나 다만 찾을 수 없다. 결국 내가 나를 모르는 것이었다. 내가 나를 모르는데 어찌 내 음악을 쓸 수 있을까!

느닷없는 존재론적 문제에 봉착한 나는 난감했다. 나를 먼저 알아야 한다. 나를 알려면 어떻게 해야 할까? 며칠 동안 끙끙대다가 중학생 때 불교 공부하는 친구를 따라 어떤 선생님 댁에 놀러갔던 일이 떠올랐다. 그때 만난 문연풍 선생님은 어린 우리들이 이해하기 쉽도록 불교의 세계관에 대해 친절히 설명해주셨다.

답답한 마음에 문연풍 선생님을 찾아갔다. 선생님을 만나 내가 직

면해 있는 고민을 말씀드렸더니 불교 서적 두 권을 주셨다.

"먼저 이 책을 다 읽고 와라."

집에 돌아오자마자 책을 펴들었는데, 얼마쯤 읽다보니 이것이 아니다 싶었다. 다음날 아침 일찍 다시 선생님을 찾아갔다.

"선생님 제가 원하는 것은 이것이 아닙니다."

"그럼 뭔데?"

"보이지 않는 나의 실체를 찾기 위해 필요한 구체적이고 확실한 공부가 무엇인지 알고 싶습니다."

"그래? 그러면 참선을 해야겠구먼."

"참선이 뭡니까?"

"모든 분별 망상과 지식을 버리고 오직 알 수 없음의 힘으로 '참나'를 찾아가는 것이지.

"그럼 저도 참선을 해야겠습니다. 어떻게 하면 참선을 배울 수 있습니까?"

"출가를 할 수 있겠니?"

"출가가 뭡니까?"

"중이 되는 것이지."

"중이 되겠습니다. 어떻게 하면 중이 될 수 있는지 선생님께서 도와주세요."

"그럼…… 먼저 부모님께 허락을 받아와라."

나는 그 길로 집으로 달려가 어머니에게 거의 일방적인 통보 형식으로 출가 결심을 알렸다. 이길환 선생님도 너무 어이가 없었는지 하직인사를 드리는 순간까지도 아무 말씀이 없으셨다.

나는 문연풍 선생님과 인연이 있다는 큰스님을 뵙기 위해 인천 용화사를 찾아 길을 떠났다. 문연풍 선생님은 일부러 하루 결근을 하시고 내 것까지 버스표를 끊어 나와 동행해주셨다. 고속버스 안에서 나는 내내 눈을 감고 있었다. 문연풍 선생님도 아무 말씀이 없으셨다. 누가 보아도 무모하고 엉뚱한 결심이었다. 중이 되기 위해 떠나는 길, 마치 한 편의 영화를 보는 것처럼 어려서부터 지금까지 살아온 내 삶이 눈앞에 펼쳐지기 시작했다.

✽마치 한 편의 영화를 보는 것처럼

나는 어렸을 때부터 쾌활했다. 어느 상황에서든 잘 놀았다. 그런데 신나게 노는 것보다 좋은 것은 혼자 있는 것이었다. 어느 날 집 앞에 있는 강둑에 앉아 하염없이 흐르는 강물을 바라보다가 문득 이런 생각이 들었다.

'저 물은 어디서 저렇게 흘러오나……'

홀린 듯 강을 거슬러올라갔다. 한참 동안 둑을 타고 강줄기를 따라 올라가는데 좀 어둡다 싶어 사방을 둘러봤더니 깜깜했다. 강물만 보다가 어둠이 몰려오는 걸 몰랐던 것이다. 무서워서 얼른 집으로 돌아왔다.

어릴 때나 지금이나 나는 변함없이 자연을 좋아한다. 특히 봄에 연두색 새싹이 파릇파릇 올라오면 가슴이 뛰어 견딜 수 없을 정도다. 풀벌레 소리, 새들이 지저귀는 소리, 흘러가는 물소리, 바람 부는 소리…… 자연의 모든 신비로움이 어느덧 내 몸속으로 들어와 공명하기 시작한다. 그 떨림은 이윽고 내 몸을 활짝 열어준다. 내 몸과 마음은 모두 싱그러워진다.

나는 무척이나 가난한 집에서 태어나 남들 밥 먹듯 밥을 굶었다. 고등학교 때까지 도시락을 싸간 적이 없었다. 초등학생 때의 일이다. 친한 친구를 집으로 데려와 함께 놀고 함께 자고 다음날 함께 학교에 갔다. 그 이후로 그 친구는 나를 멀리했다. 너무나 가난한 우리 집을 보고 충격을 받은 것 같았다. 나는 우리 집이 그토록 가난하다는 것을 그제야 알았다. 이후로 친구를 집에 데려오지는 않았지만, 나는 가난 때문에 낙담하거나 기가 죽은 적은 없었다. 다만 마음 아픈 기억만은 남아 있다.

5학년 때 친한 친구들이 모두 불자동차 그리기 대회에 나갔다. 나는 참가비를 내지 않아 도장 찍힌 도화지도 없었고 크레파스도 없었지만 친구들 옆에 앉아 얘기하고 놀자 싶어 대회에 따라갔다. 대회 장소인 소방서는 당시 아버지가 근무하는 시청 옆에 있었다. 아버지는 인사하러 들른 내게 너도 해보라며 참가비 백 원을 주셨다. 그렇게 참가한 대회에서 친구들 크레파스를 빌려서 그림을 그렸는데 일등을 했다. 장난삼아 한 거라 좀 어이없었지만 기분은 무지 좋았다.

어느 날 동네 어른이 정지 영상을 보여주었다. 박카스 상자에다 필름 구멍과 렌즈 구멍을 뚫고 백열전구를 꽂아 만든 환등기였다. 무척 신기했다. 다음날 "아저씨, 한 번 더 보여주세요"라고 졸랐지만 안 보여주었다. 하루만 빌려달라고 해도 역시나 안 빌려주었다. 화가 났다. 환등기를 만들기로 결심했다. 영상만 봤지 내부를 보지 못했기 때문에 실험을 거듭해야 했지만 우여곡절 끝에 어찌어찌 만들었다. 그리고 동네 친구들을 다 불러모아 보여주곤 했다. 엄마 몰래 가져간 수건을 태워서 엄청 혼이 난 적도 있다.

이번에는 움직이는 영상을 만들고 싶어졌다. 극장에 가 영사실 유리창에 딱 붙어서 영사실 안에 있는 영사기를 보며 궁리했다. 영상을 움직이게 하는 비결을 도무지 알 수 없었다. 궁금해 죽을 지경이었다. 당시 군산 시청이 주민들을 위해 학교 운동장에서 16밀리 영사기로 공짜 영화를 보여주곤 했는데, 이때가 영사기를 제대로 볼 수 있는 유일한 기회였다. 극장 쓰레기장에서 주워온 필름 구멍에다 연필을 꽂고 필름을 위로 주욱 잡아당겨보니 영상이 움직였다. 정지 영상을 움직이게 하는 이치를 찾은 것이다. 그러나 돈이 없어 완전한 영사기는 만들 수 없었다.

6학년 때는 씨름을 했는데, 제법 잘해서 학교 대표로 도 대회에 나가게 되었다. 그런데 이 대회를 나가려면 선수 유니폼이 있어야 했다. 가난해서 유니폼을 살 수가 없었던 나는 대회 당일 그냥 집에 있었다. 다음날 학교에 가서 선생님께 실컷 맞았지만, 유니폼 살 돈이 없어서 그랬다고는 끝내 말하지 않았다.

얼마 후 나는 중학교 입시에 떨어져서 다른 초등학교에서 6학년 과정을 다시 공부하게 되었다. 첫날 쉬는 시간이 되자 아이들이 우르르 몰려오더니 나더러 복도로 나오란다. 나가봤더니 불량하게 생긴 녀석들 여럿이 나를 둘러싸고 일장훈시를 하며 군기를 잡는 거다.

"길게 말할 거 없다. 대장 나서라. 나랑 일대일로 한판 붙자."

내가 짐짓 드세게 나갔더니 덩치 큰 대장 놈이 앞으로 나섰다.

"네가 대장이냐? 네가 제일 잘하는 게 뭐냐? 그걸로 하자."

"씨름으로 하자, 삼세판."

내가 두 판을 내리 이겼다. 대장 녀석이 씩씩거리면서 한 판만 더 하자고 우기기에 그러자고 했는데 또 내가 이겼다. 그 사건 이후로 우리는 친해졌다. 그런데 알고 보니 나랑 씨름을 했던 대장 녀석이 일 년 전 내가 불참했던 도 대회에서 씨름으로 일등을 했던 놈이었다.

어린 시절, 나는 하고 싶은 것이 많았고 스스로 이렇게 저렇게 해보곤 했다. 그 과정들은 내가 무엇을 하고 싶은지에 대한 자연스러운 탐색이 되었다. 그러한 과정을 거쳤기에 피아노에 몰입하고 다른 것은 미련 없이 내 길에서 제외할 수 있었는지 모르겠다. 하고 싶은 일을 찾아 실제로 해보고 '아, 내가 할 일이 아니구나'라고 결론 내리고 또다른 일을 찾는 것, 이런 자기 탐색은 어린 시절에 끝내야 하는 일인데 요즘은 그 탐색전을 스물이 넘고 서른이 넘어야 겨우 하는 경우가 많다. 안타까운 일이다.

아버지는 참으로 평화롭고 지혜로운 분이셨다. 내가 가장 좋아하고 가장 존경하는 분이지만 워낙 내가 어렸을 때 돌아가셔서 아버지가 내게 해주셨던 말들은 기억이 나지 않는다. 다만 그분의 행동과 표정만 기억날 뿐이다.

한번은 아버지가 술이 잔뜩 취해서 들어오셨다. 아버지의 술 취한 모습을 본 적이 없는 식구들은 모두 눈이 휘둥그레졌다. 그래서 어머니가 어서 주무시라고 자리를 봐드리고 나왔는데 곧바로 아버지 친구들이 들이닥쳤다.

"흥택이 있어요?"

"술이 잔뜩 취해서 잠들었는데요."

"허허…… 우리랑 한 잔 더 해야 되는데……"

아버지 친구들이 다들 돌아가고 나자 안방 쪽에서 아버지 목소리가 들려왔다.

"지금 몇시나 됐소?"

어머니의 대답을 듣고 난 아버지는 그대로 일어나서 공부를 하셨다. 친구들 속상하지 않게 술자리도 하시고, 집안 식구들에게 거짓말 시키지 않으시고, 주변을 다 살피시면서 당신이 하고자 하는 공부도 하셨으니 참으로 지혜로우신 분이었다. 감탄할 밖에.

아버지는 군산시청에서 임시직으로 호적계 일을 보셨다. 정식 직원이 되려고 공무원 시험 준비를 하시느라 잠을 줄이면서도 퇴근할 때면 동네를 한 바퀴 돌아 호적초본이니 호적등본이니 하는 민원서

류들을 주문받아다가 다음날 당신이 다 떼어가지고 퇴근길에 배달해 주시곤 했다. 그렇게 성실하고 신망 좋던 아버지가 돌아가셨다. 아버지 나이 마흔 살, 내가 초등학교 6학년 때였다. 어느 날 갑자기 배가 아프다고 하시더니 허망하게 급사하신 것이다. 나는 어린 나이에 상주가 되었다.

"홍택이 이놈이 남들 다 하듯이 돈 좀 챙기라고 그렇게 기회를 줬는데 안 챙기더니…… 그때 좀 챙겨뒀으면 이렇게 죽지도 않았을 거고, 지금처럼 가난하게 살지도 않았을 텐데…… 불쌍혀 죽겄다, 이놈아……"

농협 조합장이라는 분이 오셔서 대성통곡을 했다.

아버지가 황망히 돌아가시고 난 후에 어떤 아저씨가 계속 고기를 사다주셨다. 삼촌이 자초지종을 설명해주셨다.

"너희 아버지가 워낙 신망이 두텁다보니 주위에서 시의원 나가라고 난리였다. 나가기만 하면 된다고. 너희 아버지도 고민을 하다가 나가기로 결심을 하셨지. 그런데 어느 날 지역유지 한 분이 너희 아버지를 술집으로 부르기에 나도 궁금한 마음에 따라나섰어. 근데 그 양반이 이러는 거야. 자기가 시의원이 꼭 되고 싶은데, 당신을 대적해서 이길 자신이 없으니 제발 출마를 포기해달라고. 식구들 먹고 살 걱정 없을 만큼 돈도 주고 뒤도 봐주겠다고 하면서. 너희 아버지는 잠시 생각을 하다가 이렇게 대답했지. '형님, 그렇게 하고 싶으면 하십시오. 저는 이 막걸리 한 사발이면 됩니다!' 그 양반이 바로 아까

고기 사다주고 가신 분이다.”

마흔 나이에 저 세상으로 가신 아버지는 평생 다른 사람에게 베풀기만 하셨다. 그 젊은 나이에 남에게도, 가족에게도 항상 헌신적인 사랑을 주었던 아버지. 사상이나 의지에 의해서가 아니라, 숨 쉬듯 노래하듯 자연스럽고 평화롭게 사랑을 베풀었던 아버지의 모습은 나의 뇌리에 깊이 아로새겨져 있다. 아버지는 내게 ‘사랑의 롤모델’이었다. 그런 아버지를 보고 자랐으므로, ‘어떻게 해야 사람과 사람 사이가 참다운 관계로 이어질 수 있을까’라는 문제의식을 항상 갖고 산 것은 당연한 일이었다.

일찍이 홀로 되신 어머니는 억척스럽거나 남달리 생활력이 강하신 분이 아니었다. 심성이 천사처럼 곱고 어진 분이셨다. 그 심성 하나로 지금껏 5남매를 키워냈으니 기적이라면 기적인 셈이다. 공장에 다니는 홀어머니가 어렵사리 꾸려가는 가계에 나는 장남으로서 이렇다 할 도움이 되지 못했으니 그 죄스러운 마음이 더할 수밖에 없다.

내가 철없이 피아노를 치겠다고 했을 때 어머니가 말씀하셨다.

“네가 하고 싶은 대로 해라. 그런데 어떻게 하나. 도와주지를 못해서……”

내가 난데없이 중이 되겠다고 일방적으로 통보했을 때도 어머니가 말씀하셨다.

“나는 괜찮다. 걱정 마라. 네가 하고 싶은 대로 해라. 어디에 있든 건강하기만 해라.”

　사실 나는 가난 때문에 힘들었던 일이 한두 가지가 아니다. 늘 배가 고팠고, 친구를 잃었으며, 수업료를 제 날짜에 내지 못해 당한 수모는 이루 말할 수 없다.

　조금 커서는 피아노에 미쳤지만, 나는 피아노를 가질 수 없었고 레슨비도 낼 처지가 되지 못했다. 살아 계신 어머니는 지금도 가끔 말씀하신다.

　“동창이가 중학교 다닐 때 그랬어. 홍수에 떠내려온 피아노라도 한 대 사달라고. 근데 그걸 못 사줬다, 내가. 그게 얼마나 가슴 아프던지……”

　나는 늘 배가 고팠기에 사람이 세상을 살아가는 데 먹고사는 일이 가장 중요한 일이라는 것을 알게 되었다. 그러나 동시에 먹고사는 일에 필요한 돈이 그다지 많지 않다는 것도 알게 되었다. 먹고살 돈 걱정을 그리 하지 않고도 살 수 있는 두둑한 배짱이 생긴 것이다. 늘 어떻게든 먹고살아졌으니까. 나는 지금도 한두 달 정도 먹고살 만한 돈만 있으면 아무 걱정이 없다.

　내겐 피아노가 없었지만, 피아노를 가진 그 어떤 사람보다도 열심히 두드렸다. 레슨을 받고 싶은 간절함은 레슨비를 내고도 배울 수 없는 깊은 세계를 탐험하게 했다. ‘가질 수 없는’ 형편이 고스란히 에너지원이 된 것이다. 이 힘은 ‘무엇을 하려면 꼭 무엇을 가져야 한다’는 고정관념을 일시에 무너뜨렸다. 나는 실제로 그렇게 살았다.

♫ 작곡

어느 날 교회에서 목사님의 설교를 듣다가 예수님의 말씀 한 구절을 접하는 순간 얼마나 속 시원하고 통쾌했는지 모른다. 마태복음 6장 28절부터 32절까지의 말씀이었다.

"또 너희가 어찌 의복을 위하여 염려하느냐. 들의 백합화가 어떻게 자라는가 생각하여 보라. 수고도 아니하고 길쌈도 아니하느니라. 그러나 내가 너희에게 말하노니 솔로몬의 모든 영광으로도 입은 것이 이 꽃 하나만 같지 못하였느니라. 오늘 있다가 내일 아궁이에 던지우는 들풀도 하나님이 이렇게 입히시거든 하물며 너희일까보냐. 믿음이 적은 자들아. 그러므로 염려하여 이르기를 무엇을 먹을까 무엇을 마실까 무엇을 입을까 하지 말라. 이는 다 이방인들이 구하는 것이라. 너희 천부께서 이 모든 것이 너희에게 있어야 할 줄을 아시느니라."

출가

아무리 노력해도 나다운 곡은 나오지 않았다.
노력하면 할수록 오히려 답답함만 커져갔다.
내가 나를 모르는데 어떻게 내 음악을 쓸 수 있을까.
'참나'를 찾아야 했다.

이놈 찾으러 왔습니다

주마등처럼 과거를 되짚는 동안 어느덧 버스는 서울 터미널에 닿았다. 버스에서 내린 우리는 지하철을 타고 인천 주안역에서 내려 용화사에 도착했다. 용화사는 구한말에 끊어졌던 선종의 맥을 이어나간 경허 대선사와 만공 대선사의 뒤를 이은 전강 대선사께서 창건한 절이다. 지금은 전강 대선사로부터 법을 이어받은 송담 큰스님이 절을 지키고 계셨다. 문연풍 선생님은 송담 큰스님의 신도였다.

나를 본 송담 스님은 "앉아라" 하시고는 당신도 내 옆에 앉아 꿈쩍도 안 하셨다. 문연풍 선생님은 송담 스님께 인사만 드리고는 곧바로 군산으로 돌아가셨다. 나는 그저 멍청하게 앉아 있었다. 그렇게 삼십 분 정도 흐른 뒤에 송담 스님께서 자리를 털고 일어나시더니 나를 후

원으로 보냈다. 받아주신 것이다. 나는 그렇게 머리를 깎았다.

선방에 사는 스님들은 많은 시간을 앉아서 보낸다. 그러다보니 아무래도 건강에 문제가 생기기 마련이다. 그래서 선방에서는 스님들의 건강을 위해 여러 가지 속세의 물건들을 들여오기도 한다. 당시 용화사에는 탁구대가 놓여 있었다. 어느 날 법두 스님께서 나더러 탁구 한 게임 치자고 하셨다. 멋진 스매싱을 날린 법두 스님이 내게 물었다.

"어이, 임 행자. 왜 중이 되려고?"

나는 마침 서브를 넣으려고 왼손에 탁구공을 들고 있었다. 나는 대답 대신 소리쳤다.

"놔! 놔!"

하지만 실제로 나는 탁구공을 놓지 않고 있었다. 그러다가 잠시 후에 탁구공을 탁구대 위에 툭 떨어뜨렸다.

똑 또르르르르르…… 목탁 소리 같은 탁구공 소리가 말 없는 방 안에 울려퍼졌다.

"이놈 찾으러 왔습니다."

"제대로 왔구면."

제대로 찾아온 것이다.

나는 행자의 신분으로 절에서 밥 짓는 공양주 역할을 맡게 되었다. 어느 날 늦은 밤에 객승 한 분이 오셨다.

"스님, 공양은 하셨습니까?"

"아직 못했네. 밥이 있는가?"

"예. 곧 올리겠습니다."

나는 부랴부랴 공양상을 차렸다.

"스님, 공양하십시오."

그러고는 무릎을 꿇고 앉아 있었다.

공양상을 물린 객승이 갑자기 내 고추를 만지려고 했다.

"스님! 공양 다 하셨으면 공양상 들고 나가도 되겠습니까?"

객승은 내 다리를 더듬으며 부드럽게 말했다.

"이놈아, 잠깐만 이리 와봐라."

"스님! 이러지 마세요!"

옥신각신하다가 객승이 화를 냈다.

"야, 이놈, 행자야! 네까짓 놈이 무슨 중을 한다고 지랄이냐! 왜 중이 되려고 하느냐? 대답해봐라, 이놈아! 왜 중이 되러 왔어?

객승은 버럭버럭 소리를 질렀다.

"스님! 공양상 들고 나가도 되겠습니까?"

"이놈아! 내가 묻는 말에 대답이나 해! 왜 중이 되러 왔냐고? 네놈은 중 될 자격이 없어!"

"스님! 꼭 대답해야 되겠습니까?"

"그래, 이놈아. 어디 한번 대답해봐라."

나는 조용히 일어나 천장에 매달려 있는 전깃불을 껐다.

"아니, 이놈이 무슨 지랄이여!"

나는 다시 전깃불을 켰다.

"이놈을 알려고 왔습니다."

"……"

"스님! 공양상 들고 나가도 되겠습니까?"

객승은 말없이 고개만 바쁘게 끄덕였다.

하루는 송담 스님께서 부르셨다.

"화두를 들기 전에 먼저 해야 할 것들이 있다. 가슴호흡과 단전호흡, 그리고 수식관을 배우거라."

가슴호흡은 단전호흡을 하기 위한 준비 단계로, 코로 짧은 시간에 숨을 많이 들이마셔 가슴에 가득 채우고 참을 수 있을 때까지 참다가 도저히 참을 수 없을 때 입으로 '파' 하고 뿜어내는 것이다. 이것을 서너 번 하고 나면 몸이 시원해진다. 그런 다음에 단전호흡을 하게 되는데, 편안하게 코로 숨을 들이마신 후 잠깐 멈췄다가 코로 서서히 내쉬는 것이다.

수식관이란, 숨을 들이마신 후 잠깐 멈출 때 수를 세는 것이다. 다시 말하면, 숨을 들이마신 후 잠깐 멈출 때 '하나', 서서히 내쉬고 다시 들이마신 후 멈출 때 '둘', 이런 식으로 수를 세는 방법으로 열 단계가 있다.

1단계 하나에서 열까지 세고 아홉부터 거꾸로 하나까지 센다.

<u>2단계</u> 하나에서 스물까지 세고 이어서 열아홉부터 거꾸로 하나까지 센다.

<u>3단계</u> 하나에서 서른까지 세고 이어서 스물아홉부터 거꾸로 하나까지 센다.

<u>4단계</u> 하나에서 마흔까지 세고 이어서 서른아홉부터 거꾸로 하나까지 센다.

<u>5단계</u> 하나에서 쉰까지 세고 이어서 마흔아홉부터 거꾸로 하나까지 센다.

<u>6단계</u> 하나에서 예순까지 세고 이어서 쉰아홉부터 거꾸로 하나까지 센다.

<u>7단계</u> 하나에서 일흔까지 세고 이어서 예순아홉부터 거꾸로 하나까지 센다.

<u>8단계</u> 하나에서 여든까지 세고 이어서 일흔아홉부터 거꾸로 하나까지 센다.

<u>9단계</u> 하나에서 아흔까지 세고 이어서 여든아홉부터 거꾸로 하나까지 센다.

<u>10단계</u> 하나에서 백까지 세고 이어서 아흔아홉부터 거꾸로 하나까지 센다.

이때 반드시 지켜야 할 것들이 있다. 첫째, 1단계를 할 때 중간에 수를 잊어버리면 무조건 처음부터 다시 시작해야 한다. 언제 해도 수를 잊어버리지 않고 할 수 있게 되면 2단계로 넘어간다. 2단계를 할 때도 역시 중간에 수를 잊어버리면 무조건 처음부터 다시 시작해야 한다. 언제 해도 수를 잊어버리지 않고 할 수 있게 되면 3단계로 넘어간다. 이런 식으로 10단계까지 해야 한다.

♬ 출가

둘째, 머리로 수를 세면 안 된다. 수는 반드시 배꼽 밑에서 세야 하고, 그 수를 관조해야 한다.

나는 열심히 했다. 그 결과 언제든지 10단계를 완벽하게 할 수 있게 되었다. 피아노 치는 일과 수식관의 공통점은 '몰입'이었다. 피아노 치는 일은 탁한 몰입이요, 수식관은 맑은 몰입이었다. 피아노 치는 일은 동적인 몰입이요, 수식관은 정적인 몰입이었다. 피아노를 치든 수식관을 하든 단절 없는 초롱초롱한 의식이 모든 몰입의 주인이었다. 이제 화두를 해도 되겠다 싶었다.

이 뭐꼬?

송담 스님은 화선지에 화두를 써주셨다.

유일물어차 有一物於此

내게 한 물건이 있으니

상재동용중 常在動用中

항상 움직이고 쓰는 가운데 있더라

동용중수부득 動用中收不得

♫ 출가

움직여 쓰는 가운데 있으나 얻으려 하면 얻지 못하니

시심마 是甚麼
이것이 무엇인고

'이것이 무엇인고?'를 경상도 말로 바꿔 '이 뭐꼬?'가 되었다고 하셨다.

이 뭐꼬…… 드디어 내게도 화두가 주어졌다. 화두 드는 법은 수식관을 할 때 수를 세었던 그 자리에 '이 뭐꼬'를 심는 것이라고 하셨다. 다시 말하면, 숨을 들이마시고 잠깐 멈출 때 '이', 서서히 내쉬면서 '뭐꼬?' 하는 것이다. 이때 중요한 것은, 내가 '이' 해놓고 '뭐꼬?'에서는 방금 '이'라고 한 놈이 도대체 무엇인지 알 수 없는 의심으로 가득차야 한다는 점이다. 생각할수록 멋진 방법이 아닌가. 이렇게 간단명료한 방법이 가장 성취하기 어려운 장부의 일대사를 해결할 수 있다니!

인도 카필라국의 싯다르타 태자는 궁금한 것이 많았다. 나는 누구인가, 나는 어디에서 왔는가, 죽은 뒤에는 어디로 가는가. 아무리 궁리해도 알 수 없었다. 그는 이 문제들을 해결하기 위해 모든 부귀영화를 버리고 설산에 뛰어들었다. 6년 동안의 피나는 고행을 거쳐 깨달음을 얻은 그는 글로도 말로도 전할 수 없는 이 법을 꽃을 들어 침묵으로 가섭(석가의 10대 제자 중 하나)에게 전했고, 가섭은 미소로써

이 법을 받았다.

세월이 흘러 달마가 인도에서 중국으로 건너가 혜가에게 이 법을 전했다. 또 세월이 흘러 이 법이 육조^{六祖} 혜능(중국 당나라 시대의 승려이며 남선종의 시조. 일반적으로 6조대사 또는 조계대사^{曹溪大師}라고 한다)에게 이어졌다. 어느 날 남악회양(중국 선종 제7대 조사)이 혜능을 찾아갔는데 입도 열기 전에 혜능이 먼저 물었다.

"무슨 물건이 이렇게 왔는고?"

남악회양은 콱 막혀 대답을 못했다. 오긴 왔는데 도대체 무엇이 왔단 말인가. 내 몸을 끌고 다니는 주인공, 이것이 무엇인가! 남악회양은 알 수 없는 이 문제를 붙들고 애를 쓴 지 팔 년 만에 세수를 하다가 깨달았다. 그래서 다시 혜능을 찾아갔다. 이번에도 혜능은 남악회양이 입을 열기 전에 말했다.

"수고했다, 수고했다."

이렇게 혜능에서 남악회양으로 법이 전해졌다. 그때 남악회양이 붙들고 놓을 수 없었던 깨달음의 수단, '이것이 무엇인가'. 이것이 바로 '이 뭐꼬'라는 화두의 탄생이다.

나는 공양주로 행자 생활을 시작했다. 공양주란 밥 짓는 사람을 말한다. 전강 스님이 생전에 녹음해두신 '밥 짓는 설법'을 듣고 그대로 하기 시작했다. 예를 들어 밥 먹을 사람이 삼십 명이다. 그에 해당하는 양의 쌀을 퍼온다. 쌀을 한 주먹 쥐고는 쟁반 위에 좌라락 뿌린다.

뉘도 골라내고 돌도 골라내고 나서 빈 통에 옮긴다. 다시 한 주먹 집어서 쟁반 위에 좌라락, 뉘 고르고 돌 고르고…… '이 뭐꼬?' 하면서 뉘와 돌을 골라낸 쌀을 들고 샘으로 간다. 조리질을 최소 세 번 이상 하고 가마솥에 쌀을 넣고 물을 붓는다. 불을 때기 시작한다. 불을 때다 보면 밥물이 끓는다. 김이 난다. 이때부터는 끓는 소리를 잘 들어야 한다. 어느 순간 김이 아주 힘차게 나온다. 그때 김나는 곳에 코를 대고 냄새를 맡아본다. 끓는 소리와 냄새를 통해 뜸 들이는 시간을 결정한다. 불을 죽이고 뜸을 들인다. 시간이 되어 밥을 풀 때가 되면 마지막으로 짧게 불을 한 번 땐다. 그리고 솥뚜껑을 촤악 연다. 밥에 기름기가 자르르르…… 밥을 헤쳐서 푸지 않고 한번에 뚝뚝 퍼 담아 발우공양. 최소 열 명에서 최대 사백 명 밥까지 지어봤다.

이 모든 과정에서 언제나 '이 뭐꼬'는 흐른다. 결국은 '이 뭐꼬'가 뉘도 고르고 돌도 고르고, '이 뭐꼬'가 조리질도 하고 불도 때고, '이 뭐꼬'가 소리도 듣고 냄새도 맡고, '이 뭐꼬'가 기다렸다가 밥을 푼다. '이 뭐꼬'가 밥을 먹는다. 그런데도 '이 뭐꼬'가 뭔지를 모르니 '이 뭐꼬'는 계속 이어진다. 오로지 '이 뭐꼬'뿐이다. 피아노 치는 것과 너무도 똑같다. 해도 해도 끝없다.

선방에서는 밤 9시에 자고 새벽 3시에 일어난다. 나는 12시에 자고 2시에 일어났다. 일어나자마자 배꼽 밑에 '이 뭐꼬'를 심는데, '이 뭐꼬'는 곧바로 달아난다. 다리도 없고 날개도 없는 '이 뭐꼬'가 어찌나 잘 달아나는지 환장할 노릇이다. 끊임없이 허공을 떠돌아다니는 '이 뭐꼬'를 거듭 잡아다가 배꼽 밑에 붙들어놓는다. 달아나면 잡아오고, 달아나면 잡아오고…… 어쩔 때는 달아난 줄도 모르고 있다가 퍼뜩 정신을 차려보면 '이 뭐꼬'가 없어 당황할 때도 있다. 어떤 날은 아무 생각 없이 걷다가 마당 한가운데 있는 커다란 나무에 머리를 쿵! 하고 부딪힌다. '아, 내가 이 뭐꼬 없이 살았구나……' 나를 깨우쳐준 나무가 고마워서 그 나무에 합장한다.

그런데 참으로 신기하게도, 잡다 잡다 지쳐 팽개쳐버렸는데 '이 뭐꼬'가 안 나가고 배꼽 밑에 콱 박혀 있는 날이 온다. 뿌리를 내린 것이다. 이때부터는 편안한 상태로 '이 뭐꼬'가 흘러간다.

새벽 3시가 되면 맨 먼저 해야 할 일이 있다. 손으로 목탁 치고 입으로 염불하면서 경내를 도는 것. 이것을 '도량석 돈다'고 한다. 이 소리를 듣고 스님들이 일어나 씻고 예불을 드리기 위해 법당으로 모여든다. 그런데 나는 염불을 외우지 않아 목탁만 치고 돌았다. 이것을 '빈 목탁 친다'고 한다. 어느 스님이 내가 빈 목탁 치며 도량석을 돈다고 송담 스님께 일러바친 모양이다.

"임 행자! 중이 되려면 『반야심경』이랑 『천수경』은 외워야 한다."

"예! 스님."

하지만 나는 대답만 넙죽 해놓고 끝내 외우지 않았다. 내가 글자 외우러 절에 들어온 건 아니었기 때문이다. 오직 화두만 붙들었다. 이 뭐꼬?

♬ 출가

어느 날 나는 묵언을 결심했다. 누가 무슨 말을 붙여도 묵묵부답, 어떤 일이 있어도 입을 떼지 않고 '이 뭐꼬?'만 든 채 입을 굳게 닫았다. 그때 마침 숙모와 고모가 나를 찾아왔다. 두 분이 하는 말이 인천의 숙모 집으로 가서 숙부와 하루만 같이 잘 수 없겠느냐는 것이었다. 하도 애원하기에 별수 없이 따라나섰다.

"너 계속 중질 할 거냐? 대체 어쩔라고 이러냐?"

나는 방 한가운데 가부좌를 틀고 앉아서 한마디도 하지 않았다. 숙부의 불호령이 쏟아지는 몇 시간 동안 나는 계속 '이 뭐꼬?'만 붙들고 있었던 것이다. 내가 아무런 반응이 없자 결국 숙부는 "일단 자라"고 하시며 집안 문을 모두 걸어 잠갔다. 밤 사이 도망칠까봐 나를 가둬 놓은 것이다.

그런데 가만히 보니 부엌으로 통하는 작은 문을 빼꼼이 열고 내 여동생이 이 광경을 모두 보고 있던 게 아닌가. 나는 그 부엌문을 통해 마당으로 나와 담을 넘고 뛰었다. 담에 철조망이 씌워져 있었던 탓에 내가 입고 있던 승복은 갈기갈기 찢어지고 말았다. 숙부네 가족들은 나를 쫓아왔지만 나는 죽어라고 뛰었다. 우리 집 형편이 너무 어려워 초등학교를 졸업하자마자 숙부댁에 의탁하고 있던 여동생이 따라오며 "오빠!" 하고 부르는 소리에 가슴이 미어졌다. 승복에 발이 걸려 몇 번이고 넘어지는 통에 무릎도 깨지고 얼굴도 까졌다. 그렇게 뛰다가 택시를 잡고는 종이에 적었다.

"노량진역 얼마?"

노량진역에 도착해서는 겨우 지하철 막차를 탔다. 나는 지하철 손잡이를 잡고 서서 '이 뭐꼬?'만 붙들고 있었지만, 맨발에 다 찢긴 승복을 입고 있는 상처투성이 중을 보고 있던 사람들은 무슨 생각을 하고 있었을까. 어쨌든 우여곡절 끝에 절에 도착해서는 또 담을 넘어 들어갔다.

보리차 이야기

그 당시 나는 행자 대장이었다. 행자는 모두 여섯 명이었고, 모두 나보다 절밥을 많이 먹은 사람들이었지만 용화사에 온 시간이 내가 가장 빨랐다.

어느 날, 현몽 스님이 법은이라는 상좌(스승의 대를 이을 여러 승려 가운데에서 가장 높은 사람)와 함께 나타났다. 법은이는 아직 계를 받지 않아서 우리 행자들과 함께 지냈다. 나중에 안 일이지만 김성동의 소설 『만다라』에 주인공으로 나오는 지산 스님은 현몽 스님을 모델로 쓰인 것이며 지산 스님의 제자가 소설에는 법은으로 나온다. 재미있는 일이었다.

어느 날 법은이가 나한테 말했다.

"임행자, 나 내일 군대 가는데 오늘 보리차 좀 먹고 싶어."

"보리차? 후원에 가서 먹어."

"아니, 그런 보리차 말고……"

"그럼 뭐?"

"아이, 보리로 만든 그거 있잖아……"

"그게 뭔데, 임마! 알아듣기 쉽게 말해봐."

법은이가 먹고 싶다고 한 것은 실은 맥주였다. 정말 어렵게 어렵게 말을 꺼낸 거였다.

"그래? 먹고 싶으면 먹어야지. 잠깐만 기다려봐."

나는 나보다 나이가 한두 살 어린 장행자에게 말했다.

"어이, 법은이가 맥주 먹고 싶단다. 가서 맥주하고 안주거리 좀 사와."

"임행자, 무슨 소리야. 난 안 가! 큰일 날 소리 하고 있네."

"야, 내가 책임질게. 갔다 와!"

행자들에게 어떤 사고가 나면 선임이 책임을 진다. 나는 장행자를 윽박지르다시피 해서 사오게 하고는 저녁 공양이 끝난 후 객실에다 법은이 송별파티 술상을 차렸다.

그러고 나서 나는 구참 스님 한 분께 갔다.

"스님, 제가 드릴 말씀이 있습니다. 저하고 함께 객실로 가셨으면 합니다."

푸짐하게 차려진 술상의 주빈자리에 스님을 앉혔다.

"스님, 우리 행자 중에 법은이가 내일 군대를 간답니다. 그런데 오늘 꼭 맥주를 먹고 싶다고 해서 이렇게 조촐한 송별파티를 마련했습니다. 스님께서 격려의 말씀 한마디 해주시면 고맙겠습니다."

스님은 눈이 휘둥그레졌다.

"어, 어, 그래? 음…… 법은이는 군대 가서 건강하게 잘 마치고 돌아와."

그리고 작은 소리로 내게 말했다.

"어이, 임행자. 다른 스님들이 알면 큰일 나니까 적당히 끝내, 알았지?"

우리는 신나게 마시고 놀았다. 시간도 의식하지 않고. 그러나 아무 일도 없었다. 어찌 스님들이 몰랐겠는가. 모르는 척해준 것이다. 나는 아홉 달 동안 공양주를 한 후 상법 스님을 은사로, 송담 스님을 계사로 사미계를 받았다. 법명은 '보림寶林'이었다.

부인! 나요!

사람들은 이야기 듣기를 좋아한다. 그래서 소설을 보기도 하고 드라마를 보기도 한다. 내가 어렸을 때는 주로 할아버지 할머니에게 옛날 이야기를 듣고 자랐다. 무슨 이야기를 들었는지 하나도 기억은 안 나지만 무척 재미있었다. 절집에 사는 동안 들었던 전생에 관한 이야기들은 내가 살면서 들은 옛이야기 중 가장 재미있었다.

옛날에 한 정승이 있었다. 위로는 임금을 지혜롭게 보필하고 아래로는 백성의 어려움을 잘 보살피는 훌륭한 관리였다. 그런 그는 무엇보다도 부부 금슬이 좋기로 소문이 자자했다. 그런데 어느 날 퇴청해서 집에 돌아온 정승에게 깜짝 놀랄 일이 벌어졌다. 정승 부인이 집을 나가 밤늦도록 돌아오지 않은 것이다. 단 한 번도 이런 일이 없었을 뿐 아니라 상상도 하지 못했던 일이므로 정승이 받은 충격은 이루 말로 헤아릴 수 없었다.

집 나간 정경부인은 하루, 이틀, 사흘이 지나도 돌아오지 않았다. 한 달, 두 달, 석 달이 되어도 돌아오지 않았다. 부인을 지극히도 사랑했던 정승이었기에 그 고통은 죽음보다 더했다. 어느 날 부인을 찾아 나서기로 결심한 정승은 임금의 간곡한 만류를 뒤로 한 채 집을 나섰다.

정승은 하루아침에 거지가 되어 전국 방방곡곡을 떠돌며 부인을 찾아 헤맸다. 그렇게 찾아 헤맨 지 삼 년째 되는 어느 날, 해는 뉘엿뉘엿 서산으로 지고 있는데 저 멀리서 머리에 짐을 이고 걸어오는 한 여인이 보였다. 걷는 태가 틀림없는 자기 부인이었다. 절망에 빠져 길바닥에 주저앉아 있던 정승의 눈이 번쩍 뜨였다. 그 여인이 가까워 올수록 가슴은 요동쳤다. 과연 부인이었다. 얼마나 반갑던지 정승은 부인을 끌어안고 기쁨의 눈물을 흘렸다. 그런데 이게 웬일인가. 부인의 반응은 차가웠다. 깜짝 놀란 정승은 부인의 얼굴을 보았다. 정승과 눈이 마주친 부인은 눈에서 약간의 눈물이 흐르는 듯하더니 이내 무표정해졌다.

정승은 기가 막혀 어찌할 바를 모르고 “부인, 나요” 하며 부인의 어깨를 잡고 흔들었다. 바로 그때 부인의 뒤를 따라오던 한 사내가 소리쳤다.

“이보시오. 당신은 누군데 남의 마누라를 붙들고 이러시오.”

그 사내는 정승을 미친놈 취급하고는 부인의 손을 잡아끌고 가던 길을 갔다. 부인은 그 사내의 손에 이끌려가는 중에도 고개 한번 돌리지 않았다. 정승은 넋을 잃고 말았다. 이제 삶을 이어가야 할 이유가 사라졌다. 그저 죽고만 싶었다. 그렇게 허탈한 심정으로 땅바닥에 주저앉아 있는데 번개처럼 뇌리를 스치는 것이 있었다. '중이 되어 도를 닦으면 뭐든지 다 알 수 있다'는 얘기였다. 정승은 자리를 박차고 일어섰다.

"그래, 죽을 때 죽더라도 부인이 왜 저러는지 그 이유라도 알고 죽자."

정승은 그 길로 출가했다. 그리고 열심히 도를 닦아 삼 년 만에 깨달음을 얻었다. 깨닫고 보니 모든 것이 이해되었다.

정승은 전생에 깊은 산속의 조용한 암자에서 홀로 열심히 도를 닦는 수도승이었다. 추운 겨울이 지나고 날이 풀린 어느 날 이 스님은 겨울 내내 입었던 누더기를 빨려다가 우연히 토실토실한 이 한 마리를 발견했다.

'살생하지 말라.'

머릿속에서 부처님이 소리친다. 스님은 하는 수 없이 누더기를 접었다. 그리고 며칠 후 다시 빨래를 하기 위해 누더기를 펼쳐보니 아직도 이가 있었다. 다시 접었다. 또 며칠 후 누더기를 펼쳐본 스님은 아직도 살아 있는 이를 봤는데 전과 달리 반가운 마음이 들었다. 그렇게 해서 이와 친해진 스님은 심심할 때마다 누더기를 꺼내서 이를 찾아 놀곤 했다. 어느 날 신도 한 사람이 검둥개 한 마리를 데리고 절에 나타났다. 스님은 이를 저 검둥개 몸에 주면 누더기도 빨 수 있고 이도 살 수 있겠구나 싶어, 기쁜 마음으로 그 검둥개의 몸에 이를 주고 누더기를 빨았다.

스님은 다음 생에 정승이 되었고, 스님이 검둥개 몸에 준 이는 다음 생에 정승의 부인이 되었으며, 검둥개는 다음 생에 정승을 미친놈 취급했던 정승 부인의 현재 남편이 되었다.

이 이야기를 통해서 모든 일에는 원인과 결과가 있다는 것을 다시 생각하게 되었다. 결과 없는 원인이 있을 수 없고 원인 없는 결과 역시 있을 수 없다. 그러므로 원인은 결과를 낳고 그 결과는 새로운 원인이 되어 또 새로운 결과를 낳는다.

모든 일에 원인과 결과가 있다는 것은 원인과 결과 사이에 과정이 있다는 것을 전제하는데, 나는 이 과정이 가장 중요하다고 생각한다. 원인과 결과 사이에 과정이 있는 것이 아니라 과정 속에 원인과 결과가 포함된다고 생각하면 원인과 결과는 과정에 의해 생겨나는 부산물일 뿐이다. 원인과 결과는 과정의 어느 한 부분을 잘라보았을 때 보이는 일부분에 불과하다.

과정이 삶의 핵심이다. 원인과 결과를 중심에 두면 삶이 뻣뻣해진다. 이 이야기는 어떻게 해야 뻣뻣해진 삶을 풀 수 있는지까지도 가르쳐준다. 해답은 과정에 있다. 과정은 곧 흐름을 말한다. 흘러가는

것은 생명력으로 가득차 있다. 흘러가는 것은 부드러움으로 가득차
있다. 흘러가는 것은 받아들임으로 가득차 있다. 그래서 흘러가는 것
은 자유롭다. 그래서 흘러가는 것은 아름답다.

　내가 고등학생 때 콩쿠르에 나갔던 일을 돌이켜보면, 결과는 바짝
긴장해서 엉터리로 연주한 것이다. 그래서 왜 엉터리로 연주할 수밖
에 없었을까를 추적해 들어갔다. 이것이 원인 파악이다. 그렇게 낱낱
이 원인을 파헤쳐 그 문제를 해결하기 위해 철저한 노력을 해서 좋은
결과를 얻었다. 그러나 모든 원인과 결과 그리고 피나는 노력의 과정
뒤에는 이 모든 것을 결정하는 보이지 않는 에너지가 있다. 그것이
곧 과정을 이루는 실체인 흐름이다.
　이 흐름을 다른 말로 하면 사랑이다. 사랑은 열정을 낳는다. 열정
이 없으면 아무것도 할 수 없다. 그래서 죽은 것과 같다. 그러나 열정
이 있으면 못할 것이 없다. 그래서 신명나게 살 수 있다. 그러니 누구
를 탓할 수 있을까. 오직 내 탓일 뿐이다. 재미있으면서도 내가 살아
온 삶을 들여다보게 한 이 이야기는 내게 커다란 힘이 되었다.

솥을 걸어라

구정선사九鼎禪師가 중이 되기 위해 출가했을 때 스승이 솥을 걸라 했
다. 그는 열심히 솥을 걸었으나 퇴짜를 맞았다. 연거푸 여덟 번을 퇴
짜 맞고 난 그는 아홉번째에 겨우 인정받아 행자 생활을 시작할 수
있었다. 훗날 대선사가 된 그의 이름은 솥을 아홉 번 걸었다고 해서
구정선사라 했다.

솥을 건다는 것은 쉬운 일이 아니다. 먼저 솥에 맞는 화덕을 만들
어야 하는데 화덕은 돌과 흙과 물을 섞어 쌓아올린다. 이때 쌓아올린
벽의 두께는 솥과 밥의 무게를 충분히 지탱할 수 있도록 튼튼해야 하
고, 불을 땠을 때는 열이 바깥으로 새나가지 않고 안에 머물 수 있어
야 한다. 또한 쌓아올린 높이가 너무 높으면 솥을 걸고 밥을 지을 때

불과 솥의 거리가 멀어 밥이 제대로 안 되고 너무 낮으면 아예 불때기조차 어려워진다. 화덕이 완성되면 솥을 거는데, 솥전으로 수평을 잡고 솥귀를 안전하게 고정시키되 솥전과 화덕 사이에 빈틈이 생기면 안 된다.

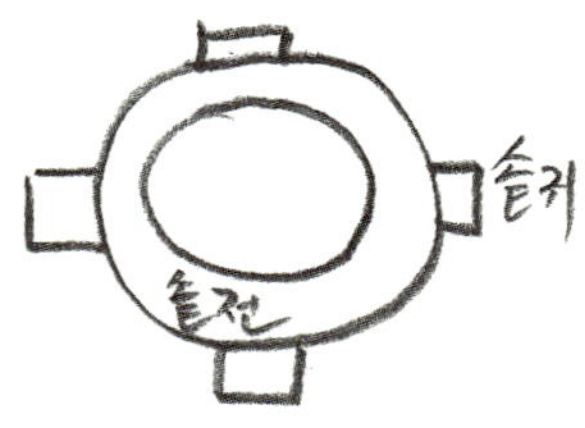

솥뚜껑을 열고 위에서 본 솥 그림

이 마지막 과정을 '솥 걸기'라 한다. 이 일이 얼마나 어려우면 화덕을 만들어 솥을 걸기까지의 모든 과정을 말할 때 한마디로 솥 걸기라 하겠는가.

도를 깨닫겠다는 일념으로 구정은 스승을 찾아갔다. 스승 앞에 선 구정은 이 스승이 과연 나를 받아줄 것인지 안 받아줄 것인지, 또 무엇으로 나를 시험할 것인지 아마 그 어느 때보다 떨렸을 것이다. 그런데 스승의 느닷없는 첫마디는 "솥을 걸어라"였다.

이 말을 들은 구정은 아마도 '아 살았다' 했을 것이다. 열심히 노동만 하면 될 일이기 때문이다. 힘이 난 구정은 팔을 걷어붙이고 흙을 퍼 와서 반죽하여 온 정성을 다해 화덕을 만들고 솥을 걸었다. 이렇게 긴 시간 동안 한결같은 마음으로 공들여 일해보기는 태어나 처음인 것처럼. 화덕이 어느 정도 굳어지자 구정은 스승에게 달려가 솥을 다 걸었다고 말했다.

구정이 건 솥을 본 스승은 "이걸 가지고 솥을 걸었다고 하는 거냐?"면서 발길질로 화덕을 부숴버렸다. 그리고 "다시 걸어라" 하고는 휙 사라졌다.

구정은 청천벽력 같은 스승의 말씀과 발길질에 깜짝 놀랐다. 그것은 분명 구정이 솥을 잘못 걸었음을 뜻했다. 구정은 반성했다. 열심히 하긴 했지만 사실 마음 한구석에 솥 걸기를 가벼이 여긴 점이 있었기 때문이다. 그리고 다짐했다. 내일은 더 열심히 해서 잘 만들 거라고.

다음날, 구정은 더욱 정신을 바짝 차리고 일했다. 흙을 반죽할 때 물의 양부터 시작해서 화덕을 완성할 때까지 실로 초인적인 집중력으로 세심한 주의를 기울여 정교한 손놀림으로 일했다. 마지막 단계인 솥 걸기가 되자 구정은 잠시 허리를 펴고 심호흡을 한 후 더욱 집중하여 솥을 걸어 수평을 잡고 솥귀를 안전하게 고정시키고 빈틈을 깨끗하게 흙으로 메웠다. 얼마나 힘들었는지 구정은 자신도 모르게 "휴~"하고 길게 숨을 내뱉으며 한달음에 스승에게 달려갔다.

구정이 건 솥을 본 스승은 "어제보다도 못하구나, 다시 해라" 하면서 또 솥을 걷어찼다. 구정의 가슴은 무너져내렸다. 오늘은 또 무엇이 잘못됐을까. 곰곰이 살펴보았다. 오늘은 분명 어제처럼 솥 걸기를 가벼이 여기지 않았다. 그야말로 순수한 마음으로 일을 했다. 그러나 문제는 기술이었다. 솥을 잘 걸고자 하는 순수한 마음이 그대로 솥 걸기에 드러나기 위해서는 철저한 기술이 필요했던 것이다. 생각이 여기에 이르자 구정은 마음이 편해졌고 편안하게 잘 수 있었다.

셋째 날. 구정은 몸이 가벼웠다. 머리도 맑았다. 그의 몸은 흙, 물, 돌과 한 덩어리처럼 움직였고 손은 신들린 듯 춤을 췄다. 일을 마친 구정은 자신이 건 솥을 보고 감동했다. 그 모습이 너무 아름다워서. 언뜻 뒤를 돌아보니 어느덧 스승이 와 있었다.

"스님, 솥을 다 걸었습니다."

스승은 한동안 물끄러미 바라보다가 "너, 안 되겠구나" 하면서 절망한 듯한 표정을 지으며 느릿느릿 사라졌다. 구정은 주저앉았다. 기가 막혔다. 화가 났다. '도대체 이놈의 노인네가 뭘 원하는 거야?' 구정은 폭발했다.

"중 되기가 이렇게 어렵단 말인가. 남들은 쉽게도 되던데 왜 나만 이렇게 어려운 거야. 중 안 하면 될 거 아냐!"

소리소리 지르며 펑펑 울었다. 태어나서 이렇게 처참하게 무시당하기는 처음이었다. 짐을 쌌다. 시간이 흘렀다. 구정은 차분해졌다.

'내가 지금 돌아가면 무엇을 할 수 있단 말인가. 내가 할 일은 오직 도 닦는 일뿐인데. 도는 반드시 눈 밝은 스승 밑에서 닦아야 하거늘, 이제 나는 어떻게 해야 하나.' 이 생각 저 생각 하다가 자신도 모르게 잠이 들었다.

넷째 날. 구정은 쌌던 짐을 풀고 아무 생각 없이 화덕을 만들기 시작하여 솥을 걸었다. 스승은 여전히 다시 걸으라며 퇴짜를 놓았다. 구정은 당연하게 받아들였다. 그러나 마음 한구석에는 억울하기도 하고 서럽기도 한 감정이 살아 있었다.

다섯째 날도 퇴짜 맞았다. 어느덧 퇴짜는 당연한 일이 되었다. 퇴짜가 당연시 되자 억울하거나 서러운 감정이 사라졌다.

여섯째 날. 또 퇴짜. 처음부터 지금까지 변함없이 마음속에 남아 있던 마지막 불순물, 스승에게 인정받아야겠다는 기대감이 사라지기 시작했다.

일곱째 날. 구정의 손길은 무심해졌다. 스승의 '다시 걸어라'라는 말에도 무심해졌다. 스승에게 인정받아야겠다는 기대감의 뿌리가 뽑혔다.

여덟째 날. 구정의 손길은 더욱 무심해졌다. 스승의 '다시 걸어라'라는 말에도 더욱 무심해졌다.

아홉째 날. 구정의 손길도 무심, 구정을 인정한 스승의 말도 무심, 구정을 인정한 스승의 말을 들은 구정도 무심해졌다.

구정의 솥 거는 일은 이렇게 끝이 났다.

구정선사 이야기를 내 삶의 경험을 바탕으로 해석해보면
솥을 거는 일은 피아노 치는 일과 같다.
솥을 거는 일은 작곡하는 일과 같다.
솥을 거는 일은 '이 뭐꼬' 하는 일과 같다.

달다!

어떤 큰스님이 문제를 하나 냈다.

"커다란 나무가 하나 있는데 가지 끝에 한 사람이 매달려 있다. 매달려 있는 사람의 다리 밑은 낭떠러지이고, 낭떠러지 밑에는 독사가 또아리를 틀고 혀를 날름거리고 있다. 나무 밑둥에는 호랑이가 입을 벌리고 침을 질질 흘리고 있으며, 사람이 매달려 있는 나뭇가지는 흰 쥐와 검은 쥐가 번갈아가며 갉아먹고 있는데 가지 끝에 매달린 이 사람은 지금 꿀을 빨아먹느라 정신이 없다. 사방이 죽음 천지인데 어떻게 해야 이 사람이 살 수 있겠느냐?"

"간밤에 꿈이다"를 비롯해 여러 스님들이 멋진 대답을 했다.

그런데 전강 스님이 대답했다.

"달다!"

솜털 하나 차이도 없이 완벽한 답이다. 나는 이 답을 듣고 머리가 터지고 가슴이 터지는 시원함을 느꼈다. 이제 더이상 들을 법문은 없어졌다. 오직 '이 뭐꼬'를 붙들어 터트리는 일만 남았다. '달다'는 '이 뭐꼬'의 목적지임과 동시에 '이 뭐꼬'를 공부하는 최상의 방편임을 알았기 때문이다.

죽을 줄 모르고 가지 끝에 매달려 꿀을 빨아먹고 있는 이 사람. 단맛에 빠져버린 이 사람의 현재 상태를 여의고 이 사람의 살 길을 찾는다는 것은 불가능하다. 사람이 살면서 일어나는 모든 일은 꿀과 같다. 슬픈 일도 꿀이요, 기쁜 일도 꿀이다. 꿀에 붙들리면 사방이 죽음뿐이다. 슬픈 일에 붙들려도 죽음이요, 기쁜 일에 붙들려도 죽음이다. 어떻게 해야 살 수 있단 말인가. 슬픈 일을 붙들고 배꼽 밑으로 내려와 이 뭐꼬의 바다에 빠뜨린다. 기쁜 일을 붙들고 배꼽 밑으로 내려와 이 뭐꼬의 바다에 빠뜨린다. 이것이든 저것이든 일어나는 모든 것을 붙들고 배꼽 밑으로 내려와 '이 뭐꼬'의 바다에 빠뜨린다. 무엇이든 배꼽 밑 '이 뭐꼬'의 바다에 빠뜨리기만 하면 그것은 죽어간다. 이와 같이 철저한 죽음을 먹고 나의 '이 뭐꼬'는 힘이 붙었다.

이때 기적이 일어났다. 꿈 같은 일이 벌어진 것이다. 슬픈 일에 붙들리지 않게 되니 삶이요, 기쁜 일에 붙들리지 않게 되니 삶이다. 어떻게 죽을 수 있단 말인가. 이것이든 저것이든 일어나는 모든 것에 붙들리지 않게 되니 죽을 수 없다. 무엇이든 붙들리지 않게 되니 살 수밖에 없다. 나는 뭔가 곧 터질 것 같은, 뭔가 곧 밝아질 것 같은 그런 지경에 이르렀다.

자네가 죽어야지

'이 뭐꼬?'가 나의 모든 것이 되어가던 어느 날이었다. 고향의 동사무소 직원 두 분이 나를 찾아와 입대 영장이 나왔으니 군대에 가야 한다고 말했다. 눈앞이 캄캄했다. 사실 나는 군대 면제가 거의 확실하다는 이야기를 듣고 출가를 했었다. 아버지가 일찍 돌아가시고 형제 자매는 많은데 내가 장남이니 생계 때문에 면제가 되어야 정상이었다. 나중에 안 사실이지만, 내가 평생 중노릇 할 것을 우려했던 막내 삼촌과 이길환 선생님이 상의해서 면제가 거의 결정된 서류를 굳이 입대하는 쪽으로 돌려놓았다고 한다.

　나는 아무것도 안 하고 '이 뭐꼬?'만 하고 싶은데, 아니, '이 뭐꼬?' 때문에 아무것도 할 수가 없는데 군대를 가야 하다니…… 이제 조금만 있으면 뭔가가 터질 것 같은데, 하필이면 이렇게 중요한 때에 왜 내가 군대에 가야 한단 말인가! 태어나서 처음으로 깊은 절망에 빠졌다.

나는 논산 신병훈련소에서 교육을 받다가 피아노 연주 실력을 인정받아 영천에 있는 육군 제3사관학교 군악대에 배치되었다. 하지만 내 뜻과 상관없이 갑자기 바뀌어버린 생활에 '이 뭐꼬?'를 할 수 없는 환경에 처하니 하루아침에 천국에서 지옥으로 떨어진 것만 같았다. 이렇게 삼 년을 살아야 한다고 생각하니 끔찍했다. 군대가 싫었다. 군대 생활이 힘들어서가 아니라 '이 뭐꼬?' 이외에는 아무것도 관심이 없었기 때문이다. 나는 그저 목숨만 부지할 수 있다면 '이 뭐꼬?'만 하고 싶었다. 그래서 결심했다. 탈영을 하기로.

대략 세 가지 방법이 있을 것 같았다. 첫번째로 병영 담을 넘어 도망가는 방법이다. 두번째로 일요일 종교 활동이 끝난 후 영외거주자를 싣고 나가는 버스를 타고 도망가는 방법이다. 세번째는 정식으로 특별휴가를 받아 당당하게 정문으로 도망가는 방법이다. 안전하게 숨을 때까지 시간을 확보하려면 세번째 방법밖에 없었다. 그러나 자대에 배치된 지 이제 겨우 보름밖에 되지 않은 내가 특별휴가를 얻는다는 것은 당시 군대 상황으로서는 불가능에 가까운 일이었다. 그래서 위험하지만 담을 넘는 작전을 짰다. 고참들이 빨아서 널어놓은 사제 옷, 신발 등을 훔쳐 담을 넘자마자 옷을 갈아입고 도망가면 되겠다 싶었다. 그러나 안전하게 숨을 수 있을 때까지 필요한 시간이 확보되지 않는다면 아무 소용없는 일이었다. 일단은 불가능해 보이는 세번째 방법을 시도해보고 안 되면 첫번째 방법으로 하자고 마음먹었다. 군악대장을 찾아갔다.

"대장님, 제가 입대할 때 우리 어머니를 뵙지 못하고 왔습니다. 어머니께 저의 건강한 모습을 보여드릴 수 있도록 도와주십시오."

"그래? 2박 3일이면 되겠나?"

"예, 충분합니다."

"갔다 와. 갔다 와서 군 생활 잘하도록. 알겠나?"

"예, 감사합니다."

세상에 태어나 이렇게 기쁜 적이 없었던 것 같다. 부대를 빠져나온 나는 먼저 이길환 선생님께 인사드리고 용화사에 올라가 군복, 군화, 군번줄, 군모 등을 모두 아궁이에 넣어 불태웠다. 승복으로 편하게 갈아입은 후 필요한 정보를 수집하여 다시 고향으로 내려가 시청으로 갔다.

"사망신고를 하러 왔습니다."

"누가 돌아가셨는데요?"

"저요!"

"자네를 사망신고 한다고?"

"왜, 안 됩니까?"

"하하하, 자네가 죽어야지!"

세상에서 나의 흔적을 없애고 오로지 '이 뭐꼬?'만 붙들어 '참나'를 찾고 싶었지만 세상은 끝내 나를 놓아주지 않았다.

‘사망신고’ 작전이 실패로 돌아가자 두번째 작전인 ‘숨어 살기’를 위해 적상산 호국사지에 있는 토굴을 찾아갔다. 용화사의 구참 스님들께 얻은 정보에 의하면 나를 숨겨줄 스님 두 분이 이곳에 계셔야 하는데 아무도 없었다. 비는 부슬부슬 내리는데 갈 곳을 잃은 나는 한동안 멍하니 서 있다가 다시 용화사로 발길을 옮겼다. 숨어 살 수 있게 해달라고 부탁해볼 요량이었다. 그런데 막상 용화사에 와보니 나 때문에 그 사이 난리가 났었단다. 내가 이래저래 귀대 날짜를 넘긴 탓에 헌병대가 내 고향집과 이길환 선생님 댁을 거쳐 이미 용화사까지 훑고 지나간 뒤였던 것이다. 진허 스님께서 말씀하셨다.

“군대 생활 삼 년도 못하는 사람이 어찌 평생 중노릇을 허겠소?”

나는 참회하고 귀대했다. 귀대한 나는 일주일 정도를 자대 영창에서 보낸 후 대구에 있는 5관구 헌병대 감옥에서 한 달을 살았다. 그런데 감옥은 내게 최고의 선방이었다. 밥 먹고 잠자는 시간 외에는 하루종일 책상다리로 앉혀놓는 곳이었기 때문이다. 영창 안에서 나는 하루종일 ‘이 뭐꼬?’에만 몰두할 수 있었다. 매일같이 가부좌를 튼 채 앉아 있는 나를 지켜본 사람들은 나를 ‘석가모니’라 불렀다.

자대로 돌아와서도 나는 아무것에도 관심이 없었다. 남이야 청소를 하든 말든, 악기를 연습하든 말든 거적때기 하나 들고 후미진 곳을 찾아 그저 앉아 있기만 했다. ‘이 뭐꼬?’는 내 생명이었다. 아니, 당시에는 내 생명보다도 ‘이 뭐꼬?’가 더 소중했다. ‘참나’를 모르고서야 생명 자체가 의미가 없었기 때문이다.

그러나 아무래도 사람 관계를 무시하는 생활을 마냥 지속할 수는 없었다. 병영에서 홀로 참선을 하는 것은 마치 선방에서 혼자 고시공부 하는 것처럼 어울리지 않는 행동이었다. 동기생, 고참 들과 가까워지면서 조금씩 군악대 생활에 적응해갔다.

군악대 회식은 그야말로 '야단법석'이었다. 다른 부대에서 구경 올 정도였다. 회식을 하면 그날의 회식 분위기에 맞는 라이브 밴드가 구성된다. 내무반은 순식간에 나이트클럽으로 변신한다. 종이에 동그란 구멍을 내어 셀로판지를 붙여서는 졸병 하나가 백열등 아래에서 그걸 들고 뱅글뱅글 돈다. 느린 곡에 맞춰서.

블루스를 추려면 여자가 필요하다. 졸병 중에 예쁘장한 애들이 여자 역할을 맡는다. 그냥 하는 게 아니라 일단 옷을 벗는다, 홀딱. 그리고 탄띠를 허리에 두른다. 수통은 탄띠에 걸어서 앞부분을 가린다. 다음은 알철모를 쓴다. 원래 쇠로 된 철모 안에는 '화이바'라는 플라스틱 모자가 들어 있다. 그 화이바로 머리 크기에 맞게 철모를 고정시키는 것이다. 알철모는 화이바를 뺀 철모를 말한다. 그래서 알철모는 머리통보다 크다. 그 누구의 머리보다도 크다. 그래서 알철모만 머리에 쓰면 댕글댕글 철모가 제멋대로 논다.

할딱 벗고, 탄띠 두르고, 자지는 수통으로 가리고, 댕글거리는 알철모를 쓰고 엉덩이를 흔들면서 블루스를 추는 졸병. 더 웃기는 건 그 파트너랑 분위기를 잡고 춤을 추는 고참들이다. 자기들은 옷을 다

입고서 눈을 지그시 깔고 블루스를 춘다.

음악이 빨라지면 조명 담당은 잽싸게 백열등 스위치 있는 데로 간다. 껐다 켰다 껐다 켰다…… 손이 안 보일 정도로 빠르게 움직여야 한다. 밤무대 출신 고참들이 사이키 조명으로 인정할 정도가 돼야 하기 때문이다. 모두 정신없이 흔든다. 술은 깡소주에 쥐포 안주, 막걸리는 안주도 필요 없었다.

내가 막 일등병이 되었을 때 일이다. 트럼펫 연주자인 박효준 병장은 졸병들을 되게 잘 팼다. 그래서 별명이 괴물이었다. 점호 준비하면서 어렸을 적 얘기가 나왔다. 누군가가 말했다. 어렸을 때 흙도 먹고 뭣도 먹으면서 자랐다고. 나도 거들었다. 나는 똥도 먹었다고. 그랬더니 박병장이 물었다.

"야! 임동창, 너 진짜 똥 먹었어?"

"예. 어렸을 때는 먹었어요."

"너 그러면 지금도 먹을 수 있나?"

"예."

"그러면 너 오줌도 먹을 수 있나?"

"예."

"좋아. 너 잠깐만 기다려!"

그러고는 그 자리에서 맥주컵에 자기 오줌을 받았다. 김이 모락모락 나는 것이 찰랑찰랑 딱 한 컵이다.

♪ 출가

"자. 먹어봐."

나는 받자마자 단숨에 마셔버렸다. 괴물 병장이 소리쳤다.

"오늘 이후로 내가 제대하는 날까지 임동창 괴롭히는 놈은 죽여버린다. 알겠나?"

군악대 군기도 장난이 아니다. 행사복이 많아 관물대와 별도로 옷이 구겨지지 않게 보관하는 개인용 캐비닛이 있었는데, 그 캐비닛 꼭대기에 두 발을 올리고는 깍지 끼고 엎드려 뻗쳐서 한 시간씩 있는 게 날마다 하는 '얼차려'였다. 다른 친구들은 고참들 눈을 피해 요령껏 깍지를 풀었다 꼈다 했지만 나는 한 시간 내내 꼼짝도 하지 않았다. 내게는 그 시간이 '이 뭐꼬' 화두를 심는 시간이었다. 마치고 나면 한동안 깍지가 풀어지지 않았다.

일일 행사로 하는 얼차려도 있었지만 '군인의 길' 같은 걸 암송하지 못하면 또 '빳다'를 때렸다. 외우기를 죽기보다 싫어해서 절에서 염불도 하지 않았는데 군대에서도 외우기를 시키니 환장할 노릇이었다. 그래도 빳다가 무서워 외우고 싶진 않았다. 어떤 고참은 야구방망이를 있는 힘껏 휘둘러 한 대 이상 버티는 사람이 없었다. 한 대를 맞으면 다들 엎어져서는 엉금엉금 기어서 들어갔다. 나는 묵묵히 엎드려 속으로 '이 뭐꼬' 하면서 세 대를 꼼짝 않고 맞았다. 고참도 더이상 때리지 않고 그만 들어가라 했다. 요령 피우지 않고 정면으로 부딪히자 고참들도 함부로 대하지 않았다. 게다가 내가 피아노를 치다가 중이 된 걸 알고 나서는 각별하게 여기는 고참들이 많아졌다.

군악대에는 클래식 전공한 대학생, 흔히 '딴따라'라 불리는 밤무대 출신 등 다양한 이력을 가진 사람들이 모여 있었다. 특히 체계적인 공부가 안 되어 있던 딴따라 출신 고참들은 화성법이나 대위법을 가르쳐주면 음악의 원리가 이렇게 되어 있구나 하고 깜짝깜짝 놀랐다. 색소폰 연주자인 한준철 하사는 공부에 재미를 붙여 외박 나가는 길에 교재를 구해오기도 했다.

"야, 동창아. 이거 신중현 밴드 가서 구해온 거야. 버클리 음대 교재래. 니가 먼저 보고 우리도 좀 가르쳐줘라."

나도 공부를 해가면서 고참들을 가르치다보니 점점 인간적인 유대가 깊어졌다. 한준철 하사가 자기가 맡고 있던 연주교육계를 내게 맡겼다. 행사에 맞게 곡을 편곡하는 일이 주된 일이었다. 군악대 밴드에 익숙지 않아 처음에는 어색했지만, 한 하사의 조언을 들으면서 감을 잡고부터는 원하는 편곡 작업을 바로바로 해내니까 자연스럽게 실력을 인정받게 되었다. 군악대 63명 부대원들이 행사 때 연주할 레퍼토리를 짜고, 출연할 사람을 정하는 것도 교육계가 하는 일이었다. 한준철 하사는 나를 무척 아껴서 외박 때도 같이 데리고 나가 밤무대 분위기도 보여주곤 했다.

고참들이랑도 친했지만 후임들과도 가까워졌다. 어느덧 내가 고참이 되었을 때 후임들이 임병장님 제대하고 난 뒤에도 기억할 수 있게 행진곡을 하나 작곡해달라 해서 한 편을 작곡해서는 내 법명을 따 〈보림행진곡〉이라 이름을 지었다. 다른 군악대에서도 그 곡을 가져다 쓰기도 했는데, 후임들 이야기를 들으니 지금도 그 곡이 연주되고 있다고 한다.

첫사랑, 다시 찾아온 별

 나는 제대하고 서울에 자리를 잡았다. 피아노학원에서 먹고 자며 아이들을 가르쳤는데, 이력서에 공란만 가득한 내 밑으로 비싼 입시생 레슨이 들어올 리 만무했다. 초등학교 5, 6학년만 되어도 선생의 실력은 나중이고 학력이 우선이었다. 반면에 바이엘반 꼬마들은 말이나 비행기를 타고 피아노가 없는 세계로 날아가고 싶어 했다. 실컷 놀아줘야 겨우 몇 분 '도레도레'를 치는 정도였다. 그래도 밉지 않았다. 그 옛날 피아노 앞에서 깨달음을 얻은 이후로 아이들은 모두 천재였으므로.

달리 연락처를 알려준 사람도 없는데 어느 날 나를 찾는 전화가 걸려왔다.

"누구세요?"

그 아이였다. 오래전 내 가슴에 반짝이는 별들을 심어줬던 그 아이. 고등학교 1학년생 임동창에게 처음으로 작곡의 불을 지폈던 그 여학생. 초등학교 5학년이었던 어린 소녀는 어느새 대학교 2학년의 어엿한 숙녀가 되어 있었다.

"올해 열리는 콩쿠르를 준비하는데 잘 안 풀려요. 오빠가 좀 도와줘요."

곧바로 레슨에 들어갔다. 불이 붙었다. 손가락에도, 가슴에도. 첫사랑이 다시 시작된 것이다. 꿈 같은 시간이 꿈처럼 나에게 찾아왔다. 오래전 가슴속에 묻어두었던 별들이 한꺼번에 다시 터져나오는 것만 같았다.

그러고 얼마 안 있어 그녀의 어머니가 서울에 오셨다. 대학생 아들과 딸이 거처하는 아파트가 강남에 있었기 때문이다. 교제 사실을 알리기 위해 우리는 함께 집으로 향했다. 어머니는 우리의 말이 떨어지기가 무섭게, 한마디 덧붙일 겨를도 없이 기절하셨다. 이유야 자명했다. 우리나라에서 가장 들어가기 힘들다는 대학의 촉망받는 음대생, 어디 내놔도 부러울 게 없는 집안의 딸이었다. 물론 그녀의 부모도 내가 어릴 적부터 재능이 남달랐다는 건 잘 알고 있었다. 하지만 대학 문턱에도 못 가본 데다 중질을 한다고 머리를 깎았다가 다시 돌아와 지금은 조무래기들이나 가르치는 학원강사일 뿐이었다. 세상사에 일절 욕심이 없던 내가 유일하게 가져봤던 단 하나의 욕심, 절대 포기할 수 없는 그 사랑에 비상이 걸렸다.

"여기를 벗어나자."

제대로 이뤄보지도 못한 사랑을 이대로 잃을 수는 없는 노릇이었다.

"너는 공부를 계속 해야 해. 우리 미국으로 유학 가자."

나는 열심히 돈을 벌어 그녀의 뒷바라지를 하겠다고 마음먹었다. 우리는 종로 2가에 있는 유학원을 찾아가 서류 준비를 시작했다. 1981년이었다. 해외에 나간다는 게 만만치 않던 시절이었다. 학벌이든 돈이든 배경이든 모든 조건이 열악했던 내가 그녀와 함께 미국에 가려면 '동반자 비자' 외에는 방법이 없었다. 우리는 가능한 한 빨리 혼인신고를 하자고 뜻을 모았다.

그러는 동안에도 레슨은 계속되었다. 덩달아 그녀의 친구들까지 꼬리에 꼬리를 물고 레슨을 받겠다고 찾아왔다. 대한민국 최고 대학의 학생들이 고등학교 졸업장이 전부인 시골 출신의 무명 피아노 강사에게 숨어서 족집게 과외를 받는 셈이었다. 당시 외국 대학 피아노과에 지원하려면 자신의 연주를 테이프에 담아서 보내야 했다. 우리두 사람은 열심히 준비를 했다. 배우고 가르치며 서로에 대한 신뢰또한 더욱 커졌다.

그러다 방학이 됐다. 예술 전공 학생들은 방학이 되어도 집에 잘 내려가지 않는다. 학기중에 모자랐던 연습과 레슨에 보다 집중하기 위해서다. 그런데 그녀의 부모로부터 호출이 왔다.

"집에 잠깐 내려와야겠다."

그녀의 부모는 어쩔 수 없이 내려간 그녀를 집에 가둬버렸다. 밤 열두시가 넘어 식구들이 다 잠들고 나서야 우리는 겨우 전화 한 통화를 할 수 있었다. 애틋한 날들이 이어졌다. 그러던 어느 날 그녀의 목소리가 이상했다. 나는 덜컥 겁이 났다. 부모의 집요한 설득에다 나를 만나기 힘든 상황이 겹치면서 그녀의 심경에 뭔가 변화가 이는 듯했다. '나한테는 이 사람이 전부인데……' 불안한 마음에 해가 뜨는 대로 내려가겠다고 했다. 그녀의 집 근처 어딘가에서 만날 약속을 하고서.

보고 싶은 마음은 둘이 똑같았다. 그녀는 집에서 입던 옷 그대로 슬리퍼만 신고서 아무것도 손에 들지 않은 채 약속 장소에 나와 있었다. 하지만 나의 불안한 예감은 맞는 것 같았다. 아무래도 그녀에게 뭔가 심경의 변화가 있는 듯했다. 앞뒤 상황을 짚어보니 그녀의 부모가 우리가 극비리에 진행하고 있던 유학 준비 사실을 알고 있는 게 분명했다. 그러니 감금은 부모로서도 긴박한 선택이었던 셈이다. 나는 초조했다. 이대로 그냥 돌려보내면 영원히 만나지 못할 것만 같았다.

"우리 솔직하게 말하자."

"응."

"너, 정말 나를 사랑하니?"

"사랑해."

"그래, 그럼 얘기할게. 오늘 헤어지고 나면 너하고 나는 다시 만나기 어려울 것 같아. 너, 내가 하자는 대로 할 수 있어?"

그녀는 얼른 대답하지 못했다. 내 말이 무슨 뜻인지 잘 알기 때문이었다. 잠시 생각하더니 이윽고 대답했다.

"알았어. 오빠 하자는 대로 할게."

"좋다. 이대로 도망가자."

그러나 막상 도망갈 곳이 없었다. 일단 생각나는 대로 익산에 사는 군악대 동기의 집을 찾아갔다. 가는 날이 장날이라더니 헛걸음이었다. 일 때문에 울릉도에 가 있다고 했다. 달리 찾아갈 곳이 없었던 나는 울릉도 전화번호를 물어 그곳으로 전화를 걸었다.

"너 울릉도에서 뭐하냐?"

"야, 네가 웬일이냐? 나 울릉도에서 딴따라 해."

"나도 거기 가면 먹고 살 수 있겠냐?"

"대환영이지, 대환영! 네가 오면 진짜 좋지! 얼른 와서 전자오르간 쳐라."

사실 막막하기만 했던 나는 도망을 가서도 돈을 벌 수 있다니 마음이 놓였다. 일단 적금을 깨서 삼백만 원 정도를 손에 쥐었다. 돈 모으는 일에 도통 관심이 없던 나에게 학원장이 성화를 부려가며 들게 했던 삼 년 만기 천만 원짜리 적금이 결국 이런 식으로 도움이 된 셈이다.

하루 한 번 있는 울릉도행 배를 타려면 포항에서 하루를 머물러야 했다. 여덟 시간 뱃길 끝에 울릉도에 도착했다. 섬은 뱃사람으로 가득했다. 그해 오징어가 많이 잡힌다고 했다. 오징어는 사람들을 불러

모았다. 살 집을 구하기가 하늘에 별따기였다. 아무리 알아봐도 빈 집을 찾을 수 없었다. 결국 한 여관에 방을 얻었다. 전세 백만 원. 그래도 촛대바위가 바로 내다보여 경치는 좋았다.

방을 얻어놓고 나서 함께 배를 타고 다시 포항으로 나갔다. 피아노를 사기 위해서였다. 어디에 어떻게 있든 그녀의 피아노 공부가 가장 중요했다. 피아노 대리점에 있는 모든 피아노를 일일이 다 쳐봤다. 값이 같아도 소리가 다 다른 게 피아노다. 겨우 하나를 골랐다.

"경상북도 울릉군 울릉읍 ○○동 ○○여관 ○○호 임동창 앞으로 배달해주세요."

피아노는 배를 타고 여관방에 도착했다.

적금을 깬 돈은 교통비며 식비, 정착 비용, 피아노값 등으로 금세 바닥이 났다. 울릉도는 정말 아름다웠다. 버스 한 대, 택시 두 대가 당시 울릉도에 있던 차량의 전부였다. 인구는 이만 명 안팎. 길고 끝없는 망망대해 끝에 푸른색 봉우리 하나가 우뚝했으니 그것이 신비로운 섬 울릉도였다. 물이 좋은 덕분이라지만 여자들의 피부는 놀라울 정도였고, 쇠고기는 한 번 맛보면 잊을 수 없었다. 고비나물은 둘이 먹다 하나가 죽어도 모를 만큼 훌륭했다. 경치와 음식, 어느 하나 빠지는 게 없었다.

나에게 그때의 울릉도를 기억나게 하는 건 또 있었다. 바로 소리였다.

쨍그랑, 우당탕, 쾅.

엄마가, 퍽퍽, 됐나? 됐다! 쿵……

배가 안 나가는 날이면 아침부터 들려오는 술 취한 경상도 사내들의 투박한 사투리가 싸움인지 정담인지 헛갈렸고, 또 심심찮게 시비도 붙었다.

당시 울릉도에는 나와 같은 군악대 출신 세 명이 밤무대를 뛰고 있었다. 동기 천병선은 베이스 기타, 후배 김길곤은 드럼, 선배 이옥구는 색소폰이었는데 당장 내가 낄 자리는 없었다. 그래서 조금 기다리고 있던 참이었는데 옥구 형이 다른 술집으로 일터를 옮기면서 나더러 같이 일하자고 제안을 해왔다. 옥구 형은 색소폰, 나는 전자오르간으로 2인조 밴드를 하자는 것이었다. 그렇게 한 사람은 여관방에서 피아노 연습을 하고 한 사람은 밤무대에서 돈을 버는 우리의 울릉도 신혼(?) 생활이 시작되었다.

우리 2인조 밴드는 술집에서 손님들의 노래에 즉석반주를 했는데 이를 '오브리빵'이라 했다. 울릉도 딴따라 오브리빵. 아마도 '오브리'는 음악 용어 '오블리가토^{obbligato}(독창 또는 독주의 선율을 도와 연주하는 반주 악기 외의 악기 파트)'의 준말이고 '빵'은 '방'의 센 발음일 것이다. 일단 출근을 하면 손님이 있든 없든 상관없이 경쾌한 오프닝 음악을 연주하고, 잠시 쉬었다가 술 마시던 손님들이 노래를 신청하면 무대에 올랐다. 오브리빵의 생명은 손님이 무슨 노래를 부르든 거침없이 반주를 하는 것이었다. 그것도 아주아주 폼나고 멋있게.

오브리빵을 하려면 특히 '뽕짝'을 많이 알아야 했다. 하지만 내가 아는 뽕짝이라고는 어려서 동네에서 들었던 몇 곡이 전부였다. 그러니 무방비 상태로 일선에 던져진 꼴이었다. 손님이 노래 제목을 말하면 옥구 형은 내게 급하게 신호를 보내곤 했다.

"떼마이나 뽕짝!"

정확한 발음은 독일어로 '데몰d-moll'이다. 영어로 하면 '디마이너d-minor', 우리말로 하면 '라단조'. '떼마이나'는 그 노래의 조를 말하고, '뽕짝'은 리듬, 즉 장단을 의미한다. 장단에는 속도도 포함된다. 그 짧은 순간 두 마디면 작전 끝이었다. 노래를 알건 모르건 상관없었다. 색소폰이 먼저 '짜짜 짜짜르자' 하고 전주를 치고 나가면 나는 '쿵짝 쿵짝' 하며 바로 뒤를 따라갔다. 전주는 최대한 짧아야 했다. 시간이 돈이므로.

뽕짝 반주에는 나름의 법칙이 있다. 전주를 마무리할 때쯤이면 '짠짠' 하고 한 번 끊었다가 '따라라라 짠짠' 하고 맺어준다. 그러면 손님은 신나게 노래를 부른다. 제 흥에 겨워 가진 폼 다 잡고 오만상 찌푸려가며, 마치 자신이 남진이나 나훈아가 된 것처럼.

나는 이 '뽕짝의 법칙'을 현장에서 배웠다. 돈까지 받아가며. 1절만 부르면 천 원, 2절까지 다 부르면 이천 원. 오징어를 많이 잡은 선주는 십만 원짜리 수표를 내고 대여섯 곡을 내리부르기도 하고, 오징어가 잘 안 잡히는 때의 선원들은 오백 원에 1절, 천 원에 2절까지 부르기도 했다. 어떤 때는 서비스 차원에서 공짜 반주도 해줬다. 울릉도의 오브리빵은 섬의 경제 사정을 정확하게 반영하는 현장이었다.

그렇게 지내던 어느 날, 우리 두 사람은 기분 전환도 할 겸 오랜만에 서울 친구들 좀 만나고 오자며 배를 타러 항구로 나갔다. 당시 울릉도에서는 신분증이 없으면 배를 태워주지 않았다. 아무것도 없이 그냥 집에서 나온 그녀에게 신분증이 있을 리 만무했다. 하지만 경찰이나 주민들이나 서로 얼굴을 잘 알았기 때문에 신분증 없이도 그냥 배에 오르내리고 했었다. 그런데 그날따라 갑자기 경찰이 신분증이 없는 그녀의 승선을 막았다.

"임동창씨는 가셔도 좋습니다."

나는 화가 나서 소리쳤다.

"모르는 사람도 아니고 왜 오늘만 갑자기 안 된다는 겁니까?"

경찰서로 동행하자고 했다.

"갑시다!"

정보과장이 기다리고 있었다.

"임동창씨 죄송합니다. 이 아가씨의 부모님이 오늘 울릉도에 들어오신답니다. 그쪽 경찰서랑 우리가 연결이 돼서 일을 진행했는데, 그 과정에서 좀 무리가 있었나 봅니다. 이해하시기 바랍니다."

정보과장의 설명에 나는 웃었다. 둘이 배를 타러 나간 건 아침이었고, 그녀의 부모가 도착할 시간은 저녁이었다. 그러니 경찰서 사람들은 우리를 붙잡아둬야할 형편이었다.

🎵 출가

"이 좁은 울릉도에 어디 도망갈 데가 있습니까? 하루종일 여기서 기다리는 것도 고역이니 바람 좀 쐬고 시간 맞춰 들어오겠습니다. 제 주민등록증을 맡기겠습니다."

경찰들도 더는 토를 달지 않았다. 우리는 서면의 통구미 마을에 가서 맥주랑 통닭을 먹고 저녁이 돼서 경찰서로 돌아왔다. 그녀의 부모님은 포항에서 배를 기다리다 풍랑주의보 때문에 다시 집으로 돌아갔다고 했다. 부모님이 오신다는 연락이 오면 바로 알려달라고 부탁해놓고 우리는 여관으로 돌아왔다. 나중에 알고 보니 가출 직후 부모는 경찰서에 딸의 실종신고를 냈다고 했다. 그런데 우리가 울릉도에 있다는 것을 어떻게 알아냈을까? 나는 숨어 사는 주소를 들킬까봐 퇴거신고도 전입신고도 하지 않은 상태였다.

짚이는 것이 있기는 했다. 경찰은 종종 여관 투숙객들을 상대로 신분조회를 했다. 혼자 피아노 연습을 하고 있는 것이 특이했지만 어쨌든 친분이 있는 경찰들은 굳이 그녀의 신분증 검사를 하지 않았다. 두어 번 그렇게 넘어가다 서너번째쯤 담당 경찰이 그녀의 주민등록번호로 신원을 조회해본 듯했다. 울릉도 경찰서는 별 생각 없이 신분조회를 했다가 실종신고 사실을 발견하고 곧바로 그녀의 고향집 경찰서와 연락을 취했을 것이다.

며칠 후 연락이 왔다. 항구로 마중을 나갔다.

"집이 어디냐? 가보자."

부모님의 첫 말씀이었다. 택시를 타고 고개를 넘어 여관방으로 들어갔다. 기가 막히다는 표정이셨다. 하지만 목소리는 차분했다.

"얘는 학생이니 공부를 계속해야 하지 않겠나? 대학은 졸업해야지."

그녀는 2학년을 마치고 휴학계를 낸 상태였다.

"일단 여기서 나가서 각자 지내도록 해라. 대학을 마치면 결혼시켜주마."

나는 그 말을 믿기 어려웠다.

"안 됩니다. 여기서 결혼식을 올리고 나가서도 같이 살아야 합니다."

부모님은 딸과 여관에서 하룻밤을 머물고 다음날 아침배를 탔다. 그러나 부모가 다녀간 뒤부터 행복하고 즐거웠던 울릉도 생활에 먹구름이 끼기 시작했다. 뭔가 이상한 느낌이 나를 긴장시켰다. 그녀는 솔직하게 말은 못했지만 부모가 제안한 방법대로 따르고 싶은 눈치였다. 그리고 나에게서 점점 마음이 떠나가는 듯했다.

우리라고 언제까지나 울릉도에 숨어 살 생각은 아니었다. 무엇보다 그 친구가 공부를 계속해야 하니까 일단 아이를 낳은 후에 섬에서 나오면 그 집안 부모도 꼼짝 못할 거라 생각했다. 그렇게 허락을 받은 후에 함께 미국으로 공부를 하러 가자는 것이 우리의 합의였다. 그런데 애가 생기지 않았다. 그리고 마침내 파국의 기미는 다가오고 있었다.

'아, 이 사람의 사랑이 식어가는구나.' 고민하던 나는 그녀를 보내기로 결심했다. 보낸다는 건 영원한 이별을 의미했다. '사랑이 식었는데 그렇다고 말을 못하니, 저 사람은 또 얼마나 힘들까.'

연기를 하기 시작했다. 나에게서 확실히 정을 뗄 수 있도록. 그녀가 죄책감 없이 떠날 수 있도록. 그날부터 외박이 시작됐다. 친구 길곤이가 혼자 사는 집에 가서 잠을 잤다. 딴따라들은 밤늦게 일을 마치면 새벽에 들어가 한낮까지 잠을 자야 했다. 당시 울릉도 아가씨들 몇 명이 길곤이가 좋다며 낮에 그 집을 들락거리곤 했다. 그 방에서 밤에는 잠을 자고 아가씨들과 낮 시간을 보내곤 했다. 예상한 대로 점심때쯤 그녀가 길곤이네를 찾아왔다.

"길곤 씨, 오빠 여기 있지요?"

나는 일부러 여자들과 함께 있는 모습까지 보여주면서 차갑고 무심하게 대답했다.

"왜? 나, 집에 안 가."

화가 난 그녀는 두말없이 여관으로 돌아갔다. 그리고 다음날, 내가 새벽에 일을 끝내고 돌아간 여관방에는 쪽지 한 장만 남아 있었다.

맨 정신으로 살 수 없었던 나는 그날부터 술로 연명했다. 그렇게 두어 달을 마치 죽은 사람처럼 보내고 나니 어느 정도 마음이 정리되는 듯했다. 울릉도 생활을 청산하고 뭍으로 나왔다. 그녀를 찾아갔다. 마지막으로 그녀의 마음을 확인하기 위해서였다. 다시 찾아간 그녀는 마음이 완전히 돌아서 있었다.

"오빠는 한없이 좋은 사람이지만 결혼만큼은 안 되겠어."

"후회하지 않겠어?"

"응. 후회하지 않아."

"그럼 됐다."

나의 첫사랑은 이렇게 막을 내렸다.

♫ 출가

음악가의 길

나는 선율 쓰기를 통해서 말로 표현할 수 없는
음악의 영적인 측면을 알게 되었다.
논리를 통해 영감을 실현시키는 최적의
기술을 체화해나갔다.

영감이 흘러다니는 길

제대하고 막 사회로 나오자 군악대 출신 형들이 나를 기다리고 있었
다. 울릉도로 들어가기 전이었다. 당시 '신중현과 뮤직파워'라는 팀
이 결성되어 활발한 활동을 펼치고 있을 때였다. 신중현 선생과 여성
보컬 두 명, 건반 주자를 빼고 나머지는 모두 우리 군악대 출신이었
다. 테너 색소폰 한준철을 비롯해 드럼 문영배, 알토 색소폰 홍성호,
트럼펫 이근이, 베이스 박태우, 그들이 나를 딴따라 세계로 데려가려
고 똘똘 뭉친 것 같았다.

어느 날 이근이 형이 지구레코드 소속의 한 매니저에게 나를 소개
했다. 작곡, 편곡, 피아노 연주를 다 잘하지만 딴따라 경험만 없으니
잘 좀 키워주라면서. 당시 희자매가 흩어지면서 인순이가 솔로로 독

립한 지 얼마 안 되었을 때였다. 〈스타쇼〉에 나가 인순이 노래에 피아노 반주를 맡았다. 〈스타쇼〉 반응이 좋아 임예진이 진행하는 라디오 프로그램에도 출연했다. 가능성을 봤는지 얼마 뒤 인순이 매니저한테서 파격적인 제의가 들어왔다. 인순이를 대형가수로 키우기 위해 여러 가지 구상을 하고 있는데, 나더러 전속 밴드 마스터이자 전속 작곡가를 맡아달라는 것이었다. 나는 당시에 딴따라에 별 관심이 없어 고맙긴 하지만 내가 갈 길이 아닙니다 하며 거절했다. 그러고는 사랑에 빠져 울릉도로 도망을 간 것이다.

첫사랑이 그렇게 끝나고 친구 집에서 두 달 가까이 앓다가 가까스로 털고 일어났다. 이제 뭘 하고 살아야 하나 생각하니 막막했다. 인순이 매니저에게 전화를 해서 그때 했던 제의가 지금도 유효하냐고 물었더니 아주 반가워했다. 나는 이 바닥을 잘 모르니 일 년 정도 공부를 좀 하고서 본격적으로 하고 싶은데 공부하는 동안 지원을 해주면 좋겠다고 했다. 그래서 당시 '인순이와 리듬터치' 멤버가 묵는 연습실에서 생활하기 시작했다.

군악대 형들에게 딴따라 공부를 도와달라 했더니 재즈를 공부해보라고 권했다. 박태우 형이 그룹 재즈 크루세이더스 피아니스트인 조 샘플의 연주 악보랑 카세트 테이프를 구해다줬다. 들어보니 정말 매력 있고 재미있는 음악 세계였다. 조 샘플 연주 테이프를 틀어놓고 그대로 따라서 연주하면서 재미나게 재즈 공부를 했다. 서너 달이 흘러갔다. 그런데 애초에 내게 한 약속이 몇 달이 지나도록 지켜지지 않았다. 신뢰에 금이 갔다.

"피치 못할 사정이 있으면 말씀을 하시지, 아무 말도 없이 약속을 안 지키시는 걸 보고 저는 신뢰를 잃었습니다."

그렇게 깨끗이 관계를 정리하고는 그곳을 나왔다. 그때가 스물아홉이었다.

다시 할 일이 없어졌다. 심심했다. 작곡에 대한 관심이 일어나기 시작했다. 오래전부터 궁금했는데 그 무렵 현대음악에 대한 궁금증이 되살아났다. 고전음악가들의 작곡기법은 모방이든 분석이든 질릴 만큼 공부했지만 현대 작곡가들은 어떤 방식으로 곡을 만드는지가 궁금했다.

고등학교 1학년 때 작곡기법과 기술에 매달려서 공부할 때는 책 한 권도 아쉬웠다. 당시에는 외국 작곡이론을 번역한 책들이 많지 않아 공부하기가 참 힘들었다. 국내에 소개된 책들은 다 봤는데 거의 모든 책이 최동선 번역으로 되어 있었다. 이렇게 좋은 책을 번역하셨으니 안목이 대단한 실력자일 것이라는 생각이 들었다. 최동선 선생님을 찾아가서 공부를 하자고 결심을 하게 됐다.

그런데 나는 고등학교도 제대로 안 다녔으니 무작정 찾아가서 공부를 하고 싶다고 하면 안 받아주실 것 같았다. 레슨비도 비쌀 것 같았다. 그래서 작전을 썼다. 친구 중에 서울대 성악과를 나온 친구가 있어서 그 친구를 시켜 최동선 선생님께 전화를 해달라고 했다.

"교수님, 저는 서울대학교 졸업생인데요. 공부 때문에 선생님을 찾아뵙고 상의를 좀 드리고 싶습니다."

둘이 함께 선생님이 계신 서울시립대학교로 찾아갔다. 같이 인사를 드리니까 "누가 나한테 전화를 했지?" 하고 물으신다. 그래서 내가 솔직하게 대답했다.

"예. 전화는 이 친구가 했는데요. 실은 제가 선생님을 뵙고 싶어서 작전을 좀 쓴 겁니다. 저는 사실 고등학교도 제대로 안 나온 놈입니다만 선생님 밑에서 공부를 하고 싶어서 거짓말을 좀 했습니다. 죄송합니다."

제대 후 서울에 있는 동안 썼던 작품들을 한 보따리 들고 갔다. 선생님은 그 작품들을 훑어보시더니 결국 나를 제자로 받아주셨다. 왜 나를 받아주셨을까? 나중에 들어보니, 솔직히 그때 내가 쓴 작품들은 그저 그랬단다. 그런데 내가 악보 보따리를 펼쳐 보이면서 "이 모든 악보는 제가 다 연주할 수 있습니다"라고 한 말에 '이놈이 피아노는 잘 치나 보구나. 그러면 됐지' 하는 생각이 들어 나를 가르치기로 하셨다는 것이다. 연주를 할 줄 알면 작곡 공부의 속도가 다르기 때문이다.

선생님이 말씀하셨다.

"사흘 안에 모티브 백 개를 써와라."

사흘 뒤 나는 모티브 백육십팔 개를 써갔다. 그중에 열두 개가 통과되었다. '기적'이란다. 몇백 개를 써가도 단 하나 통과되기가 어렵다는 것이다.

그날 선생님은 또 한 가지 숙제를 주셨다.

"선율이 자연스럽게 흐르도록 써라. 하지만 자연발생적인 것은 안 된다."

이건 무슨 소린가? 그러나 곧 무슨 소리인지 알 것 같았다. 한마디로, 처음부터 끝까지 좋은 멜로디를 쓰라는 것이다. 작곡을 처음 시작하면서부터 엄청난 벽으로 느꼈던 문제, 곧 '어찌해야 처음 선율의 느낌이 계속 그대로 살아 있으면서도 변화가 있고 영감으로 가득찬 선율을 만들 수 있을까?' 하는 문제와 맞닿아 있는 숙제였다.

우리가 어떤 음악을 들을 때 좋다고 느끼는 부분은 사실 전체의 일부에 불과하다. 그런데도 우리가 어떤 작곡가의 어떤 곡을 좋아한다고 하면 그 음악의 전부를 기억해야 할 것처럼 여긴다. 때문에 자기가 좋아하는 몇 소절이 지나고 나면 대개는 지루해짐에도 음악을 제대로 즐길 줄 모르는 것이 아닌가 지레 스트레스를 받기도 한다.

흔히 작곡가들이 작곡할 때 일단 악상이 떠오르면 영감으로 가득찬 선율이 술술 흘러나오는 줄 알지만 사실은 그렇지 않다. 예를 들어 어느 작곡가가 소나타를 작곡한다 하면, 제1주제와 제2주제를 뺀 나머지는 그냥 테크닉적으로 만들어낸다. 주제 선율 외에는 그냥 기술적으로 곡을 채운다는 말이다. 오래도록 사람들의 기억에 남는 아름다운 선율이라고 하는 것은 대체로 주제 선율들이다. 이 주제 선율을 이어가고 발전시키고 마무리하는 것이 기법, 기술이다.

난생 처음 받는 작곡 레슨이라 갑갑하긴 했지만 나는 전문가들만이 공유하는 어떤 비기祕記를 발견한 듯하여 무척이나 기뻤다. 끊임없이 입으로 노래를 불러보면서 습관적인 선율이 튀어나오면 버리고 또 불러보고, 또 습관적으로 흘러가면 버리고 다시 또 불러보고, 마치 양파껍질을 하나씩 벗겨나가듯이 그렇게 앞으로 계속 나아갔다. 엄청난 희열을 느꼈다.

'와, 이렇게 하는 거구나!'

날마다 밤을 새기 일쑤였다. 다음에는 어떤 음으로 이어가야 하나, 어떤 길이로, 어떤 표정으로 이어가야 하나…… 하나의 독창적인 선율이 완성되기까지 두꺼운 습관의 구들장을 하나하나 걷어내면서 내 안에 박혀 있는 선율을 끄집어내는 작업이 너무나 매력적으로 느껴졌다. 엄청나게 힘들었지만 그만큼 기뻤다.

나는 선율 쓰기 공부를 통해서 말로 표현할 수 없는 음악의 영적인 측면을 알게 되었다. 영감의 이치, 즉 영감이 흘러다니는 길을 꿰뚫은 것이다. 그래서 이제는 내가 만든 음악이 아니더라도 어떤 음악을 들었을 때 그 음악을 만든 사람의 내면 상태까지 훤히 볼 수 있게 되었다. 그 전에는 막연한 느낌으로 짐작만 하던 것들이 이제는 확연해진 것이다. 음악에서 말로 할 수 없는 영적인 부분이란 마치 알기 어려운 사람의 마음과 같은 것이었다.

논리는 상상력의 실체였다

최동선 선생님을 만나 공부한 지 육개월이 지났다. 어느 날, 선생님께서 또다른 과제를 내주셨다.

"내가 수많은 사람을 가르쳐봤지만 단 한 사람도 이 과정을 통과한 사람은 없었다. 동창이 네가 처음이다. 그동안 애썼다. 축하한다. 이제 곡을 논리적으로 써봐라."

음악은 예술적 상상력의 산물이다. 그런데 예술작품을 논리적으로 만들라는 것이 도대체 무슨 말일까? 선생님께 물었다.

"선생님께서 말씀하시는 '논리'는 무엇입니까? 예를 들면, 십구공탄 구멍이 열아홉 개 뚫린 연탄이라면 이 19라는 숫자를 근거로 음악을 엮어나가는 모든 방법, 그것을 말씀하시는 겁니까?"

“그려 그려.”

“그렇다면 실제 연탄의 성분이나 쓰임새 같은 연탄의 본성하고는 아무 상관없어도 된다는 말씀입니까?”

“그렇지! 아무 상관없어도 돼.”

나는 며칠 동안 끙끙 앓고 나서 나름대로 해답을 찾을 수 있었다. 논리는 오히려 상상력의 실체였다. 우리는 흔히 ‘상상력’ 특히 ‘예술적 상상력’이라고 하면 엉뚱함이나 낯섦, 비상식, 파괴 등의 비논리적 개념들과 연결지어 생각하게 된다. 하지만 생각지도, 겪어보지도 못한 것을 만들어내는 의미에서라면 그런 상상력이란 없다. 그런 식의 사고는 아마추어리즘이다.

에디슨이 전기를 발명하겠다고 결심한 것은 일종의 영감이다. 그러한 결정과 착상은 순간에 이루어졌을 것이다. 하지만 그 영감을 실현시키기 위해서는 얼마나 숱한, 구체적인 노력을 해야 했을까. 필라멘트를 발명하기 위해 수천 번의 실험을 했다고 전해진다. 끊임없는 시행착오, 훈련, 노력, 기술, 그리고 그 모든 총합으로서의 논리…… 그것이 보통사람들이 말하는 ‘상상력’의 실체다. 그래서 에디슨은 말한다. 천재는 1퍼센트의 영감과 99퍼센트의 노력에 의해 완성된다고.

뉴턴은 사과나무 아래 누워 있다가 중력을 발견했다고 한다. 그는 과연 어떤 상태에 놓여 있었기에 그런 엄청난 발견을 할 수 있었을까? 다른 이들은 사과 떨어지는 걸 수천 번 봐도 전혀 관심을 두지 않았을 텐데 말이다. 떨어지는 사과를 포착한 그 상태가 중요하다. 말하자면 '환하게 불이 켜진 상태'인 것이다. 그것은 바로 각성의 상태다. 그렇다면 그 각성은 어디에서 올까? 무념무상에서 온다. 무념무상, 즉 몰아의 상태는 어디에서 올까? 바로 지극한 염원에서 온다.

각성의 순간은 절대 길지 않다. 그 짧은 순간에 어떤 일이 벌어지면 바로 깨우침이 온다. 사과 한 알이 떨어지는 순간 세상의 모든 것이 다 떨어진다는 사실을 깨닫고 그 이치를 규명하는 일에 몰두하게 되는 것이다. 다만 그 짧은 순간을 위해 지극하고 긴 염원의 기다림이 전제되어 있다. 그러한 염원이 없었다면 결정적인 순간이 찾아와도 정작 그 순간을 알아볼 수 없어 그냥 흘려보내고 만다.

에디슨에게는 늘 이 세상에 도움이 되는 획기적인 물건을 만들겠다는 절실한 염원이 있었고, 뉴턴에게는 만물의 법칙을 규명하겠다는 원대한 염원이 있었다. 염원은 몰입이다. 에디슨은 밤에도 세상을 밝게 비춰줄 수 있는 뭔가를 만들어야겠다는 바람을 갖고 지독한 몰입의 단계로 들어가서 결국 필라멘트를 발명했다. 뉴턴은 세상의 이치에 대해 깊이 통찰하고 사유하고 있던 중 아무 생각도 없고 목적도 없고 뜻도 없고 텅 비워진 맑은 상태에서 휴식을 취하고 있다가 문득 사과 한 알이 떨어지는 것을 보고 벼락 같은 깨달음을 얻게 되었다. 에디슨의 경우가 긴장된 몰입이었다면 뉴턴은 이완된 몰입이었다. 그래서 결과 역시 다르다. 에디슨은 우주의 이치를 구현한 장치를 '발명'한 것이고, 뉴턴은 우주의 이치를 '발견'한 것이다.

선율 쓰기를 통해 영감이 흘러다니는 길을 꿰뚫은 나는 이제 논리를 통해 영감을 실현시키는 최적의 기술을 체화해나갔다. 결국 그 둘은 하나였다. 작곡에 있어서 영적인 것과 기술적인 것이 완벽하게 하나로 조화되는 실상을 터득하게 된 것이다.

최동선 선생님 밑에서 공부를 시작한 지 일 년여, 선생님의 권유로 서른 살의 늦은 나이에 학력고사를 보고 선생님이 계시는 대학에 입학하게 되었다. 물론 옥신각신 실랑이는 있었다.

"그래도 대학은 가야지. 대학 안 나오면 사람 구실 못한다."

"제가 대학 가려고 선생님께 온 줄 아세요? 저는 단지 현대 작곡가들이 어떤 근간을 가지고 작곡을 하는지 그게 궁금했을 뿐이에요."

그런데 만날 때마다 선생님께서 같은 말씀을 하시니 나중에는 거역하기가 힘들 지경이 되었다. 우선 고등학교를 졸업했는지 안 했는지 스스로도 알지 못했던 상황이라 군산의 후배한테 전화를 해서 알아봐달라고 했더니 졸업한 것으로 되어 있다고 했다. 학력고사를 보는 것이 가능했다. 시험 볼 때 국어 과목 외에는 모두 색칠놀이를 했는데, 용케 서울시립대 작곡과에 합격했다.

오롯한 나만의 길을 찾아

대학교 2학년 어느 날 최동선 선생님이 말씀하셨다.

"너는 앞으로 어떤 작품 활동을 하고 싶으냐?"

"아무 선입견 없는 오롯한 제 음악을 만들고 싶습니다."

"좋지! 그렇게 할 수만 있다면 얼마나 좋겠냐. 그게 모든 작곡가들의 이상일 테니까. 하지만 너무 어렵다. 내 생각으로는 네가 바르톡 같은 작곡가가 되었으면 좋겠다."

"저는 싫습니다. 어려워도 오롯한 제 음악을 찾겠습니다."

헝가리 작곡가인 벨라 바르톡 Bela Viktor Janos Bartok 은 친구이자 작곡가인 졸탄 코다이 Zoltan Kodaly 와 함께 오랫동안 루마니아, 불가리아, 헝가리

등 주변국의 민속음악을 채록해서 자기 작품으로 활용한 매우 걸출한 작곡가였는데, 피아노를 아주 잘 쳤다. 최동선 선생님 역시 독일에 계실 때부터 국악적 요소를 작품에 많이 반영하셨다. 아마도 선생님은 내게도 그런 스타일의 음악적 지향을 요구하시는 모양이었다.

물론 나도 국악에 대한 관심은 높았다. 용화사에 있을 때 송담 스님께서 들으시는 테이프를 통해 처음으로 우리의 전통가곡을 접하고 감동했던 기억이 생생했다.

용화사에서 행자 생활을 하던 어느 날 송담 스님께서 부르시기에 올라가봤더니, 당신은 정간보보다 오선보가 편하시다며 테이프를 듣고 채보해달라고 하셨다. 스님은 당시 시조창을 배우고 계셨다. 그런데 스님께서 테이프의 앞뒷면을 착각해 〈청산리 벽계수야〉가 담긴 A면이 아니라 전통가곡이 담겨 있는 B면이 흘러나오게 되었다. 그 순간 나는 깜짝 놀랐다.

'아니, 우리의 전통음악이 이렇게 현대적이고 아름답다니!'

영감과 기술이 완벽하게 하나가 되어 어우러지는 아름다운 현대음악이었다.

국악에 대한 관심은 이후로도 사그러들지 않아서 KBS FM 국악방송 몇 년치를 매일매일 카세트 테이프에 녹음해서 모아두었을 정도였다. 그러나 대학 생활 동안 내 유일한 목표는 서양 사람들이 현대음악을, 더 나아가서 현대 예술을 하는 뿌리가 무엇인가, 어떤 영혼으로 현대 예술을 창작하고 어떤 기술로 그 영혼을 표현하는가를 이해하는 것이었다.

　선생님께서는 겨우 대학교 2학년생인 나를 인정하셨지만, 정작 나는 내 작품을 본격적으로 써보겠다는 생각을 하지 못했다. 내 음악을 아직 찾지 못했는데 어떻게 내 작품을 쓸 수가 있단 말인가. 그러므로 우선 졸업할 때까지 내 목표는 오로지 '서양의 이해'였다. 서구적 방식을 이해하고 분석하는 차원을 넘어 내가 온전히 그 사람들이 되어서 서양의 논리와 기술, 그리고 정신세계까지 철저히 꿰뚫겠다는 것이 나의 포부였다. 물론 이 모든 공부가 충분히 무르익으면 언젠가는 이 기술을 다 버리고 오롯한 내 음악을 만들겠다는 뜻은 분명히 가지고 있었다. 그날이 오기 전까지 나는 오로지 분석을 위한 기계가 되어야 했다. 나중에는 작곡을 모든 논리의 근간인 숫자로 풀어가기에 이르렀다. 논리의 극치로 몰입해들어간 것이다. 이는 나의 두번째 작곡 스승인 박인호 선생님께서 권유하신 방법이었다.

　나는 악보가 있는 현대음악이라면 무조건 보이는 대로 분석했고, 신작 발표회장에서는 노트를 펴들고 들으면서 분석했다. 어떠한 현대음악이든 감성적인 측면은 이해하지 못할 것이 없다. 그것은 감수성이 예민한 십 대 수준이면 충분하다.

　사람들은 현대음악을 들으면 '난해하다'고 한다. 이성만 있는 것처럼 느낀다. 그래서 그런 음악을 들으면 어른들은 심각해진다. 뭔가 있는 것처럼 자꾸 의미를 찾으려고 한다. 그런데 아이들은 그 난해한 음악을 들으면서도 겁 없이 웃기도 하고 짐짓 인상을 찌푸리기도 한다. 아이들은 아무런 선입견 없이 자기가 느끼는 대로 자유롭게 표현한다. 그 소리가 주는 느낌을 그대로 받아들여서 바깥으로 드러낸다. 반면에 어른들은 자기가 뭔가를 알아야, 의미를 파악해야, 제대로 듣는다는 사고방식을 갖고 있다. 그것만 없어지면 누구든지 십 대의 감성을 되살릴 수 있다.

그러나 감성을 표현하는 실체인 기술은 철저히 분석하지 않으면 보이지 않는다. 논리란 전문가의 지극히 비밀스러운 영역이기 때문이다. 이것은 감수성으로 잡아낼 수 있는 것이 아니라 혹독한 훈련으로 찾아내야만 비로소 눈에 보이는 부분이다. 그렇게 나는 십 대의 감수성과 전문가의 논리력으로 무장한 채 귀에 들리는 모든 음악, 눈에 보이는 모든 악보를 섭렵해나갔다.

대학에서 나는 작곡 공부만이 아니라 지휘 공부도 하게 되었다. 2학년 1학기 때 지휘법 수업이 있었다. 박은성 선생님이 수업을 맡았다. 서울대에서 바이올린을 전공하고 비엔나 국립음대에서 지휘를 공부한 분인데, 수업 첫날 선생님이 던진 첫 질문이 "여러분, 지휘가 뭡니까?"였다. 애들이 대답을 못하니까 결국엔 지목을 했다. 나는 얼떨결에 지목을 당해, "서로 다른 개성을 가진 음악가들을 하나의 해석으로 묶어내는 행위를 말합니다" 하고 대답했다. 그러자 박은성 선생님은 자기가 귀국해서 많은 대학에서 지휘법을 가르치는 동안 이렇게 명쾌한 답은 처음 들었다고 했다. 지휘는 전혀 생소해서 관심이 없던 분야였는데 이것이 계기가 되어 지휘에 관심이 생겼다.

두번째 지휘법 시간이 되자 선생님은 악보를 한 장씩 나눠주면서 이 악보를 왼손으로 연주하면서 오른손으로는 지휘를 해보라고 했다. 4분의 4, 4분의 3, 8분의 6박자로 마디마다 박자가 바뀌는 악보를 초견初見에 한 손으로 치면서 다른 한 손으로 지휘까지 하는 건 쉬운 일이 아니었다. 몇 명이 나가서 시도를 했지만 두 마디를 넘기지 못했다. 그런데 내가 나가서 한 마디도 틀리지 않게 해내자 선생님이 깜짝 놀랐다. 이게 비엔나 국립음대 졸업시험인데 지금까지 초견으로 해내는 사람이 없었다는 것이다. 그 뒤로 지휘에 대한 흥미가 확 생겨버렸다.

지휘에서 제일 중요한 건 피아노 실력이다. 박은성 선생님도 서울대에서 바이올린을 전공했는데 비엔나 국립음대에 가서는 졸업할 때까지 피아노만 쳤다고 했다. 단선율 악기는 멜로디 하나만 연주하지만 피아노는 오케스트라를 다 연주할 수 있어서 지휘자는 관현악 총보를 놓고 피아노로 악보 리딩을 한다. 그 많은 관현악단의 악기들이 어떻게 소리가 나는지 리딩을 통해서 다 알게 되는 것이다. 그래서 오케스트라를 압축시킨 악기인 피아노를 서양 악기의 왕이라 부른다.

대학교 2학년 때 김자경 오페라단에 반주자로 들어갔는데, 지휘자가 바빠서 못 오면 내가 대신 지휘하며 오페라단을 연습시켰다. 결국 정식으로 부지휘자가 되었고 나중에는 지휘자로도 잠시 활동했다.

작곡가 진규영 선생의 〈부채살 속의 바다〉를 지휘할 때는 바닥에 앉아서 지휘를 했다. 흔히 연주회장에서 지휘자의 과장된 동작에 시선이 뺏겨 청중이 음악에 몰입하지 못하는 경우가 있다. 또 연주자들은 악보를 보다가 지휘대에 서 있는 지휘자를 쳐다보려면 고개를 들어야 하는 불편함이 있다. 그래서 관객들의 시선을 끌지 않으면서 연주자들도 앉아 있는 지휘자의 손놀림을 쉽게 볼 수 있게 자리 배치를 해서 가부좌 자세로 지휘를 했다. 연주자들의 마음을 편하게 하는 것을 제1원칙으로 삼은 것이다. 평화로운 연주회였다.

운명과도 같은 전통음악 연주

1985년, 최동선 선생님의 첫 현대 음악극 발표회에서 피아노 연주와 신디사이저 반주를 맡게 되었다. 연주할 레퍼토리는 이상화의 「빼앗긴 들에도 봄은 오는가」를 판소리 명창이 노래하는 십팔 분짜리 가곡 작품과 두 대의 피아노로 연주하는 〈판〉이라는 이십오 분짜리 작품이었다.

최동선 선생님은 〈아 가을인가〉〈여호와는 나의 목자시니〉의 작곡가인 음악계의 거목, 나운영 선생님의 수제자였다. 독일 유학 시절에는 현대 음악극 창시자 마우리치오 카겔을 사사했으며, 윤이상보다 세계적인 대가가 나올 거라는 소문이 돌 정도로 실력이 출중하여 사람들의 기대가 컸다고 한다.

당시 나는 학교에 가면 무조건 선생님 방부터 찾아가서 인사를 드리곤 했는데, 하루는 인사를 드리러 갔더니, 선생님이 "야, 큰일났다. 이 연주, 동창이 니가 해야겠다" 그러셨다. 현대 음악극 발표회를 앞두고 최고 연주자를 섭외해서 두 달 전에 악보를 보내줬더니 발표회를 닷새 앞두고서 연주자가 악보를 되돌려줬다는 것이다. 몸이 아프다는 핑계로. 독일에서도 어떤 피아니스트가 이 작품을 연주해보겠다고 악보를 가져가서는 하루 만에 손을 든 적이 있었다고 한다.

준비할 시간이 부족할 것 같다고 말씀드렸더니 최동선 선생님은 나더러 "이것도 못해?" 하며 악보를 툭 던졌다. 순간 열을 받은 나는 "어디 줘봐요" 하고는 악보를 낚아챘다. 연습을 해보니까 연주자들이 왜 어려워했는지 알 것 같았다. 기존 테크닉으로는 해결하기 어려운 곡이었다. 아무튼 나름대로 해결책을 찾아 연주를 했다. 도중에 피아노 현을 손톱으로 몇 번 퉁기는 연주가 있는데 리허설 도중에 극장 관리자가 뛰어올라와서 소리쳤다.

"이봐요! 이게 얼마짜리 피아노인지 아십니까! 우리도 아기처럼 다루는 거예요!"

내가 대답했다.

"이보시오. 음악을 위해 피아노가 있는 겁니까, 피아노를 위해 음악이 있는 겁니까?"

분위기가 험악해지니까 최동선 선생님이 중재에 나서서 결국 현을 퉁기는 연주는 생략하기로 했다. 하지만 공연에 들어가서는 원래대로 현을 퉁겨버렸다. 나로서는 차마 작곡가의 의도를 저버릴 수 없었기 때문이다.

운명과도 같은 우리 전통음악과 나의 인연은 이때부터 시작되었다. 그때 처음 무대에 함께 선 국악인이 명창 성창순 선생이다. 선생께서 서양식 악보 보는 걸 어려워해서 내가 이렇게 눌러드릴 거니까 걱정 말고 하던 대로 하시라고 하면서 재미있게 그 작품을 연주했다. 그 무대는 우리나라 클래식 현대 음악계에 센세이션을 일으켰다. 현대음악 공연에는 가족이나 제자들로 채워지는 게 일반적인 관례인데 일천 석 되는 호암아트홀이 가득찼다. 최동선 선생님의 난해한 곡을 음악계에 족보도 없던 학생이, 그것도 피아노과도 아닌 작곡과 학생이 연주했다는 걸 믿지 못하는 분위기였다.

이 공연이 큰 성공을 거두면서 이듬해 앙코르 공연을 하게 되었다. 그때는 가야금 아쟁 명인 백인영 선생과 같이 하게 되었다. 국악계 즉흥연주의 달인인 선생과 같이 즉흥연주도 하면서 이 공연도 성황리에 마쳤다. 그후 백인영 선생의 개인 발표회 때도 같이 했다. 유대봉류流 가야금 산조를 십이 분 정도로 줄여서 하는 것이었는데, 뭔가 새롭게 하고 싶었던 백인영 선생이 최동선 선생님께 조력을 부탁하셨고, 결국 내게로 온 것이다. 가야금과 현악 사중주가 함께 어우러지는 걸 해보라고 제안하셔서, 가야금 연주 테이프를 받아 그 가락을 채보해서는 거기에 현악 사중주를 입히는 편곡을 했다. 발표회 때는 지휘도 맡아야 했다. 현악 사중주를 같이 하는데, 가야금 소리를 들고 연주자들이 박자를 못 맞췄다. 악보를 그려서 줬는데도 국악에 익숙지 않은 연주자들이라 호흡을 맞추기 쉽지 않았다. 그래서 내가 피아노 즉흥연주도 하고 지휘도 해야 했다. 이게 또 큰 반향을 일으키면서 KBS 〈국악대상〉에서 그 음악이 너무 좋다고 축하연주를 부탁해 방송도 하게 되었다.

졸업한 직후에는 최동선 선생님의 제자이며 나의 작곡 스승인 박인호 선생님의 작품을 연주한 적이 있다. 몇 개의 악장으로 구성된 곡을 모티브만 제시하고 즉흥연주를 하는 콘셉트였는데, 각 악장마다 여러 주문사항이 명시되어 있었다. 내가 악보를 보고 제안했다. 3악장에 즉흥연주가 나오는 부분에서 우리 전통장단에 화음을 붙여 연주해보는 게 어떻겠느냐고. 한번 해보라고 하시기에 웃다리농악(경기·충청 지역의 농악)의 칠채 장단(경기·충청 지역의 대표적인 장단으로 한 장단에 징을 일곱 번 치는 행진곡)으로 즉흥연주를 해보였더니 너무 좋다고 하셨다.

실제 공연은 오 분이었다. 그런데 너무 몰두한 나머지 십이 분 정도를 한 모양이었다. 그마저도 짧게 느껴졌다. 연주를 끝내고 땀을 식히려 밖에 나와 담배를 한 대 피우고 있는데 누가 나를 급하게 찾아왔다.

"난리 났어요. 무대로 어서 가봅시다."

무슨 일인가 싶어서 무대로 나가봤더니 박수가 아직도 끝나지 않고 있었다. 작곡자인 박인호 선생님도 흡족해하셨다. 그날 저녁 뒤풀이 자리에서 내가 제안했다.

"반응이 좋네요. 누구라도 연주할 수 있게 아예 작곡을 해서 악보를 만들어보시죠?"

곧바로 박인호 선생님은 칠채 장단을 원용해서 새로 작곡을 했고, 이만방 선생이 주관하는 '새마당'이라는 프로그램에서 다시 발표를 하게 되었다. 이만방 선생은 내 곡도 연주하라고 강권하셨다. 그때 연주한 곡이 〈이 뭐꼬 2〉다. 연주를 앞둔 전날 오 분 만에 사십 분짜리 곡을 썼다. 암호로 그리니까 악보는 짧지만 사십 분짜리가 만들어진 것이다. 공연 당일 칠채로 구성된 피아노 곡 두 곡이 그렇게 연주되었다.

줄거운 외도, 연극

연극 음악은 모두 여섯 편을 했다. 맨 처음 했던 작품은 강영걸 선생이 연출한 국립극단의 〈넋씨〉였고 이병복 선생과 기국서 선생이 공동연출하고 박웅, 박정자, 윤석화 등 기라성 같은 배우들이 출연했던 〈왕자호동〉이 두번째 작품이었다. 그 후에는 김아라 선생 연출의 네 작품을 했다. 영화배우 강수연이 처음으로 연극무대에 섰던 〈메디아〉, 서울, 도쿄, 오사카, 덴마크의 오르후스를 다니면서 한 〈이디푸스와의 여행〉, 여주 세종대왕릉에서 한 〈봄날의 꿈〉, 그리고 G20 정상회의 기념으로 마련된 복합장르 음악극 〈나무〉다.

나는 무슨 일을 하면 한 덩어리가 되어 같이하는 걸 좋아한다. 그래야 속을 깊이 알 수 있으니까. 속도 모르고 겉만 훑는 건 체질에 맞지 않아 무엇을 하든 깊이 들어가서 같이 굴러야 제대로 한 느낌이 들었다. 김아라 선생은 그런 나를 잘 이해해서 내가 마음껏 작업을 할 수 있도록 해주었다. 하고 싶은 대로 해보라고 했다. 그래서 대본을 철저히 분석해서 어디에 어떤 음악을 넣을지 연구하고 음악을 만들어서는 배우들이 연습하는 시간보다 더 일찍 가서 준비를 하곤 했다.

연극 한 편을 하려면 보통 두 달 정도를 매일같이 연습하는데, 대본을 받는 순간부터 분석에 들어간다 치면 사실 두 달보다 더 긴 시간 동안 공을 들이는 셈이다. 때로는 합숙도 마다하지 않았다. 연습에 들어가서도 작품 수정이 거듭되었다. 이런 작업을 통해서 연극이 어떻게 이뤄지는지, 배우들의 특성은 어떤지를 공부할 수 있었다.

또 함께 작업을 하다보면 새로운 점을 발견하는 수도 있었다. 나는 만족스럽지 않아 일단 들려주고 나서 나중에 고쳐야지 했는데 의외로 다들 너무 좋다고 난리인 경우도 있다. 비록 내가 만든 음악이지만 사람들의 관점이 이렇게 나와 다를 수 있구나 하는 것도 이런 과정을 통해 알게 됐다.

연극은 종합예술이다. 대본을 극으로 끌어내는 과정에 대사, 표정, 몸짓뿐 아니라 음악, 조명, 무대미술 등 거의 모든 예술장르가 개입된다. 그래서 많은 장르의 예술을 한꺼번에 공부할 수 있다. 하지만 그럼에도 그 중심에는 문학이 있다. 대본, 이 대본을 분석하고 연구했던 것이 아주 큰 공부가 됐다. 대본은 음악으로 말하면 악보 같은 것이다. 김아라 선생 덕분에 연극을 통해 정말 많은 공부를 할 수 있었다.

김아라 선생하고는 어느덧 친구처럼 되었다. 〈메디아〉 공연을 한창 하고 있던 어느 날 김아라 선생이 날 붙들고 말했다.

"동창, 어제 유인촌 선배가 왔었는데 '어이, 김아라, 저 남자 누구야? 피아노 치는 저 남자! 강수연이가 안 보이잖아' 이러는 거 있지."

한번은 〈이디푸스와의 여행〉 공연이 다 끝난 뒤에 만난 김아라 선생이 나를 보고는 웃느라고 말을 못 이었다. 서울연극제 수상자를 뽑는 회의에 다녀오는 길이라면서, 내가 연기상 후보에 올랐다고 했다. 대사 하나 없이 음악만 한 내가 연기상이라니. 얘기를 들어보니 어떤 연극과 교수가 "그 사람, 완전 배우던데요? 연기상 줘야 되는 거 아닙니까?" 그러면서 나를 후보로 올렸다는 것이다. 공연을 같이했던 극단 '무천' 단원들도 그 얘기를 듣고는 뒤집어지게 웃었다.

모시 적삼 입고 지휘한 오페라

1986년도 대학교 2학년 때부터 오페라를 했다. 김자경 오페라단에서 반주도 하고 지휘도 하면서 졸업 후 1992년도까지 계속 활동했다. 오페라 일을 하면서도 서양의 정신적 뿌리가 무엇인지, 그들은 무엇을 표현하고 싶어 하는지, 또 어떤 기술을 가지고 표현하는지 속속들이 알아야겠다고 생각하고 공부하는 자세로 일을 했다.

88올림픽 때 문화예술행사 중 하나로 창작오페라가 기획되어 김자경 선생이 이탈리아 오페라 작곡가인 메노티한테 작곡을 의뢰했다. 원제목은 《맹진사댁 경사》인데 제목을 《시집가는 날》로 다시 붙였다. 메노티가 캐스팅을 하려고 한국에 와서 오디션을 할 때 국내의 내로라하는 성악가들이 다 모였다. 심사는 메노티, 이화여대 백의현 교수,

시립오페라단 김신환 단장, 김자경 선생 이렇게 네 분이 맡았다.

나는 김자경 오페라단 가수 두 명의 반주를 했다. 처음에 바리톤 반주를 했는데 노래가 〈프로벤짜 내 고향으로〉였다. 노래를 부르던 중 메노티가 중단을 시키면서 다른 노래를 해보라고 했다. 이 바리톤이 "맥베스, 괜찮습니까?" 하니까 메노티가 좋다고 했다. 근데 나는 그 노래를 몰랐다. 초견으로 할 수밖에 없었다. 그래서 노래하는 사람한테 템포가 어떻게 되는지 물어서 반주를 했다. 노래가 끝나자 메노티가 "브라보, 브라보!" 하고 외쳤다. 다들 성악가를 두고 하는 말인 줄 알았다. 그런데 곧 이어 "피아니스트 브라보!" 그랬다. 다들 깜짝 놀랐다.

메노티가 나보고 이름이 뭐냐, 뭐하는 사람이냐, 어디 소속이냐, 이것저것 막 물었다. 그 자리에 박치원이라는 테너가 있었는데, 옛날에 이길환 선생님한테 내가 처음 배우러 갔을 때 선생님 댁에 살면서 성악 공부를 하던 분이었다. 아주 오랜만에 거기서 다시 만난 박치원 선생은 메노티의 질문에 신이 나서 이것저것 막 대답을 했다. 메노티가 나보고 나중에 공연 때도 같이 연주를 하자고 제안했다.

대학교 졸업을 하고 나서 지방순회공연을 할 때였다. 《노처녀와 도둑》을 지휘하는데 김자경 선생이 가발을 쓰고 연미복을 입으라고 했다. 연미복을 입는 것은 정말이지 죽기보다 싫었다. 그래서 하루는 연습 날, 평소보다 더 깨끗하게 머리를 반짝반짝 밀고 하얀 모시 적삼을 입고 나갔다. 그랬더니 김자경 선생이 "어? 괜찮다, 애." 이러셨다. 하얀 모시 적삼이 예쁘다는 것이다. 그래 됐다 싶어서 연습 끝나고 말씀드렸다.

"저, 이대로 지휘하면 어떨까요?"

고개를 갸우뚱했다.

그래서 바로 밀어붙였다.

"아셨지요? 저 이대로 합니다!"

아마 머리 밀고 모시 적삼 입고 오페라 지휘한 사람은 나 말고는 없을 것 같다. 지방순회공연을 내내 그렇게 다녔다.

막걸리에 취하고 육자배기에 취하고

대학교 4학년을 마칠 무렵, 나는 머리를 밀고 모든 인연을 끊었다. 지금 생각하면 그 일은 하늘이 나로 하여금 새로운 세계로 나아가도록 도운 것으로 여겨진다. 그러나 당시에는 정말 답답하고 괴로웠다.

대학 사 년 동안 서양음악을 제대로 이해하기 위해 최선을 다해 열심히 공부했고, 공연을 해도 모든 힘을 다 쏟아서 했는데, 주변 사람들이 그런 내 모습을 안 좋은 눈으로 바라보고 있다는 걸 몰랐다. 어느 날 한 친구가 넌지시 말했다.

"너, 너무 깝치는 거 아니야. 좀 조심해야겠더라."

나는 깜짝 놀랐다. 처음에는 어리둥절했다. 내가 뭘 잘못했나. 주변에서 오간 이야기를 그 자리에서 구구절절 들어보니 너무 기가 막

했다. 내가 한 모든 활동이 잘난 척하는 모습으로 비쳤다니…… 나는 그런 적 없다 하며 자리를 박차고 나와서는 일주일 동안 꼼짝 않고 들어앉아 억울한 심정에 펑펑 울었다. 나는 나를 내세우고자 결코 다른 사람을 깎아내리거나 무시한 적이 없었다. 오로지 일념으로, 무엇이든 열심히 했을 뿐이었다. 그동안의 일들이 하나씩 떠올랐다.

현대음악 작곡 교수가 나에게 작품 초연을 의뢰했었다. 난 시간을 아끼기 위해 그 자리에서 악보를 펴서 작품을 분석한 후에 그도 미처 몰랐던 이십여 개의 오보를 바로잡아 확인해달라고 내놓았다. 오보란 악보를 옮겨 그리는 과정에서 생겨나는 실수를 말하는데, 자신만의 논리에 의해 만든, 결코 쉽지 않은 그 곡을 짧은 시간에 분석하여 오보를 가려낸 내 행동이 얼마나 기가 막혔을까. 십 년간의 유학을 마치고 돌아온 성악가의 귀국 독창회 반주를 맡았을 때, 그녀의 지도 교수가 반주자인 나만 대놓고 칭찬했던 일, 외국 유학 다녀온 지휘자보다 내 지휘가 더 정확하고 편안하다고 연주자들이 여기저기서 극찬한 일 등…… 내가 열심히 공부해서 얻은 결과를 가지고 그 일에 맞게 더욱 노력했을 뿐인데 그것이 단순히 잘난 척하는 것으로 보인다니 괴롭고 답답했다. 하지만, 아무것도 안 먹고 일주일을 들어앉아 있다 보니 그런 생각이 들었다. 그들이 불편했음을 내가 살피지 못했던 것이 나의 불찰이라고. 결국 사람들을 만나 '당신들이 나로 인해 마음이 상했다면 정말 미안하다'고 사과를 했다. 그러고는 머리를 밀고 인사동 카페에 틀어박혀 막걸리와 육자배기에 취해 살았다.

내 음악을 만들어보겠다고 열심히 공부를 하고, 내가 나를 몰라서 출가를 통해 나를 찾는 공부도 해보고, 대학에 들어와 현대 작곡가들이 어떻게 작곡을 하는지 알고 싶다는 마음으로 작곡 공부를 새로 시작해서 이러저러한 과정을 거쳐 여기까지 왔다. 하지만 그렇게 해본들 답이 찾아진 것도 아니고…… 오히려 모든 공부의 극치점은 허무였다.

공부를 통해 무엇을 할 수 있단 말인가? 내 음악을 만들기 위한 그동안의 노력은 모두 허사가 되고 말았다. 음악 이외의 사는 일도 모두 허무, 허사였다. 음악 공부가 허무해지니 사는 일도 허무해지고, 사는 일이 허무해지니 음악 공부도 허무해졌다. 그러니 음악도, 사는 것도 모두 허무하고 허사가 되었다. 지금까지 그야말로 헛짓한 것이다.

음악과 내 삶은 절묘하게 한통속으로 들어맞았다. 그때까지 해왔던 음악 공부를 이제 버려야 할 때가 되었는데, 사는 일에서 그만 충격적인 일이 터진 것이다. 그러니 자연스럽게 그 충격에 의해 그동안 해왔던 음악 공부를 버릴 수가 있었다. 나는 다시 할 일이 없어졌다.

종로 수운회관 옆에 '지리산 북촌 산9번지'라는 무허가 카페가 있었다. 음악은 국악만 틀고 술은 막걸리뿐인 곳인데, 대신에 적당한 양을 공짜로 준다. 주인장 이름은 '두드리'였다. 때로는 차를 마시고, 때로는 막걸리를 마시고…… 들려오는 국악 소리가 기가 막혔다.

사람이 살면은 몇백 년이나 살더란 말이냐

죽음에 들어서 남녀노소 있느냐

살아 생전에 각기 맘대로 놀거나 헤 —

내 정은 청산이요 님의 정은 녹수로다.

녹수야 흐르건만 청산이야 변할소냐

아마도 녹수가 청산을 못 잊어 휘휘 감돌아 들거나, 헤 —

물속에 잠긴 달은

잡을 듯하고도 못 잡고

마음속에 든 마음은

알 듯하고도 모를레라

　　모든 게 허무하기만 한 그때 막걸리에 취하고, 육자배기 흥타령에 취하며 내 온몸은 희열로 가득차올랐다. 좋다! 그렇지! 얼씨구!

　　하루종일 말 한마디도 없이 그냥 그렇게 놀았다. 말로 해서 뭐하나. 가사가 없어도 좋다. 무슨 음악을 여기다 갖다댈까? 절로 혈맥이 뛰고, 깊은 숨이 쉬어지고, 장이 꿈틀거리고, 몸이 일으켜지고, 팔이 휘둘러지고, 깨금발이 뛰어진다.

　　막걸리와 육자배기에 흥청거리다가 문득 사물놀이 테이프를 틀어놓고 그 장단에 맞춰 즉흥으로 피아노를 쳤다. 민요, 판소리, 산조 따위를 틀어놓고 북으로 장단을 치기도 했다. 그러던 중 천둥처럼 나타난 사람이 김덕수 사물놀이패의 상쇠인 이광수 선생이었다.

아는 이의 소개로 카페를 찾아온 이광수 선생이 헤어질 때 그랬다.
"앞으로 자주 뵐 거 같은데요."

아니나 다를까 급속도로 친해지기 시작하더니 호칭이 형님 아우로
바뀌었다. 그렇게 친해지자 김덕수 선생을 같이 한번 만나야겠다고
했다. 당시 김덕수 선생이 장구 교칙본을 그렇게 만들고 싶어 했다.
피아노 교칙본처럼 체계 있게 학습할 수 있도록 하기 위함이었다. 아
주 좋은 생각이다 싶어 만나서 바로 채보 작업을 시작했다. 그렇게
인연이 되어 책 작업도 하면서 자연스럽게 공연도 같이 하게 되었다.
많은 국악인을 만나면서 공연도 같이 하고 우리 음악에 대한 공부도
할 수 있어 나로서는 참으로 좋은 공부 기회였다.

사물놀이와의 만남

장구 교칙본을 만들기 위해 각 지역의 농악 가락 채보부터 시작했다. 채보를 할 때면 녹음 테이프로 하지 않고 연주자와 직접 만나서 했다. 그래야 정확하고 심도 깊은 음악 세계를 알 수 있기 때문이다. 그러다보면 연주자에게 여러 번 되풀이해서 연주를 시키게 되니까 미안한 마음에 나 스스로 더 몰입하게 되었다. 그러니 속도도 빨라지고 깊이도 생겼다. 또 서로 대화를 하게 되니까 악보 너머의 세계까지 폭넓게 걷어올릴 수 있었다.

장단을 채보하고 나면 그걸 기록하기 위해 누가 봐도 이해하기 쉬운 정간보(우물 정(#) 모양의 칸에 상하좌우로 공간을 나누어 음의 길이나 높이를 표시하는 기보법)가 필요했다. 그래서 새로운 정간보도 만들어 그

걸로 사물놀이 교칙본을 만들었다. 『사물놀이 1: 장고의 기본』『사물놀이 2: 삼도 설장고 가락 학습 편』『사물놀이 3: 삼도 설장고 가락 연주 편』, 이렇게 세 권의 책이 나왔다.

막 채보를 시작했을 무렵 김덕수 선생과 호남우도농악(전라도 서부 평야지역 농악)의 오채질굿(호남우도농악의 대표적인 가락. 한 장단에 징을 다섯 번 치는 행진 음악) 채보 작업을 할 때였다. 금방 듣고 나서 가락을 적은 뒤 내가 구음으로 다시 소리를 내면 김덕수 선생이 맞다고 확인하는 방식으로 진행했다. 늦은 오채질굿과 잦은 오채질굿을 채보했는데 똑같은 가락이 빨라지니까 박자도 똑같이 축소될 것 같지만 그렇지가 않았다. 느릴 때와 빠를 때 아주 미세한 변화가 생겨서 느리게 할 때는 네 박이던 것이 빠르게 칠 때는 한 박이 줄어서 세 박이 되었다. 이게 너무 신기해서 김덕수 선생한테 설명을 했더니 "그렇구나!" 하시면서 같이 신기해했던 기억이 난다.

김덕수 선생은 몸이 곧 장구였다. 누구도 따라올 수 없는 빠른 속도로 치는데도 성음이 하나도 뭉그러지지 않았다. 항상 말씀하시기를 "장구는 콩 볶듯이 쳐야 된다"고 했다. 옛날 명인들이 그러셨다고 한다. 이 말은 열채(열편을 치는 장구채로 쪼갠 대나무를 가늘게 깎아서 만든다) 소리가 야무지게 나야 된다는 뜻이다. 사물놀이에서 장구의 핵심 역할이 바로 그것이다. 사실 꽹과리, 징, 장구, 북이 연주를 할 때 다른 악기 소리에 묻혀서 장구의 열채 소리가 안 들리는 경우가 허다

한데 그렇게 되면 장구는 존재 가치가 없어진다. 그러나 김덕수 선생의 열채 소리는 꽹과리 소리를 뚫고 또롱또롱하게 들린다.

사물놀이 연주할 때 장구의 열채 소리가 또롱또롱하게 들리면 신명이 한층 배가 된다. 거기다가 김덕수 선생은 신명이 고조될 때 원래 가락의 빈 자리에 열채 가락을 채워넣었다. 이렇게 하면 가락이 화려해지고 신명이 고조된다. 숨이 턱턱 막히는 절정으로 몰아가는 것이다. 그리고 무엇보다 김덕수 선생 장구 가락의 결정적인 비결은 가락의 열고 닫음에 있다. 소리를 열고 닫음이 아주 분명하다. 여는 것보다 닫는 것이 어려운데, 그 열고 닫음 곧 음양의 조화를 이루는 것이 엄청난 기술이다.

또 한 가지 놀라운 사실은 김덕수 선생이 오른손잡이인데 왼장구를 친다는 점이다. 일반적으로 오른손잡이들은 왼손으로 궁굴채(궁편을 치는 장구채로 대나무 한쪽 끝에 둥근 궁알을 붙이거나 깎아서 그 부분으로 친다)를 잡고 오른손으로 열채를 잡는다. 그런데 김덕수 선생은 반대로 오른손으로 궁굴채를 잡는다. 이렇게 되면 궁굴채에서 타의추종을 불허하는 테크닉과 파워가 나온다. 오른손잡이가 이렇게 칠 경우, 왼손으로 치는 열채 가락이 좀 처지기 마련인데 김덕수 선생의 열채 가락은 하나도 뭉그러지지 않고 또롱또롱하다. 기가 막힐 일이다.

장구의 궁편은 음이요, 열편은 양이다. 궁편은 여자이고, 열편은 남자인 셈이다. 김덕수 선생이 일가를 이룬 장구의 세계는 그 음과 양의 완벽한 조화를 보여준다. 마치 남녀의 사랑이 무중력 상태에서 섬세하고 뚜렷하고 밀도 있고 힘차게 펼쳐지는 것과 같다. 남녀가 사랑을 나눌 때의 극치점 같은 거랄까. 그래서 국악인들은 경지에 오른 명인을 '뜬쇠'라고 부른다. 떴다는 말이다. 말하자면 무중력 상태다.

어떻게 왼장구를 하시게 됐냐고 여쭤봤더니 다섯 살 때부터 워낙 장구를 잘 치니까 명인 어른들이 나이가 어린데도 김덕수 선생을 무대에 올려 쌍장구를 치게 했다고 한다. 두 사람이 마주보고 장구를 치는 쌍장구는 상대가 자신의 거울이 되어야 하는데, 어른이 왼손으로 궁굴채를 잡으니 김덕수 선생은 오른손으로 궁굴채를 잡을 수밖에 없었다고 한다. 그렇게 해서 오른손잡이가 왼손잡이처럼 된 것이다.

〈우리가 원하는 우리나라〉라는 노래는 순전히 김덕수 선생 때문에 만들어졌다. 해마다 연말이면 당대를 대표하는 예술가들이 모여서 '울타리굿'이라는 공연을 했는데, 공연 맨 마지막에는 늘 백범 김구 선생의 「내가 원하는 우리나라」가 배경음악과 함께 낭독되었다. 그런데 어느 날 김덕수 선생이 나보고 "여보게, 이거 계속 낭독만 해왔는데 노래로 만들면 좋지 않을까? 자네가 한번 만들어봐" 하시고는 곧바로 추진을 하셨다.

한 번도 가사를 써본 적이 없던 나는 그때 사물놀이 일을 보는 친구 중에 글을 잘 쓰는 친구더러 「내가 원하는 우리나라」를 읽어보고 노래가사를 써보라고 부탁했다. 근데 이 친구가 너무 바빠서 연습 당일까지 가사를 만들지 못했다. 약속을 깰 수는 없고 할 수 없이 내 식으로 가사를 만들고 곡을 붙였다. 제목도 〈우리가 원하는 우리나라〉로 정했다. 워낙 급했기 때문에 두어 시간 만에 뚝딱 만들었다. 다행히 연습은 차질 없이 잘됐다.

그날 김덕수 선생이 노래를 들어보시더니 "야, 명곡이다, 명곡이야!" 그랬다. 그뒤로 행사를 기획하고 진행하실 때 이 노래를 많이 쓰셨다. 대통령 취임식, 백범 김구 선생 기념일 같은 행사에서 단골 레퍼토리가 되었다. 노래가 태어난 것이나 세상에 알려진 것이나 모두 김덕수 선생 덕분인 셈이다.

삼도농악가락을 채보할 때는 꽹과리 이광수, 징 강민석, 장구 김덕수, 북 최종실 선생을 따로따로 만나 채보를 했다. 이광수 선생은 말하듯, 노래하듯 꽹과리를 쳤다. 예를 들어 누구를 부르려고 할 때 아무 말 없이 "깽깨갱" 하고 꽹과리를 치면 그 사람이 쳐다볼 정도였고 굿거리를 치면 진짜 민요를 부르듯 꽹과리 가락이 흘러갔다.

꽹과리는 오른손으로 두드려 소리를 내고 왼손으로는 소리를 정리하고 맛을 내는 막음질을 하는데, 왼손의 막음질에 의해 울려나오는 소리가 너무나 신비로웠다. 길든 짧든 소리 하나하나가 모두 구슬처럼 똑똑 떨어졌다.

내가 한번은 "형님, 왼손이 다른 사람들하고 전혀 다른데요" 했더니 "그런가?" 하시면서 정작 당신은 잘 모르고 계셨다. 그냥 몸에 붙은 감각으로 하는 거라 그 연주의 비밀을 당신도 설명하지 못했던 것이다. 내가 "조금만 더 느리게 쳐봐요, 한 번만 더 해봐요" 해가면서 그 비밀을 찾아보니, 바로 왼손 막음질의 타이밍이었다. 오른손이 치면 왼손을 열어주고, 오른손이 안 치는 빈 시간에는 왼손은 막아주는 것이었다. '갠지갠지갠지갠지' 하다가 왼손으로 콱콱 막아주면 '갠지 갯지갠지갯지'가 되는 것이다. 아무리 빠른 가락도 그 사이사이를 왼손이 막아주고 있었다.

오른손이 양이고 왼손이 음이라면 이 음과 양이 마치 남녀가 사랑을 나누듯 서로 주고받는 것이다. 너무나 부드러운 오른손의 터치에 왼손의 막음질로 내는 분명한 성음이 이광수 선생 꽹과리의 비밀이었다. 왼손과 오른손이 빠른 속도로 따로 놀아야 하니까 정말 어려운 손놀림이다. 이것을 피아노 연주법으로 말하면 손가락으로 건반을 두드려 소리를 내고 그 소리를 발로 밟는 페달을 통해 정리하는 것과 같다. 이광수 선생의 왼손 막음질의 타이밍은 야구로 말한다면 타율이 십 할이었다. 이런 기술은 완전히 이완되어야 가능하다.

이광수 선생은 선생만의 독창적이고 독보적인 음악 세계를 이루었다고 평가할 수 있다. 원래 남사당패에서 비나리를 한 데다 여러 소리도 많이 해서 경기민요, 염불 등 소리도 아주 잘 하셨다. 그래서 가락이 그렇게 소리하듯, 노래하듯 나오는 것 같다.

대중과의 만남

장사익 선생을 만난 건 김아라 선생과 한창 함께 작업할 때였다. 어느 날 연극연습을 마치고 우연히 어떤 모임에 가게 됐다. 마침 모임에 참석한 사람들이 돌아가면서 노래를 부르고 있었다. 장사익 선생의 차례였다. 가수 임지훈 선생이 기타로 반주를 해보겠다고 나섰지만 쉽지 않았다. 장사익 선생 자신이 만든 노래였기 때문이다. 내가 "지훈 씨, 반주가 안 맞네요. 우리 그냥 반주 없이 듣지요." 했다. 장사익 선생은 반주 없이 생짜로 노래를 불렀다.

사실 이날의 만남은 두번째였다. 김덕수패 사물놀이의 뒤풀이 자리가 처음이었다. 하지만 그날은 내가 술에 잔뜩 취했던 터라 장사익 선생의 노래에 대한 기억이 가물가물했다. 두번째 만남에서는 장사

익 선생이 노래하는 내내 나 혼자 '얼씨구' '조오타' '그렇지!'를 연발
했다. 모임이 끝나고 다들 돌아간 뒤 나와 장사익 선생, 화가 남유소
선생 그리고 장사익 선생의 동생 장두익 선생, 이렇게 네 사람만 남
았다.

"형님은 세상에 나가야 됩니다. 이렇게 뒤풀이에서 노래 잘한다 소
리 듣는 걸로는 형님의 한이 풀릴 수가 없어요. 공식무대에 서야 형
님 가슴의 한이 풀려요. 그 한을 무덤까지 갖고 갈 겁니까? 형님이
노래를 불러서 형님의 한을 풀면 어떤 일이 벌어지는 줄 아세요? 그
걸 듣는 다른 사람들도 간접적으로 한을 풀게 되는 거예요. 이것처럼
좋은 일이 또 어디 있어요? 모두가 좋은 일 아니에요? 나가야 돼요,
형님은 나가야 돼."

"나는 박이 자신 없어. 박을 맞추는 게 도무지 안 돼."

"박, 그까짓 거 상관없어요. 박 던져버리세요. 지금 형님이 하는
그대로 하면 돼요. 그냥 하던 대로 하세요. 그러면 내가 따라갈 테니
까 염려하지 마세요."

우리의 인연은 이렇게 시작됐다. 첫 음반 《하늘 가는 길》의 반주는
거의 즉흥이었다. 내가 연필 들고 편곡한 게 아니라 그냥 들으면서
즉흥으로 쳤던 게 그대로 녹음된 것이다. 그렇게 데뷔 음반은 성공했
고 장사익 선생은 세상에 알려지기 시작했다.

부산에서 공연할 때의 일이다. 〈꽃〉이라는 노래를 부르는데, 전주

가 A메이저 코드 한 번 치는 게 다여서 땅 하고 한 번 치면 바로 그 음을 잡아서 소리를 내야 했다. 그런데 장사익 선생이 원래 음보다 장2도나 높게 첫 음을 내버린 것이 아닌가. 〈꽃〉이라는 노래가 음이 아주 높아 걱정이 됐다. 나는 조를 바꿔 치는 게 별일이 아니어서 그냥 쳤지만 속으로는 조마조마했다. '과연 이 양반이 이 음을 낼 수 있을까.'

이 노래의 클라이맥스가 '꽃 한 송이 있었지'인데, 본래 B(시)음이었던 '꽃'이 장2도가 올라가 C샵(도 샵) 음을 내야 했다. 보통 테너들이 부르는 가장 높은 음이 C다. 오페라《청교도》의 테너 아리아가 제일 높은데 그게 바로 C샵이다. 속이 타서 앉지도 못하고 일어서서 계속 장사익 선생 얼굴을 쳐다보면서 피아노를 치다 거의 '꽃'에 이르렀을 때 피아노를 버리고 달려나가 장사익 선생 옆에 바짝 붙어서 두 주먹을 쥐고 '어이!' 하며 추임새를 넣고는 몸을 부르르 떨면서 지켜봤다. 소리가 날까 안 날까. 그랬더니 세상에, C샵 소리가 나왔다. 정말 기적 같은 일이었다.

공연 끝나고 서로 "죽을 뻔 했다"고 말했다. 내가 "형님, 나 죽는 줄 알았어" 그랬더니 장사익 선생도 "나도 걱정돼서 죽는 줄 알았어" 그랬다. 이왕 첫 음을 잘못 냈으니까 자기는 그냥 부르면 되지만 내가 즉석에서 조를 다 바꿔서 피아노를 쳐야 되니까 걱정이 됐다는 것이다. 서로가 서로를 걱정한 셈이다. 서로를 걱정하면서 자기 역할은 완벽하게 해낸 것이다. 정말 멋진 일이었다.

장사익 선생은 무대에서 곧잘 "내 생명의 은인은 부모님이지만 내 삶의 은인은 뚱창이 성"이라고 말하곤 했다. 내가 너무 겸연쩍고 쑥스러워서 제발 그 소리 좀 그만하시라고 했더니 다음부터는 그 말을 안 했다. 한번은 어떻게 공부를 해야 할지 가르쳐달라고 하기에 내가 이렇게 대답했다.

"첫째, 우리 소리를 공부하십시오. 단, 형님 스타일로 자유롭게 불러야 합니다. 둘째는 살면서 일어나는 다양한 순간순간의 감흥을 즉흥으로 표현해보세요. 셋째, 첫째와 둘째를 하다보면 자연스럽게 형님의 음악 세계가 생겨날 겁니다. 지금은 가요를 하지만 나중에는 형님만의 독자적인 음악 세계를 열어가야 됩니다. 가요라는 것은 나라마다 고유한 정서가 있기 때문에 세계로 뻗어나가는 데 한계가 있습니다. 가요만 하고 깊고 높은 예술의 세계로 나아가지 않으면 세월이 흐른 뒤에 허무해집니다."

장사익 선생은 그걸 종이에 적어서 가슴속에 집어넣으면서 말했다. "뚱창이 성, 꼭 지킬게."

이게 나와 했던 처음이자 마지막 약속이었다. 갈수록 공연 횟수가 많아지고 나는 내 할 일을 해야 하기에 더이상 같이 하기가 힘들어졌다. 그러고는 각자 자기 갈 길로 갔다.

장사익 선생과 대중음악을 함께하면서 내가 배운 것은 음악은 쉬워야 한다는 것이다. 쉬운 음악은 내가 궁극적으로 지향하는 음악이었다. 음악의 궁극적인 경지에 이르고 나서는 딴따라로 나아가는 게 나의 음악적 목표라고 평소 생각하고 있었다. 한번은 국악작곡가 박범훈 선생이 물었다. 임동창씨는 왜 국악에 관심을 갖느냐고. 나는 이렇게 대답했다.

"나는 내 음악을 만드는 게 목적인데, 소도 비빌 언덕이 있어야 비빈다고, 국악은 저한테 비빌 언덕 같은 겁니다."

국악 세계를 마스터하고 나면 언젠가는 나도 딴따라의 세계로 나아가야 한다는 생각을 한시도 잊은 적이 없다. 물론 내가 추구하는 딴따라 음악이란 우리의 뿌리를 지닌 음악이다.

1996년도에 방영된 SBS 〈송지나의 취재파일 세상 속으로—동창아 동창아 뭐하니〉는 대중과 본격적으로 가까워지는 계기가 된 프로그램이었다. 장사익 선생을 비롯해 그 무렵 나와 함께하던 다양한 사람들의 인터뷰도 담고 아이들을 가르치는 여름캠프 풍경도 담은 다큐멘터리였다. 나레이션 없이 송지나 작가가 오프닝 멘트만 하고 나머지는 출연자들의 이야기나 캠프 진행 과정을 있는 그대로 담았다. "베토벤 뒤진 지가 언젠데 그러고 있어. 니 맘대로 쳐!" 그렇게 소리치는 것도 그대로 방영되었다.

반응이 폭발적이었다. 방영이 되자 전화가 빗발치듯 했다. 해외동포 중에서도 이 방송을 보고 일부러 전화를 하는 사람이 있었다. 대학에서 강의 시간에 녹화 비디오를 보여주고 토론을 한다는 교수도 있었다. 음악에 대한 대중의 고정관념을 깨는 데 큰 도움이 되었다고 했다. 송지나 작가는 많은 사람들이 충격을 받았다고 하지만 사실은 다큐멘터리를 만들면서 자기가 가장 충격을 받았다고 고백했다. 시류에 영합하지 않고 수행자처럼 자신의 길을 가는 예술가의 삶이 무엇보다 자신에게 깊은 인상을 남겼다고 했다.

우리 음악의 큰 스승들

우리나라를 대표하는 국악의 명인, 명창 들과의 만남이 없었다면 내가 우리 음악을 이해하기가 무척 어려웠을 것이다. 지금 생각하면 그분들과 음악적인 교류를 할 수 있었다는 것 자체가 꿈만 같은 행운이다.

우리 춤의 명인 이매방 선생이 가르칠 때 장단 치면서 보고 들었던 일, 명창 성우향 선생이 가르칠 때 〈춘향가〉를 거의 다 외울 정도로 가서 보고 들었던 일, 명창 김수연 선생과 밤새도록 판소리의 호흡과 시김새와 더늠에 대해 얘기를 나눴던 일, 가야금 명인 백인영 선생과 즉흥에 대해 얘기를 나눴던 일, 입으로 부는 모든 국악기의 명인인 이생강 선생과 호흡에 대한 얘기를 나눴던 일, 정악대금 명인 박용호 선생에게 쟁이들의 삶과 음악에 대해 얘기를 들었던 일, 승무 명인 이애주 선생에게 춤에 대한 견해를 들었던 일, 동해안굿 명인 김석출 선생에게 무속에 관한 얘기를 들었던 일, 여러 굿판을 쫓아다녔던 일 등 일일이 거론할 수 없이 많은 명인, 명창 들과 공연도 하고 방송도 하면서 많은 것을 배웠다.

특히 1997년부터 국악학자 최종민 선생이 진행한 EBS 라디오의 〈우리가락 노랫가락〉의 한 꼭지로 '임동창의 피아노 풍류방'을 삼 년 동안 맡은 것은 내게 큰 공부 기회였다. 처음 섭외가 왔을 때 나는 완성도와 시간상의 제약을 들어 고사했는데, 신장식 피디는 흔쾌히 이 두 가지 문제를 해결해주었다.

"매번 방송국으로 오시기 곤란하다면 녹음은 안성의 선생님 댁에 서 진행하는 것으로 하죠? 완성도 문제는, 마음에 흡족하실 때까지 시간상 제약을 두지 않고 녹음하는 것으로 하면 어떻겠습니까?"

내가 대본 없이 진행을 하고, 게스트인 국악인이 오리지널 국악을 연주한 후 나의 피아노와 함께 즉흥연주를 하는 콘셉트였는데, 한 꼭 지로 들어간 프로그램이었음에도 시간은 고무줄이었다. 짧을 때는 5 분만 할 때도 있었고, 길 때는 55분을 할 때도 있었다. 게스트로 오는 국악인들은 우리 집으로 오는 길에 순대로 유명한 백암에 들러 순대 와 소주를 사오곤 했는데, 대본 없이 자유롭게 먹고 마시면서 이야기 도 나누고 음악도 연주하니 그렇게 흥겹고 편안할 수 없었다. 연말이 면 특집 방송을 핑계로 국악인들이 우리 집에 모여 송년회를 하기도 했다.

  삼 년 동안 헤아릴 수 없이 많은 명인, 명창 들을 매주 만나 귀한 고견을 듣고 음악적인 교류를 할 수 있었던 것은 전통음악에 대한 갈증을 풀고 싶었던 내게 다시없는 기회였다. 그분들은 모두가 내게 소중한 스승이었다. 이 많은 분들의 훈김을 쐴 수 있었다는 것은 하늘이 내려준 복이었다. 지금도 이 하늘 같은 국악의 스승들께 머리 숙여 감사할 뿐이다.

  칩거에 들어가기 전 마지막으로 방송과 인연을 맺은 것은 2000년 10월 한 달 동안 16회에 걸쳐 방영된 EBS 기획시리즈 〈임동창이 말하는 우리 음악〉이었다. EBS 기획시리즈의 첫번째 기획은 김용옥 선생의 '노자와 21세기'를 주제로 한 강의로 상당한 호응을 받았다. 시리즈의 2번 타자가 중요했는데, 프로그램 편성국장이 나를 섭외해보라고 해서 기획된 것이었다. 1999년도에 EBS 공사창립 기념공연을 내가 맡았는데, 그 공연을 보고 저 사람 우리 방송국에서 스타 못 만들면 망해야 한다고 했단다.

  그 당시 나는 상반기까지 외부 활동을 끝내고 하반기부터는 아주 들어앉을 생각으로 일체 스케줄을 잡지 않았다. 그런데 가만 생각해보니 이제 들어앉으면 어디로 어떻게 흘러갈지도 모르는데 지금까지 십여 년 동안 우리 음악을 경험하면서 내가 배우고 느낀 것을 강의 형식으로 세상에 이야기를 해보면 나도 정리가 될 것 같았다. 그렇게 해서 정리가 되면 던져버리고 오롯이 내 화두를 붙들고 가도 좋겠다 싶었다.

월화수목 나흘간 연이어서 4주간 16강으로 방영되었다. 16강 안에서 나름대로 전하고자 한 메시지는 '우리는 영적인 노예'라는 것이었다. 첫 시간에 애국가를 비롯한 현대 가곡과 가요들이 노랫말만 우리 말이지 서양 작곡법에 의한 것으로 멜로디, 장단이나 강약의 악센트가 노랫말과 어울리지 않는 문제를 지적하면서 우리가 처한 음악 현실에 대해 연주를 곁들여 적나라하게 얘기했다. 비록 나 자신도 전문가로서 아직 해방되지 못했지만 이제 우리 노예 해방의 길로 가자, 그러자면 우리 음악을 즐겨야 가능하다, 나는 전문가로서 우리 음악이 대단하다는 걸 알지만 지금까지 공부한 결과 우리가 자기를 내팽개치고 정치적 운명에 의해서 영혼의 노예로 살아왔다는 걸 알게 되었다고 말했다.

첫 방송이 나가고 반응이 뜨거웠다. 방송이 나가고 제작진이 놀란 게, 밤 10시 40분에 시작해서 11시 20분에 끝나는 늦은 시간대 프로그램이었는데 어린이들이 많이 봤다는 것이다. 이런 시청률은 처음이라고 했다. 그 이야기를 듣고 내가 아이들에게 포커스를 맞춰서 하려고 한 게 아닌데 내가 갖고 있는 기운이 아이들과 잘 맞구나 싶었다. 공연장에도 아이들이 많이 오고 가족 단위로도 많이 온다. 나는 가족적인 사람이 아닌데, 내 안의 에너지는 가족적이고 어린아이들이랑 잘 맞는 것 같다.

외국 전통음악과의 만남

우리 전통음악에 대한 관심은 외국의 전통음악에 대한 관심으로 이어졌다. 외국 음악페스티벌에 초청받아서 가게 되면 전 세계 전통음악의 최고 대가들의 다양한 음악을 듣고 그 뿌리를 분석했다. 그중 가장 매력적이었던 것은 몽골의 전통음악 '흐미'였다. '흐미'는 성대를 비벼 낮은 음으로 노래하면 높은 음이 배음으로 저절로 생겨나는 특별한 음악이다. 춤과 함께하는 인도 음악, 티벳의 불교 의식 음악, 알래스카 에스키모인들의 북소리와 함께하는 구음口품, 수피 댄스, 이란과 파키스탄의 신비로운 음악, 콜롬비아의 춤도 인상 깊었다. 발리에 갔을 때는 그 섬의 힌두 음악에서 일본 대중음악의 근간인 요나누키 음계를 발견하고 놀랐던 기억도 있다. 섬에서 섬으로 문화가 이어진 게 아닌가 하는 생각이 들었다.

1995년 덴마크 오르후스 국제예술페스티벌은 기억에 많이 남는 음악축제였다. 기획자이자 재즈 뮤지션인 토니 브룩스가 오르후스 세계연극제에서 나와 김아라 연출가가 작업한 〈이디푸스와의 여행〉을 보고 감명을 받아 나를 '이스턴 매스터Eastern Master'라는 프로그램에 초청해주었다. 이란, 파키스탄, 호주, 일본 등 아시아 각국의 전통음악 대가들이 모여 오케스트라로 즉흥연주를 하는 콘셉트였다. 중간에 일본의 무용가가 춤을 추게 되어 있었는데, 워낙에 다양한 문화권의 사람들이 모여 즉흥으로 연주를 하다보니 안무와 음악이 서로 따로 놀고 전혀 의사소통이 되지 않아 어색하기 짝이 없었다. 그나마나는 무용가에게 눈을 떼지 않고 징, 장구, 놋주발을 번갈아 치면서 추임새도 넣어주며 호흡을 맞추려고 노력했다. 리허설이 끝나고 나자 무용가가 말했다.

"임동창 선생의 음악은 제가 힘들 때 힘을 돋워주고 뭔가 잘했다 싶을 때는 칭찬하는 듯한 호응의 사운드를 보내줍니다. 공연 때도 많이 도와주세요."

공연에서는 장장 일곱 시간에 걸친 즉흥연주를 해야 했다. 연주자들이 제각각 자기 나라의 전통음악에 매몰되어 하나가 되지 못하고 흩어질 때마다 내가 분위기를 만들어나가면서 고투하다시피 공연을 끌어나갔다. 실제 공연이 끝나고 나서는 일본인 무용가가 다시 나를 찾아와 눈물을 흘렸다.

"선생의 음악에 춤이 저절로 되었어요. 정말 감사합니다."

토니 브룩스는 내게 이렇게 말했다.

"미스터 임. 보스는 내가 아니라 당신입니다. 최고예요."

페스티벌이 끝난 후 토니 브룩스와 함께 스튜디오에서 녹음을 하기로 했다. 나는 내가 작곡한 〈여우야 여우야 뭐하니—산조 편〉의 진양 가락을 연주했다. 내가 연주를 시작하자 토니 브룩스가 하염없이 눈물을 흘렸다. 왜 그렇게 눈물을 흘리느냐고 물었더니 음악이 너무 슬프고 아름다워서라고 했다. 이어서 함께 즉흥연주로 들어갔다. 나는 징, 장구, 주발을 옆에 놓고 신시사이저를 서서 치고 토니 브룩스는 미디 베이스를 연주했다. 시간이 얼마나 흘렀는지 몰랐다. 내가 신시사이저의 고음을 아주 빠른 속도로 두드리다가 그 힘에 밀려 그만 악기가 바닥으로 떨어졌다. 그렇게 어쩔 수 없이 녹음이 끝나고 만들어진 음반이 74분짜리 논스톱, 노컷 즉흥연주 앨범 《천국 인간 Heaven People》이다.

독일 뮌헨에서는 해마다 여름과 겨울에 주로 대중예술팀들이 참여하는 톨우드 페스티벌 Tollwood Festival이 열린다. 2000년도에는 순수예술 코너가 생겼다. 환경미술가인 박병욱 선생이 대표로 있는 '아홉용머리'가 '에코 2000'이라는 타이틀로 그 순수예술 코너를 주관했다.

나는 하루에 한 번씩 이틀 공연을 하기로 하고 사물놀이팀과 같이 갔다. 리허설을 하는 동안에는 자그마한 동양 애들의 뚱땅거림에 다들 별 관심을 보이지 않았다. 첫날 공연의 1부는 내가 솔로를 하고 2부에서는 사물놀이랑 놀이1, 2를 연주했다. 현지에서 급조한 피아노는 거의 백 살쯤 된 할머니 같았다. 건반을 탁 치면 환한 조명 불빛에 먼지가 퐁퐁 올라오는 게 보일 정도였다. 게다가 어떤 건반은 다시 올라오지 않아 잽싸게 건반을 들어올리면서 연주를 해야 했다. 그래도 썩어도 준치라고 워낙 좋은 피아노이다보니 그렇게 낡아도 그럭저럭 소리가 났다. 연주가 끝나자 관객들이 끊임없이 앙코르를 외쳤다. 나중에는 마침내 기차박수까지 나왔다. 그래서 그 박수 박자에 맞춰서 나도 모르게 〈비 내리는 호남선〉을 쳤다. 노래를 알 리 없는 관객들인데도 무척이나 신나했다.

그렇게 첫날 공연을 하고 숙소에서 자고 일어났더니 페스티벌 총감독이 음향, 조명 등 각 파트별 책임자 예닐곱 명을 대동하고 찾아와서는 다짜고짜 구십 도로 인사를 했다. 이렇게 훌륭한 예술가를 못 알아봐서 죄송하다면서. 총감독은 공연 계획을 다시 짜자고 했다. 텔레비전 홍보도 하고 티켓도 팔고 해서 장기공연을 하자면서. 우리는 원래 두 번 하기로 한 거니까 그것만 하겠다 하고는 사양했지만 기분은 아주 좋았다. 다음날 일간지에 '피아노 치는 붓다'라는 제목으로 기사가 나왔다.

전설이 된 기와집

가장 기억에 남는 국내 공연을 꼽는다면 안동 양지마을에서 연 성주풀이 공연이다. 임하댐이 만들어지면서 안동 고래골 양지마을에 살던 사람들이 모두 이주하게 되고 집들도 철거했는데 그 마을에서 가장 부잣집이던 큰 기와집만 철거를 안 한 상태였다. 만수위滿水位가 되면 집의 중간 정도까지 물이 찼다. 그 집을 처음 본 것이 1999년 2월이었다. 그때까지 세 번 정도 만수위가 됐다고 했다. 거기다 세월도 흐르고 해서 금방 귀신이 나올 것 같은 그런 폐가였다. 우연히 그곳을 지나다 기왓장이 뜯겨져나가 속흙이 다 드러난 지붕 위로 오후의 햇살이 비치는 광경을 봤다. 그렇게 아름다울 수가 없었다. 삼십 분 정도 넋을 잃고 바라봤다. 견딜 수 없는 황홀감에 바로 그곳에서 공연을 하기로 결심했다.

일단 공연 날짜를 4월 17일로 잡고서 일을 추진했다. 먼저 건물 사용승인을 받아야 해서 집주인을 찾았다. 당시 84세였던 주실할매(조필량씨)는 열아홉인가에 시집와 육십 년을 그 집에서 사셨는데 마지막에는 전기도 끊기고 물도 끊긴 집에 혼자 계시면서 집을 두고 떠나야 하는 아픈 마음에 매일밤 혼자 집을 향해 기도를 하셨다고 했다. "우야든지 전설이 돼라"고.

할머니께 여쭤보니 당신은 아무것도 모른다며 아들한테 연락을 해보라고 하셨다. 연락을 했더니 아들이 집을 팔았는데, 통장으로 돈만 받아서 누가 샀는지 모른다고 했다. 당시 안동에 살던 김만동 선생이 일을 도와줬는데, 선생이 이주민들이 사는 윗마을에 가서 물었더니 얼마 전에 어떤 남자가 고등학생쯤 되는 아들을 데리고 와서 기와를 뜯어갔다고 했다. 그래서 대략 연령을 계산해서 그 사람을 찾기 시작했지만 막막하고 날짜도 촉박해서 하는 수 없이 아는 경찰한테 부탁해 송금인 이름을 조회했다. 비슷해 보이는 사람이 세 명 나왔는데 김만동 선생이 대구 쪽 사람을 찍었다. 전화를 했더니 맞았다.

사정을 설명했더니 3월 말까지 집을 다 뜯고 동네 분들이 밭을 갈수 있도록 정리해주기로 했다고 한다. 공연을 4월로 잡았는데 난감했다. 3월은 야외공연을 하기에 날씨도 춥고 준비할 시간도 필요했다. 그래서 내가 직접 전화를 했다.

"저는 음악 하는 임동창이라고 합니다."

“피아노 치는 임동창 선생님이요? 제가 팬입니다.”

사정을 얘기했더니 동네 어른들만 양해를 해주면 자기는 괜찮다고 했다. 당장 내려가서 어르신들을 찾아뵙고 인사를 드렸다. 그런데 4월 초에는 파종을 끝내야 한다고 했다. 마침내 공연 날을 일주일 앞당겨 4월 10일에 공연을 하고 그다음에 집을 뜯어간 후 파종하는 걸로 얘기가 됐다. 나는 곧바로 기와집으로 갔다. 먼저 사당에서 “제가 공연을 하기로 했습니다. 보고 드립니다” 하고서 소주 한 잔을 올리고 고수레를 했다. 본채와 정자에 가서도 똑같이 했다.

남은 시간이 얼마 되지 않아 바로 섭외에 들어갔다. 돈이 없어 “알아서 오시고 알아서 가셔야 해요. 출연료도 없어요” 그랬는데도 모두들 흔쾌히 출연을 승낙했다. 제작진도 모두 무료로 봉사하겠다고 했다. 타이포그래픽 디자이너 안상수 선생은 직접 내려와서 폐가 사진도 찍고 나와 얘기도 나눈 후에 포스터를 디자인해주었다. 그래도 행사를 치르자면 돈이 필요했다. 마이너스 통장으로 천만 원을 만들었다. 조명이나 음향기기, 발전차를 부르는데 기름값 정도는 줘야 했다. 뒤풀이에 든 식재료비만 삼사백만 원이었다. 나중에 계산해보니 아주 딱 맞게 다 썼다. 공연은 무료였다.

그런데 공연 이삼일 전부터 내리던 비가 당일날에도 그칠 줄을 몰랐다. 일기예보를 수도 없이 듣고 하늘을 수도 없이 쳐다봤다. 아마 평생에 그렇게 날씨에 신경 쓰고 일기예보에 귀 기울인 적이 없을 것이다. 비가 와서 공연이 취소될까봐 자원봉사자들도 힘이 빠졌다. 주변 사람들이 공연을 취소해야 되는 거 아니냐고 할 때 내가 그랬다.

"무슨 소리야. 하늘은 자기 할 일을 하고 있는 거고 나는 나대로 내 일을 해야지. 아무리 비가 많이 와도 그냥 한다."

공연 날, 새벽에 일어나서 자원봉사자 가운데 대장 격인 김대경 선생과 같이 제비원에 있는 이천동 석불에 가서 기도를 하고는 곧바로 현장으로 달려갔다. 무슨 차가 한 대 털털거리며 왔다. "저게 무슨 차야?" 알아보니 발전차였다. 무소음 발전차로 해야 된다고 거듭 확인했는데 큰일이었다. KBS 김창조 피디한테 전화를 했다. "비상사태입니다. 빨리 무소음 발전차를 구해서 좀 보내줘요." 서울서 수배를 해서 보내겠다고 했다. 공연 시간이 다 되어 발전차가 왔는데 땅이 질어서 공연 장소로 못 들어오겠다고 했다. 수몰지대라 비만 오면 땅이 수렁처럼 변했다.

"발전차 자빠지면 내가 사줄 테니까 그냥 와요!"

협박하다시피 해서 겨우겨우 무대 있는 곳으로 발전차가 들어왔다. 이제는 피아노가 문제였다. 서울에서 트럭에 실려 왔는데 내가 잡아놓은 위치로 들어갈 수가 없었다. 수십 명이 달려들었지만 헛바퀴만 돌았다. 삽질을 해대고 밀고 해서 겨우겨우 내가 생각한 자리 근처까지 왔지만 더이상은 안 됐다. 결단을 내렸다.

"좋다. 여기가 피아노 자리다. 그리고 피아노 내리지 마라. 트럭이 무대다."

트럭 위에 비닐하우스를 치게 했다. 피아노는 비를 맞으면 완전히 망가져 쓸 수가 없기 때문이다. 그리고 관객을 위해 의자는 못 놓더라도 앉을 자리는 마련해야겠다 싶어 건축 현장에서 쓰는 커다란 거푸집을 갖다 깔고 비닐을 사다 위를 덮었다.

안동에 살던 이완규, 김만동, 차영민, 조규복, 김병진 선생 등등 도와주신 분들이 정말 많았다. 이분들의 제자들까지 와서 객석 설치에 갖은 잔심부름, 주차요원까지 궂은 일을 도맡았다. 음식은 한영용 선생이 맡았는데 조리하는 데 필요한 기구랑 물과 불은 동네 분들이 도와주었다. 양지마을에 살다가 수몰 후 윗동네로 이주해 사는 분들이었다. 수몰되기 전에 한 삼십 호 정도가 살았는데 이 큰기와집의 은혜를 입지 않은 집이 없었다고 했다. 가뭄이나 홍수로 살림이 궁해지면 큰기와집에서 양식을 풀어서 동네사람들이 굶지 않도록 했다는 것이다. 동네 분들이 그 고마움을 잊지 않고 그렇게 적극적으로 도와주셨던 것이다.

그날 출연진만도 수십 명이었다. 소리에 신영희, 전인삼, 조주선, 피리 최경만, 가야금 백인영, 대금 이철주, 아쟁 김영길, 고수 정준호, 풍물에 '사물놀이진쇠' 외 30여 명, 바이올린 김미영, 첼로 이종현, 바리톤 조시민, 가수 이동원, 연극배우 정낙경, 선화 범주스님, 목조각 목아 박찬수, 그림 최준걸, 춤 강만홍, 박은화, 이명미 선생 등 수많은 분들이 출연해주셨다. 국악학자 최종민 선생이 사회를 보고 신장식 선생이 무대감독, 신호 선생이 조명감독, 이영 선생이 음향감독을 맡아주었다.

관객들은 전국에서 왔다. 심지어 제주도에서까지 왔다. 여자관객들은 공연장 온다고 뾰족구두 신고 왔다가 신발을 벗고 푹푹 빠져가면서 마당으로 들어왔다. 그냥 돌아간 사람도 부지기수였다. 그래도 거의 천여 명이 공연을 함께했다. 낮부터 일찍 온 어떤 관객들은 거푸집 비닐 위에서 찻상을 펴놓고 우아하게 차를 마시기도 했다. 내가 공연 준비로 정신없이 왔다갔다 하니까 녹차랑 다식을 갖다줬다. 춥고 바쁠 때 차 한 잔이 얼마나 마음을 여유롭게 해주는지 모른다.

원래 본 공연 전에 오후부터 이런저런 작은 공연을 하려고 했지만 날씨 때문에 아무것도 할 수 없었다. 본 공연 예정 시간은 7시였지만 5시로 앞당겼다. 공연은 크게 1, 2, 3부로 기획했는데, 1부는 창조, 2부는 공감, 3부는 나눔이 주제였다.

서른 명 정도 되는 풍물패가 1부를 열었다. 풍물패가 처음에는 웅덩이를 피해가면서 움직였다. 내가 "피하지 마! 절대 피하지 마! 그 옷 버리면 어때. 그냥 해!" 하면서 흥을 막 돋웠다. 질펀거리고 진흙이 튀고 난리가 났다. 나중에 들으니 흙물이 안 빠져서 결국 옷을 다 버렸다고 한다.

창조 무대는 양악과 국악 모두 자유롭게 창조 행위를 하는 무대였다. 많은 사람을 한 공간에 펼쳐놓고 창조하기 위해 몰입하는 모습을 보여주는 게 주요 콘셉트였다. 그리고 공연 중간에 주실할매를 무대로 모셔 노래를 하시게 하고는 최종민 선생이 소감을 여쭸다. 할머니는 눈물을 흘리시면서 말했다.

"내가 그렇게 전설이 되라고 이 집한테 기도를 했는데 이제 전설이 됐네. 이제 나는 이 집을 잊어버릴 수가 있게 됐어."

듣는 이들도 모두 감동했다. 창조 무대의 마지막은 성주풀이 노래로 마무리가 됐다.

성주 근본이 어드메뇨.

경상도 안동땅 제비원의 솔씨 받아 먼 동산에 던졌더니만은

그 솔이 점점 자라나서 청장목 황장목이 되었구나.

에라 만수 에라 대신이야. 대활련으로 설설이 나리소서.

2부 주제는 공감이었다. 이때부터는 비닐 친 트럭이 무대가 됐다. 내가 피아노를 치고 출연자들이 한 사람씩 나와 공감을 이루는 콘셉트였다. 그러고 나서 3부로 들어가려 했는데 어느덧 무대와 객석의 경계가 사라져버렸다. 관객들이 전부 일어나서 춤을 추고 난리가 난 것이다. 뻘밭이 완전히 무도회장으로 변해 출연자들도 관객들이랑 같이 춤추고 난리가 났다. 바리톤 조시민 선생은 연미복을 입은 채로 진흙탕에서 관객들이랑 병신춤을 췄다. 곧 결혼을 앞둔 커플이 있어 즉석에서 예비 결혼식도 올렸다. 내가 축하 연주를 하고 출연자들이 축가를 불렀다.

난장은 새벽 네시까지 이어졌다. 다섯시에 무대에 올라가 거의 열한 시간 동안 쉬지 않고 공연을 한 셈이었다. 관객들이 너도나도 한

잔씩 걸치고 피아노가 있는 트럭 위로 올라와서는 노래를 부르고 출연자들도 부르고…… 모든 경계가 사라졌다. 출연자도 관객도 뻘과 함께 모두 미쳐버렸다. 날이 새고 보니까 뻘밭에서 뾰족구두, 지갑, 핸드폰, 카메라 별별 게 다 나왔다.

며칠 뒤에 고맙다는 인사를 드리려고 마을을 다시 찾았다. 그때 동네 할머니들이 하시는 말씀이, 공연할 때 회나무 두 그루가 울었다고 했다. 공연 준비 막바지 때 큰 나무 두 그루가 잘려서 기와집 앞에 널부러져 있는 걸 보고는 포크레인 장비를 빌려다 원래 있던 자리에 세워놓고 공연을 했다. 아마 비도 오고 조명도 비추고, 거기다 당신들이 옛날에 봤던 나무가 다시 그 자리에 세워지니까 감상이 더해져서 마치 회나무가 우는 것처럼 느껴진 게 아닐까 싶다.

전통음악

정악은 자연을 닮은 음악이다.
민속악은 인간의 희로애락이 서로 비벼져
흥으로 풀어나오는 가락이다. 우리 조상은 뿌리는 같되 역할이
다른 두 종류의 음악을 우리에게 물려주었다.

우리 가락

나는 우리 전통음악에 완전히 매료되어 있었다. 김덕수패 사물놀이
를 만나면서 시작된 우리 전통음악과의 만남은 명인, 명창 들과의 대
화, 채보, 연구, 방송, 공연 등을 통해 깊어지고 넓어졌다. 한없이 고
맙고 행복했던 시절이다.

허허로이 막걸리에 취해 있는 내 마음을 가장 먼저 사로잡은 것은
바로 능게가락이었다. 풍물 굿에서 꽹과리, 징, 장구, 북의 타악기와
함께 연주하는 유일한 선율악기 태평소, 이 태평소가 연주하는 가락
이 능게가락이다.

꽹과리, 징, 장구, 북이 어우러지고 있는데 나는 자꾸 뒤를 돌아보
았다. 꽹과리, 징, 장구, 북 이외의 다른 소리가 들려왔기 때문이었

다. 눈을 감고 들었다. 꽹과리, 징, 장구, 북이 어우러져 만들어내는 배음背音(한 음이 소리날 때 귀에 들리는 한 음 이외에 다른 여러 음이 섞여 울리는데 '다른 음'을 뜻한다)이 가느다란 하나의 선율로 응집되어 흘러간다. 사물四物이 어우러지면서 만들어내는 제5의 소리…… 태평소의 성음을 꼭 닮은 흐드러지는 선율이었다. 놀랍게도 사물을 신명나고 조화롭게 두드렸을 때 배음들이 만들어내는 신비로운 가락은 태평소로 연주하는 능게가락과 꼭 같다. 꿈과 현실이 똑같다. 두드리는 현실을 통해 꿈이 빚어진다.

능게가락은 실체는 없으나 실존하는 꿈, 실체와 실체가 만나 창조해내는 꿈, 꿈과 현실의 관계에 대한 놀라운 발견이었다. 꿈에서 이루어진 것처럼 현실에서도 이루어지고, 현실에서 이루어진 것처럼 꿈에서도 이루어졌다. 능게가락의 존재를 확인함으로써 서로 다른 두 개의 요소가 어떻게 완벽한 조화를 이루는지 그 이치를 알게 되었다. 이것이 작곡에 있어서의 진정한 논리, 즉 최고의 기술인 것을 깨닫게 되었다. 그토록 갈구했던 자연의 이치와 하나되는 기술의 실재를 발견하게 된 것이다.

국악에 관심을 갖게 되면서 비로소 정악과 민속악의 같음과 다름을 알게 되었다. 정악正樂은 자연을 닮은 음악이다. 그래서 지극히 자연스럽고 자연과 잘 어우러지는 음악이다. 정악은 인간의 희로애락이 툭 떨어져나간 상태에서 흘러나오는 가락으로, 마치 가없는 쪽빛 허공과 같다. 단소로 연주하는 〈청성곡〉을 들어보자. 소리가 맑다.

소리를 맑게 들었다는 것은 정신이 맑아졌다는 증거다. 말 없음의 세계…… 투명한 하늘처럼 맑아진 상태. 그렇게 맑아지기 때문에 저절로 삶이 관조된다. 삶이 관조된다는 것은 삶은 삶 자체로 흘러가고 나는 그 흘러가는 삶을 그저 바라보게 된다는 것이다. 이것은 자유로움의 경지요, 아름다움의 극치다. 이것이 관조의 세계, 즉 정악의 세계다. 매우 비밀스럽고 보이지 않는 세계인지라 그 문을 열고 들어가 알기가 무척 어렵다.

그에 비해 민속악은 인간의 희로애락이 서로 비벼져 흥으로 풀어져나오는 가락이다. 삶 속으로 깊이깊이 파고 들어가 울고 웃는, 진흙탕과 범벅되어 살아가는 그 삶의 노래가 바로 민속악이다. 그래서 지역마다 풍수따라 말따라 사람따라 다 다르다. 예를 들어 경기민요는 아주 우아하고 세련됐다. 봄 강둑에 늘어진 버들가지처럼 여유 있고 넉넉하다. 전라도로 가면 눈물이 뚝뚝 떨어지게 애간장이 끓는다. 반면에 경상도는 아주 단순하고 발랄하고 힘이 있다. 한편 강원도 민요에는 그 높고 깊은 강원도 산속의 고독한 정서가 그대로 녹아 있다. 이렇듯이 그 지역 사람들의 서로 다른 삶의 애환이 다 녹아 있는 게 바로 민속악이다. 그래서 민속악은 솔직함이 생명이다. 가사들도 아주 솔직하다. 이런 삶의 노래로 그 땅을 딛고 사는 사람들의 몸과 마음을 정화시키는 음악이 다름아닌 민속악이다.

논어에 보면 "시삼백詩三百에 일언이폐지一言以蔽之하니 왈曰 사무사思無邪"라는 말이 나온다. 시경에 들어 있는 삼백여 편의 시는 모두 한마디로 말해 생각에 사특함이 없다는 뜻이다. 생각에 사특함이 없다는 것은 곧 솔직함을 말한다. 그래서 나는 우리 전통음악을 경전이라고 본다. 가사는 시경이고 음악은 악경이다.

보이지 않는 하늘의 이치가 '체體'라면, 그 보이지 않는 하늘의 이치가 낱낱이 드러나는 것이 '용用'이다. 정악은 체이며 알기 어려운 영혼의 세계이니 바람과 같고, 민속악은 용이며 흐드러지는 삶의 모습이니 흐르는 물과 같다. 정악이 꿈이면 민속악은 현실이다. 꿈은 현실을 통해 익어가고, 익어가는 꿈은 현실을 통해 살아난다. 그러므로 꿈과 현실은 서로 돌고 돌아 하나가 된다. 우리 조상은 한 몸에서 나온 두 팔처럼 뿌리는 같되 그 역할이 다른 두 종류의 음악을 우리에게 물려주었다.

세상의 모든 음양

음양은 삼라만상을 이루는 서로 다른 두 가지 요소를 말한다. 모든 것은 음과 양의 조화로 이루어진다. 우리가 알다시피 하늘이 있고 땅이 있고, 낮이 있고 밤이 있고, 남자가 있고 여자가 있다. 사람에게는 우뇌와 좌뇌, 오른 눈과 왼 눈, 오른 귀와 왼 귀, 오른 콧구멍과 왼 콧구멍, 윗니와 아랫니가 있다. 이렇듯 이 세상의 모든 게 음양으로 되어 있다.

세상의 이치가 그렇듯 우리 조상이 남겨놓은 음악도 역시 음과 양의 조화로 이루어져 있다. 열고 닫고, 밀고 당기고, 묻고 답하고, 주고 받고……

먼저 노랫말을 보자.

날 좀 보소 날 좀 보소 날 좀 보소
동지섣달 꽃 본 듯이 날 좀 보소
아리아리랑 쓰리쓰리랑 아라리가 났네
아리랑 고개로 날 넘겨주소

정든 님이 오셨는데 인사를 못 해
행주치마 입에 물고 입만 방긋
아리아리랑 쓰리쓰리랑 아라리가 났네
아리랑 고개로 날 넘겨주소

경상도 민요 〈밀양아리랑〉이다. 추운 겨울에 길을 걷다가 우연히 눈 속에 피어 있는 꽃을 본다면 놀랍고 반갑고 신기하여 누구라도 가던 길을 멈춰 넋을 잃고 바라볼 것이다. 1절은 그렇게 내 님이 나를 좀 봐줬으면 하는 간절한 마음을 담았고, 2절은 그렇게도 보고 싶었던 내 님이 눈앞에 나타났으나 인사도 못 하고 좋아하는 마음을 들킬까봐 행주치마로 입을 가리고 입만 방긋거리는 수줍은 마음을 담았다.

1절은 능동적이고 외면적인 마음의 표현이요, 2절은 수동적이고 내면적인 마음의 표현이다. 예나 지금이나, 어리나 늙으나 여성들의 가슴속에 이처럼 소박하고 아름다운 사랑이 깃들어 있다는 사실을 아는 남성이 얼마나 될까?

두번째로 노래 부르는 형식을 살펴보면,

날 좀 보소 날 좀 보소 날 좀 보소
동지섣달 꽃 본 듯이 날 좀 보소

여기까지는 메기는 소리로 한 사람이 부르고, 이어서 '아리아리랑' 부터는 받는 소리로 다같이 부른다. 내가 능력이 부족해 뭔가를 잘못한다 해도 사람들이 격려해주고 용기를 북돋워준다면 나는 그 일을 더 잘할 수 있을 뿐만 아니라 그 사람들에게 가슴 깊이 감사할 것이다. 또 내가 바르지 못한 일을 하고 있을 때 사람들이 사랑으로 가르치고 위로해준다면 나는 바른 일을 하게 될 뿐만 아니라 그 사람들에게 눈물로 감사할 것이다. 이처럼 사랑을 주고받는 아름다운 형식이 바로 메기고 받는 민요 형식이다.

세번째로 장단을 살펴보자. 아래는 민속악의 기본 장단인 '중모리' 12박이다. 왼손은 '궁' 오른손은 '따' 함께 치면 '덩'이다.

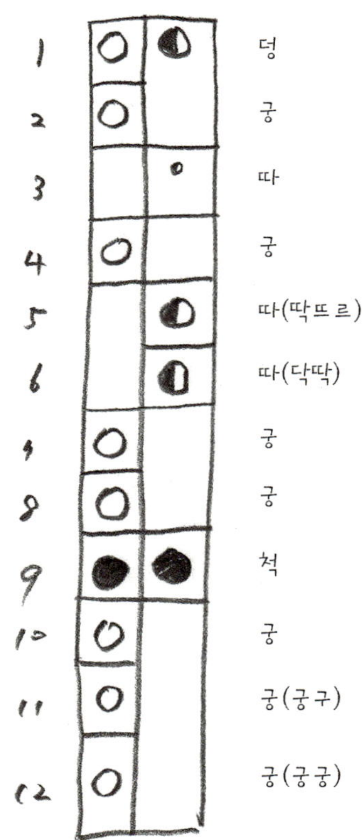

왼손	오른손
궁편(음)	채편(양)
음이 낮고 길다	음이 높고 짧다
장단의 기둥이 된다	장단의 장식이 된다

이것을 사계절로 보면

1.2.3 = 봄

4.5.6 = 여름

7.8.9 = 가을

10.11.12 = 겨울

농사짓는 일로 비유하자면 궁편은 땅, 채편은 씨앗이다.

1 = 씨앗이 땅에 심겼다.

2 = 땅속에서 발아한다.

3 = 새싹이 나온다.

4.5.6 = 무럭무럭 자란다.

7.8 = 영글어간다.

9 = 딱 영글었다.

10.11.12 = 함께 쉬며 준비한다.

사랑하는 남녀의 관계로 비유하자면 다음과 같다.

1 = 사랑하는 남녀가 만났다.

2 = 여자가 남자를 밀어준다.

3 = 남자는 힘이 난다.

4 = 여자가 더 밀어준다.

5.6 = 남자는 최선을 다해 일한다.

7.8 = 여자는 더욱더 밀어준다.

9 = 남녀는 뜻을 이룬다.

10, 11.12 = 함께 쉬며 준비한다.

여자는 남자를 받아들일 준비를 하고, 받아들인 남자를 힘껏 밀어준다. 남자는 여자의 선택을 받고, 자신을 끝까지 밀어주는 여자에게 최선을 다한다. 여자는 남자를 받아들이는 준비를 할 때(11, 12월)가 가장 중요하고, 남자는 최선을 다해 일할 때(5, 6월)가 가장 중요하다. 그래서 양의 기운이 승한 여름과 음의 기운이 승한 겨울에 해당하는 시점에 장단이 역동적으로 바뀐다.

궁 궁 궁 →〉 궁 궁구궁궁

궁 따 따 →〉궁 딱뜨르닥딱

이를 정간보로 설명하자면,

(여자)

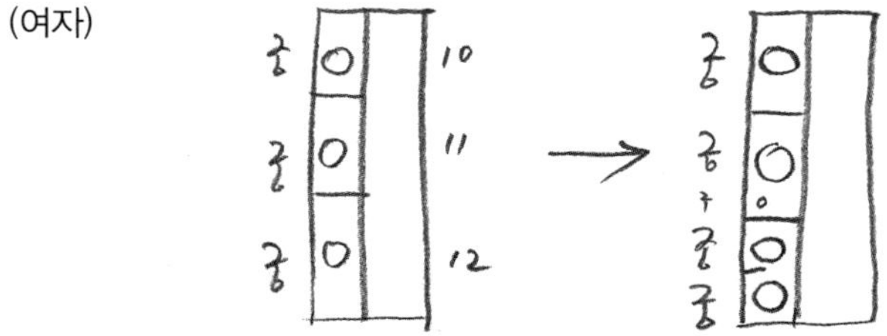

(남자)

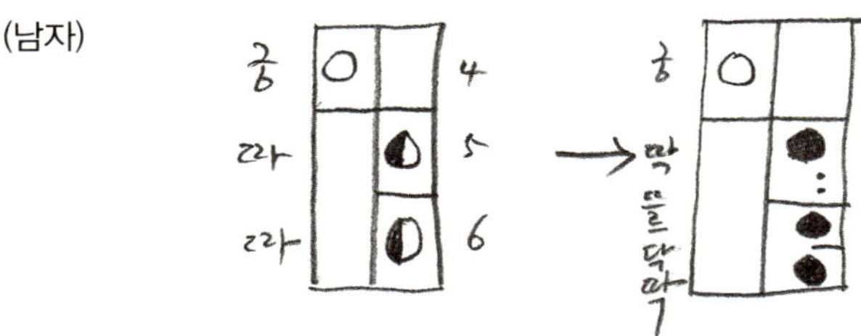

이렇게 해서 서로 다른 역할이 하나의 공통된 뜻을 이루게 된다.

얼마나 멋진 일인가. 이러한 이치는 비단 남녀만이 아니라 부모와 자식 간, 형제 간, 스승과 제자 간, 그리고 꿈과 현실의 조화 등 삶의 모든 관계에 적용된다. 우리 조상은 이렇듯 자연의 이치, 삶의 이치를 이 하나의 장단에 모두 담았다.

네번째로 가락을 살펴보자. 최옥삼류 가야금 산조 진양의 첫 장단이다.

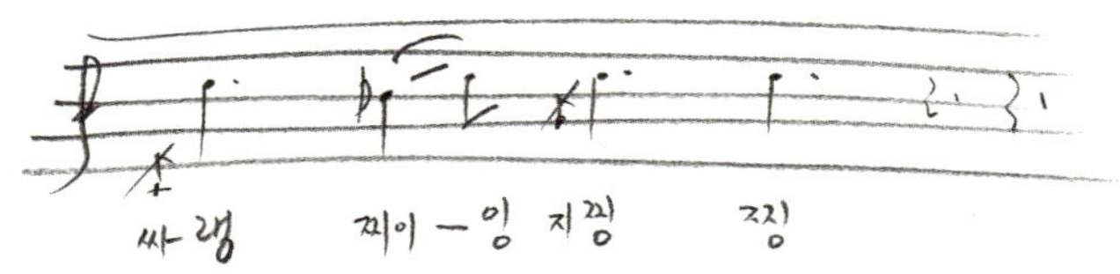

연주법을 보자. '싸랭'에서 '싸'는 당기고 '랭'은 뜯는 소리다. '지찡'

에서 역시 '지'는 당기고 '찡'은 뜯는다. '싸랭'은 당기고 뜯는 음양이 합해져 음이 되고, '찌이-잉'은 양이 된다. 특히 '찌이-잉'은 왼손을 누른 상태에서 오른손으로 한 번 뜯어 소리를 낸 후 왼손을 들었다가 다시 누른다. 이 자체도 음양이 합해져 양이 된다. '싸랭'과 '찌이-잉'이 그렇게 음양이 된다. '지찡'은 당기고 뜯는 음양이 합해져 음이 되고, '찡'은 손톱으로 톡 튕겨 양이 된다.

'싸랭 찌이-잉 지찡 찡'

'싸랭' 할 때 '랭', '찌이-잉' 할 때 '잉', '지찡' 할 때 '찡', 그리고 마지막 '찡'은 모두 같은 음이다. '싸랭' 할 때 '싸'는 '랭'의 옥타브 아래 음이고, '찌이-잉' 할 때 '찌이'는 '잉'의 장2도 아래 음에서 밀어서 올라간다. '지찡'에서 '지'는 '찡'의 완전4도 아래 음이다. '싸랭'이 음이면 '찌이-잉'이 양이고, '지찡'이 음이면 '찡'은 양이다. '싸랭'과 '찌이-잉'은 '지찡'과 '찡'보다 큰 음양이다. 또 '싸랭'과 '찌이-잉'은 음양이 합쳐진 음이고, '지찡'과 '찡'은 음양이 합쳐진 양이다.

같은 음을 연주하는데 각기 다른 음양의 조화를 이용해 이렇게 모두 다르게 연주한다. 이런 식으로 작게 봐도 음양의 조화요, 크게 봐도 음양의 조화다. 모든 게 다 그렇다. 이와 같이 음양의 아름다운 조화로 빚어진 가락은 사람의 몸과 마음을 조화롭게 만든다.

오행과 5음 음계

목木, 화火, 토土, 금金, 수水는 우주를 이루는 다섯 가지 원소다. 목은 나무요, 푸른색이요, 동쪽을 의미한다. 화는 불이요, 주황색이요, 남쪽을 의미한다. 토는 흙이요, 누런색이요, 중앙을 의미한다. 금은 쇠요, 흰색이요, 서쪽을 의미한다. 수는 물이요, 검은색이요, 북쪽을 의미한다. 그래서 고구려 고분벽화에는 동 청룡, 남 주작, 중앙 연꽃, 서 백호, 북 현무가 나온다.

우리 몸에는 간담, 심소, 비위, 폐대, 신방 등 음양으로 짝을 이루는 오장五臟이 있고, 왼손과 오른손, 왼발과 오른발에 각각 다섯 개의 손가락, 발가락이 있다. 마찬가지로 우리 음악에도 손가락 구조와 똑같은 다섯 개의 음이 있는데, 이것을 '황태중임남黃太仲林南'이라고 한다. 황종, 태주, 중려, 임종, 남려의 음계는 다음과 같다.

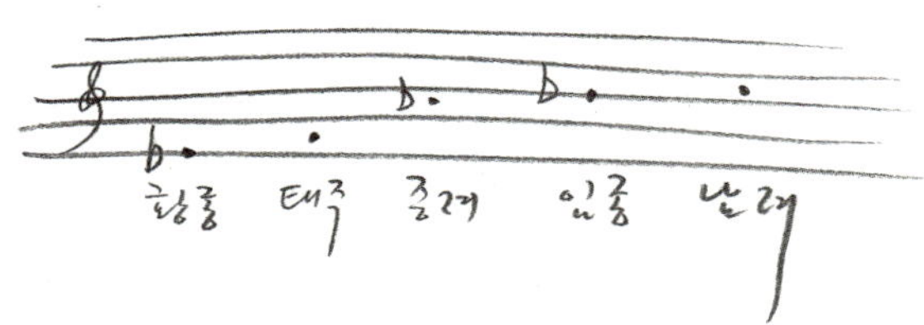

보통 이 다섯 개의 구성음으로 되어 있는 음계를 5음음계라고 하는데, 우리 조상은 이 다섯 개의 음들을 본래의 제 기능에 따라 유기적으로 풀어내어 평화롭고 따뜻하고 섬세하고 생동감 넘치는, 하늘의 이치를 담은 생명의 음악으로 엮어내었다. 서양의 5음음계, 중국이나 일본의 5음음계 음악과는 전혀 다른 음악이다.

이렇게 만들어진 음악을 연주하거나 듣게 되면 우리의 몸과 마음도 그와 같이 풀어지고, 평화롭고 따뜻하고 섬세하고 생동감 넘치는 희열을 느끼게 된다. 음악을 통해 몸과 마음이 풀어지고 조화롭게 운행되는 것이다.

그래서 서양 사람들은 이미 오래전에 우리 음악에 대해 "천상의 음악"이라며 극찬을 아끼지 않았다. 더이상 논리적인 설명은 필요가 없을 듯하다. 음악을 직접 들으면서 몸으로 느껴보는 것만 못할 것이기 때문이다. 현악 합주곡인 〈중광지곡〉을 들어보자. 이렇게 그윽하고 아름다운 실내악이 또 어디 있단 말인가. 공자가 석 달 동안 고기맛을 잊었다는 순임금의 〈소韶〉라는 음악은 아마도 이 〈중광지곡〉이 아닐까 한다.

이번에는 〈중광지곡〉과 똑같은 다섯 개의 음으로 이루어진 경기민요 노랫가락 〈창부타령〉을 들어보자.

구름 타고 노닐던 신선이 땅에 내려와 사람들과 어울려 한바탕 흐드러지게 노는 듯 무겁지도 가볍지도 않고, 어렵지도 천하지도 않은 이토록 기품 있는 흥풀이 음악이 또 어디 있단 말인가.

신비로운 묘수

여자는 음이요, 남자는 양이다. 남녀가 만나 합궁을 이루면 자식이 나온다. 남녀 더하기 자식은 숫자로 '3'이 된다. 음과 양이라는 두 요소가 새 생명을 만들어 3이 된 것이다. 그러므로 3은 묘수, 신비스러운 수다.

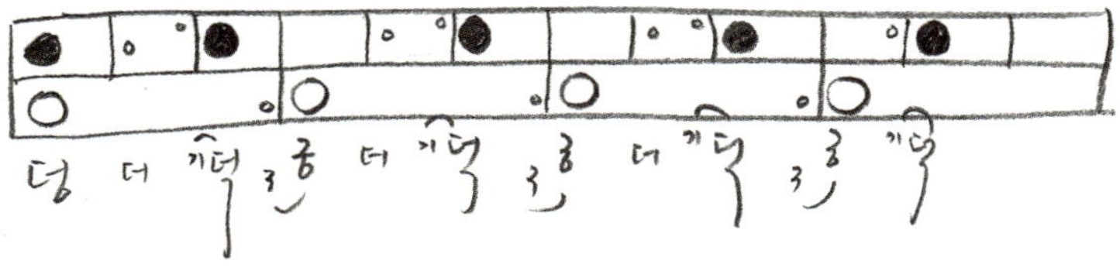

굿거리장단을 보면 작은 글씨로 쓴 '기'는 열채를 감아치는 것이고, 작은 글씨로 쓴 '구'는 궁굴채를 감아치는 것이다. 감아치기는 짧은

꾸밈을 붙여치는 타법으로 호흡과 타법이 감아진다고 해서 감아친다고 하는데 감아치는 열편의 '기'와 궁편의 '구'를 빼면 원박이 된다. 즉 살을 발라낸 장단의 뼈대인 셈이다.

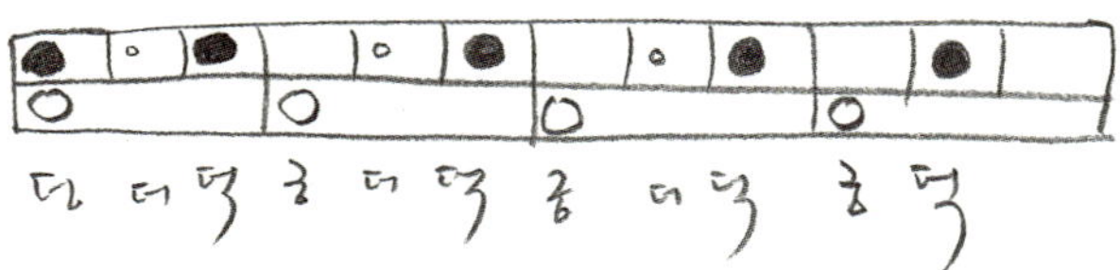

굿거리장단은 한 박이 균등한 세 칸으로 되어 있다.

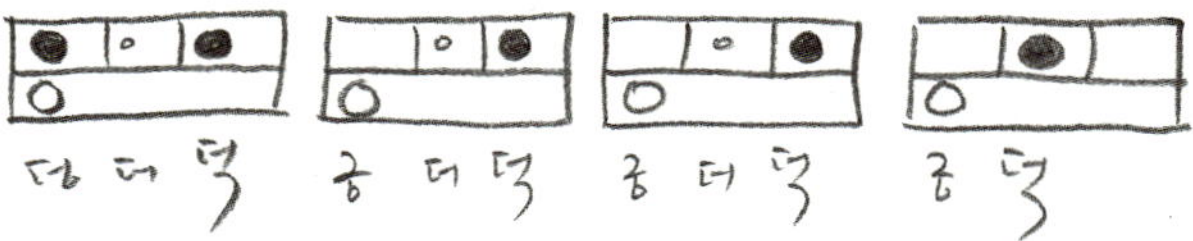

놀라운 사실이 있다. 열채와 궁굴채를 감아치는 걸 보면 열채는 열채대로 감고 궁굴채는 궁굴채대로 감는다. 서로 휘감는다. 그 감아치는 짧은 시간을 정확하게 잘라보면 또 아주 작은 세 칸으로 나뉜다. 뼈대도 3이지만 장식도 3이다.

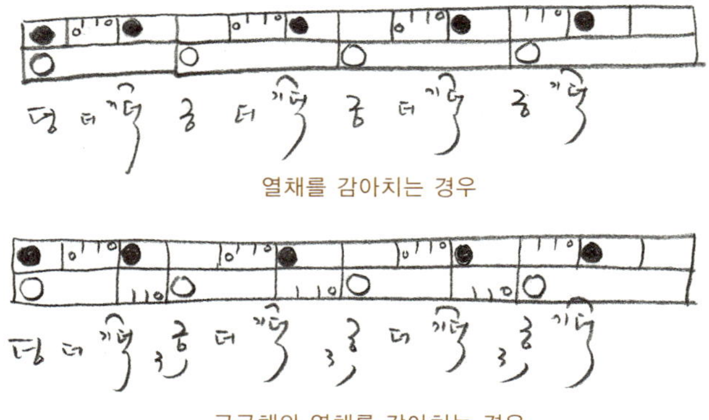

열채를 감아치는 경우

궁굴채와 열채를 감아치는 경우

악보 1   악보 2

재즈 연주자들은 〈악보1〉을 보고 〈악보2〉처럼 연주한다. 스윙에 의해 이러한 현상이 나타난다. 스윙은 탄력을 주고 걷는 것처럼 흔들리는 몸짓을 말한다. 스윙을 하게 되면 저절로 한 박을 세 칸으로 나누게 된다. 스윙이 잘 되면 탄력이 생기고, 탄력이 생기면 그루브가 생긴다. 흥이 난다는 말이다. 그런데 이것을 네 칸으로 나눈다면 어떻게 될까?

뻣뻣하고 부자연스럽다. 재즈의 생명은 스윙에서 오는 그루브다. 몸이 풀어지고 마음이 풀어진 상태에서 구르고 구르면 탄력이 생겨 흥이 난다. 이 모든 것이 자연스럽게, 저절로 된다. 그런데 우리 음악에는 더욱 놀라운 사실이 있다. 남녀가 만났는데 어떻게 자식이 나올까? 자연스러운 생명 창조의 과정으로 나온다. 이 생명 창조의 신비, 묘수 3의 본성인 이 신비는 재즈를 포함한 이 세상 어떤 음악과도 비교할 수 없는 변화무쌍한 새로운 묘수들을 만들어낸다. 마치 조상의 본질을 머금은 채 생겨나는 자손들처럼.

장구의 장단을 이루는 뼈대는 세 가지 밖에 없다. '덩'은 궁채와 열채를 동시에 두드리는 것이고, '궁'은 궁채만 치는 것, '딱'은 열채만 치는 것이다. '궁'은 여자요, '딱'은 남자요, '덩'은 남녀가 합해진 것이다. 그런데 여기에 수식, 즉 '꾸밈'이라고 하는 제3의 요소가 들어간다. 뼈대 위에 살이 올라 새로운 타법이 태어나는 것이다. 이것이 '감아치기'다. 이 타법이 신비스러운 묘를 부린다.

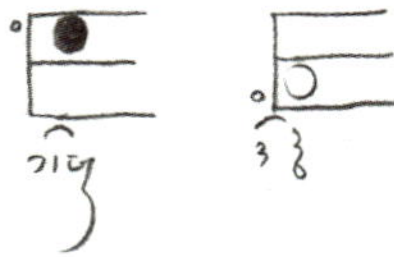

예를 들면

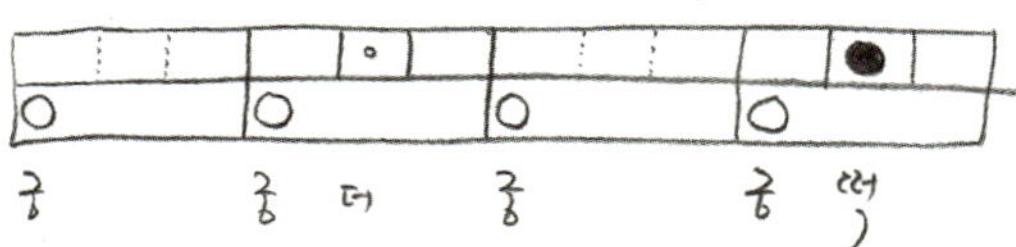

이 장단에 열채를 감아보자.

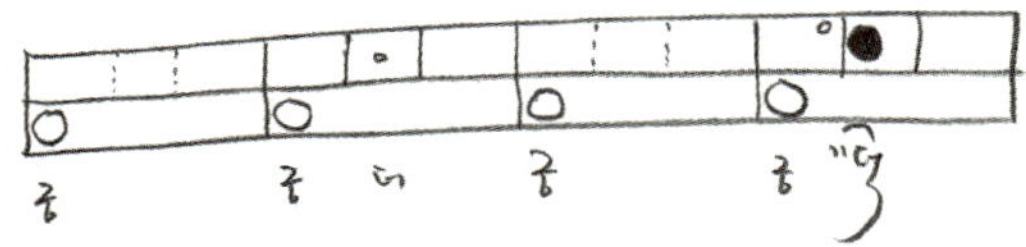

이번에는 궁채를 감아보자.

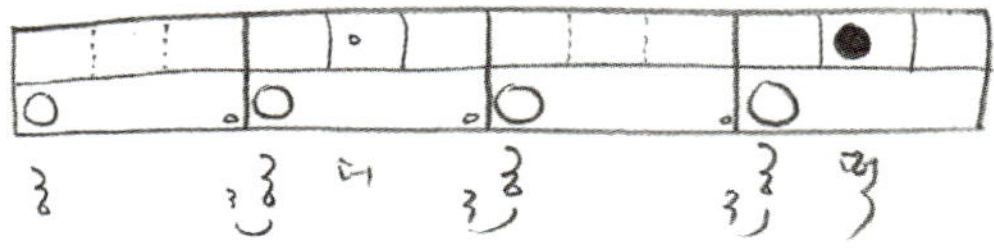

이번에는 궁채와 열채를 다 감아보자.

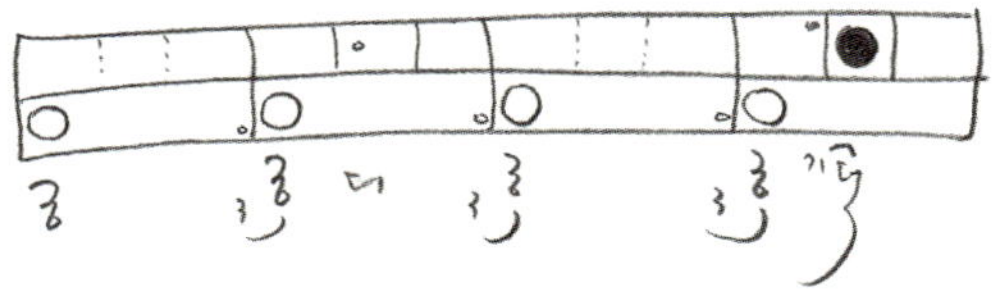

처음의 기본 장단은 쉽게 귀에 들어오지만, 감아치는 장단은 연주를 코앞에서 들어도 도무지 같은 가락인지 알기 어렵다. 휘둘려버리기 때문이다. '구궁'에서 '구'는 '궁'을 더욱 열어주고, '기덕'에서 '기'는 '덕'을 더욱 싱그럽게 해주는데, 이 두 타법은 어느 장단에서나 몸에 붙은 습관으로 연주하기 때문에 굿거리에서든 덩덕궁에서든 동살풀이에서든 휘모리에서든 '구'와 '궁' 사이의 길이, '기'와 '덕' 사이의 길이는 똑같다. 그러나 이 변함없는 습관의 타법은 장단에 따라, 빠르기에 따라 무한한 장단 꼴을 형성한다.

설장고 가락의 현란한 기교가 모두 '구궁'과 '기덕'에 의해 이루어진다. 음과 양 두 개의 서로 다른 요소에 생명을 불어넣어 변화무쌍한 삶을 펼쳐내도록 하는 알 수 없는 그것이 바로 생명의 수 3이다. 3은 그야말로 신비로운 수이자 창조의 수다. 이같은 이치는 우리 전통음악뿐 아니라 모든 전통예술과 삶에 담겨 전해 내려왔다. 우리 조상

은 가장 조화로운 삶의 모습을 간단한 장구가락 하나에까지 완벽하
게 담아내어 오늘날까지 우리에게 전해주었다.

얼과 말

음악은 말에서 나온다. 음악에 나타나는 모든 요소는 말속에 들어 있다. 음의 높낮이, 길고 짧음, 강약, 빠르기, 느낌, 호흡 등이 모두 그러하다. 예를 들면 베토벤의 ⟨Ich liebe dich⟩의 경우 이를 말로 하면 아래와 같다.

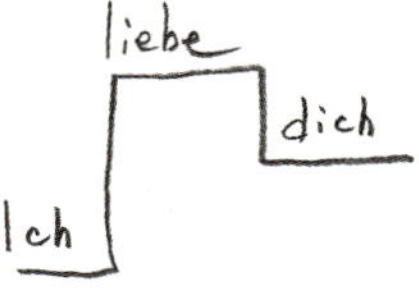

'Ich'는 음이 낮고 약하다. 'liebe'는 음이 높고 길며 강조된다. 'dich'는 중간음으로 정착하여 말을 마무리한다. 베토벤은 말속에 들어 있는 선율을 다음과 같이 끄집어냈다.

Ich가 작은 소리이기 때문에 곡의 시작을 여린내기로 했다. liebe는 lie를 음이 높고 길게 강조하고 be는 짧게 숨어 지나가게 했다. dich는 중간음으로 마무리했다. 이번에는 같은 선율에 'I love you'를 붙여보자.

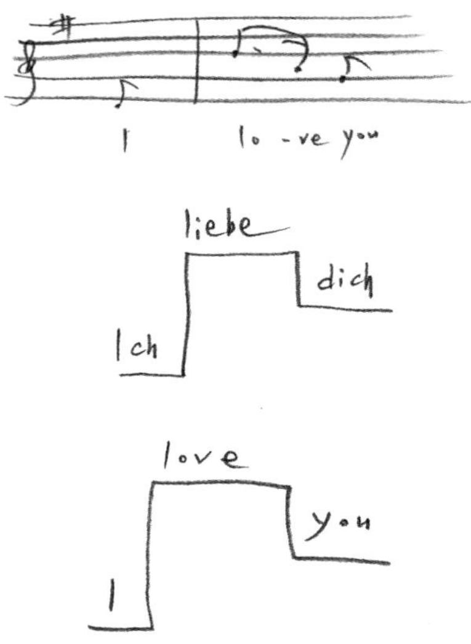

Ich liebe dich와 I love you는 말이 지닌 음의 높낮이, 강약, 길고 짧음 등이 똑같다. 그러나 노래를 불러보면 느낌이 다르다. 왜 그럴까? 그 답은 말속에 들어 있다. I love you와 Ich liebe dich는 발음하는 혀의 상태가 서로 다르다. I love you는 미끌미끌하며 끈적거리고 Ich liebe dich는 뭔가 딱 부러져야 할 것 같은 느낌이다. 베토벤은 독일 말이 지닌 얼을 그대로 음악에 담았다. 같은 뿌리에서 나온 언어도 이와 같이 확연하게 다르거늘 문법이나 발음이 전혀 다른 나라는 어떻겠는가.

우리나라를 보자. 우리는 같은 말을 쓰고 있지만 그 말이 크게는 지역마다 다르고 작게는 동네마다 다르다. 판소리 《춘향가》에 나오는 〈산세를 이를께 니 들어라〉를 보면,

산세를 이를께 니 들어라
경상도 산세는 산이 웅장하기로
사람이 나면 정직혀고
전라도 산세는 산이 촉허기로
사람이 나면 재주 있고
충청도 산세는 산이 순순하기로
사람이 나면 인정 있고……

이처럼 산세의 특징과 사람의 특징이 닮아 지역마다 인심도 다르고 음식도 다르고 말도 다르다. 그래서 음악도 다르다. 우리말에는 우리의 얼이 들어 있다. 우리 음악이란 우리말에 담긴 우리의 얼, 즉 자신의 얼을 소리로 드러내는 것을 말한다. 우리 조상은 지역마다 다른 말처럼 지역마다 다른 노래를 창조했다. 자연이 담기고 인심이 담

긴 노래……

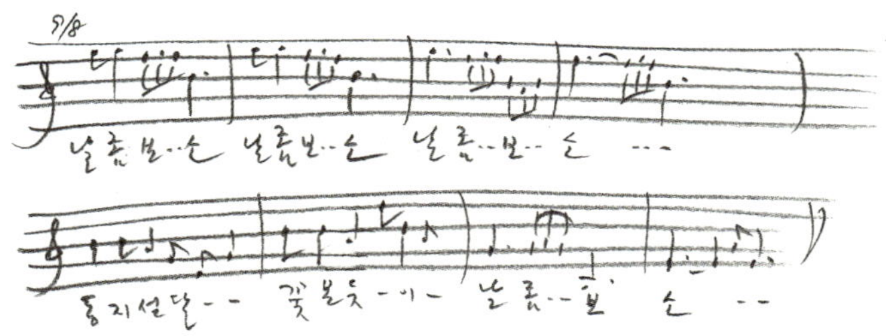

　　먼저 경상도로 가보자. 〈밀양아리랑〉은 경상도 말의 얼이 드러난다. 이 얼의 드러남을 멋이라 한다. 이 노래는 경쾌하고 단순하고 뒤끝이 없는 경상도 말의 멋이 잘 드러나 있다. 그래서 이와 같은 노래를 부르다보면 자신도 모르게 복잡했던 머리가 풀리며 얼굴이 밝아지고 입이 귀에 걸린다. 온몸의 세포가 신명으로 살아나 어느덧 발은 장단을 밟고 있으며 어깨는 덩실덩실 춤을 추게 된다. 그러나 전라도 민요인 〈진도아리랑〉에 경상도의 노랫말을 붙여 불러보면

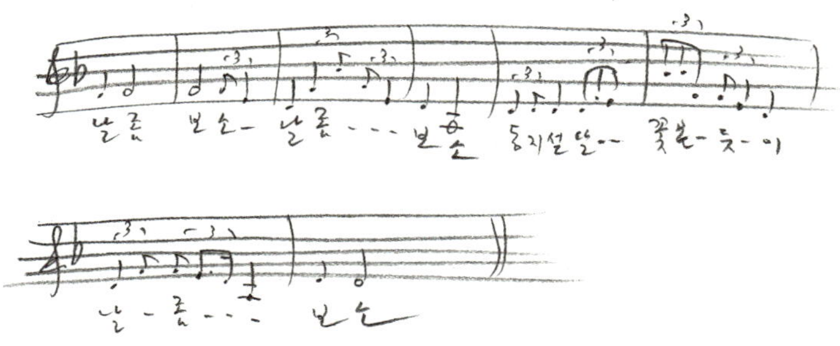

　　경상도의 멋이 전라도의 멋으로 바뀐 것을 알 수 있다. 이렇듯 같은 말을 쓰는 민족이라 하더라도 그 멋은 지역마다 다르다. 이번에는 아

예 머나먼 나라의 노래인 베토벤의 〈Ich liebe dich〉에 붙여 불러보자.

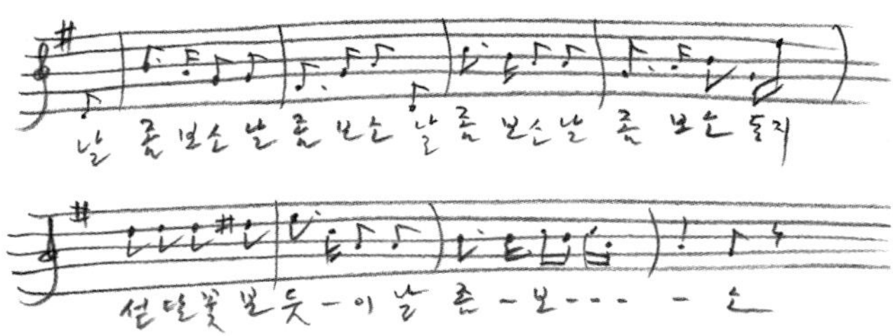

경상도의 멋은 온데간데없어졌다. 말은 경상도 말인데 경상도 말이 지닌 얼이 변질된 것이다. 이번에는 전라도로 가보자.

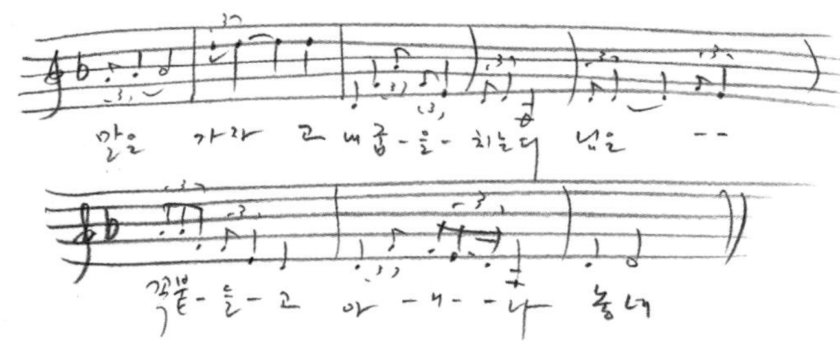

〈진도아리랑〉은 발효음식처럼 맛이 구구절절하다. 그래서 여운도 길다. 이와 같은 노래를 부르다보면 가슴속에 쌓여 있던 응어리들이 풀어져나와 정화된다. 그러나 경상도 민요인 〈밀양아리랑〉에 전라도의 노랫말을 붙여 불러보면 전라도의 멋이 경상도의 멋으로 바뀐 것을 알 수 있다.

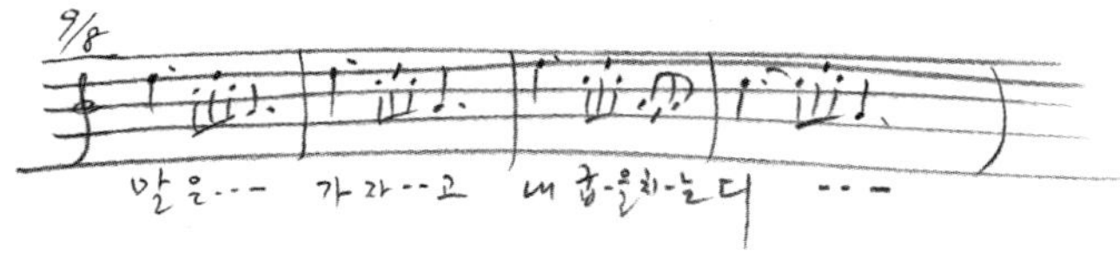

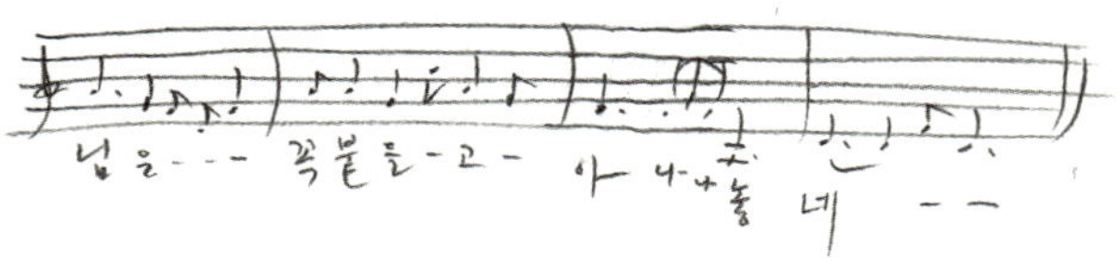

이번에는 아예 멀리 가보자. 베토벤의 피아노 소나타 〈비창〉의 제 3악장 선율에 이 전라도의 노랫말을 붙여 불러보자.

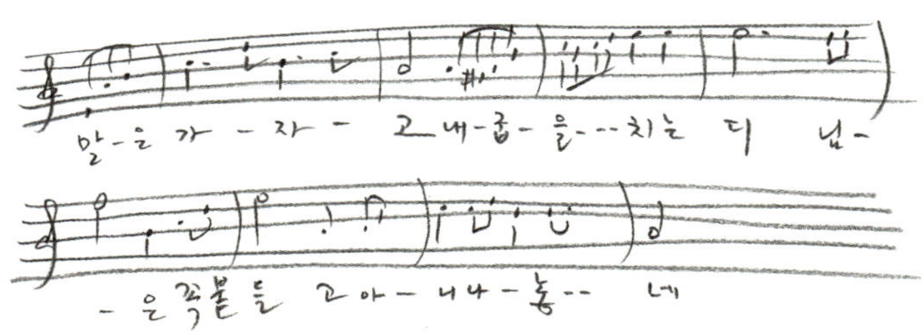

전라도의 멋은 사라졌다. 말은 전라도 말인데 그 전라도 말이 지닌 얼이 정체성을 잃은 것이다. 말을 바꾸면 얼이 바뀐다. 서울 살던 사람들이 설날이나 추석 때 고향에 내려가는 기차나 버스를 타면 자신도 모르게 고향말이 튀어나와 머리가 맑아지고 가슴이 시원해지면서 마음이 자유로워지는 기분을 느끼게 된다. 그렇다. 고향 말은 내 마음이 자유로워지는 말이다. 살아 있는 말, 그 말에 들어 있는 나만의 고유한 얼, 그 얼을 찾아 그 얼에 맞게 어우러지는 삶을 사는 것이 모든 경계가 사라져가는 이 시대에 참으로 자유로운 삶을 살기 위한 기초가 된다. 뿌리를 알면 오히려 모든 것이 하나임을 알게 되기 때문이다.

먼저 피아노의 어느 한 건반을 쳐보자. 음의 높이가 변함없이 뻗다가 사라진다.

이번에는 가야금의 한 현을 오른손으로 튕겨보자. 피아노의 경우처럼 음의 높이가 변함없이 뻗다가 사라진다.

그런데 오른손으로 가야금의 현을 튕기고 그 튕긴 현 위에 왼손가락을 대고 흔들면 아래 그림처럼 왼손의 움직임에 따라 소리가 변한다.

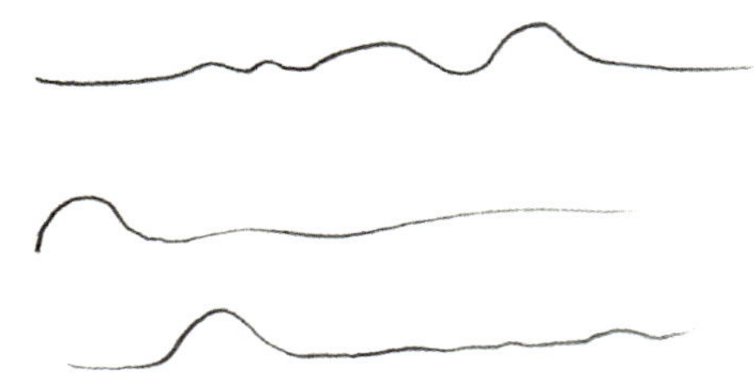

이와 같은 왼손의 다양한 주법을 '농현^{弄絃}'이라고 한다. 농현이란 '현을 희롱한다'는 뜻이다. 현악기에서의 농현처럼 타악기에서는 감아치기로, 목소리나 관악기에서는 호흡으로 소리에 생명을 불어넣는 다양한 표현을 통틀어 '시김새'라 한다. 세상의 모든 음악에는 제 나름의 시김새가 있다. 우리는 이 시김새를 통해 그 음악의 맛과 멋을 구분한다. 그리고 그 멋을 즐기기도 하고 혹은 그 멋에 빠져들어 헤어나지 못하기도 한다.

남창^{男唱}가곡의 초수대엽^{初數大葉}(전통 성악곡인 가곡의 하나로 한바탕의 첫번째 곡) 〈동창이 밝았느냐〉를 들어보자. 아래의 악보처럼 단 두 개의 음이 아래처럼 수많은 굴곡을 통해 깊은 내면의 세계를 표현한다.

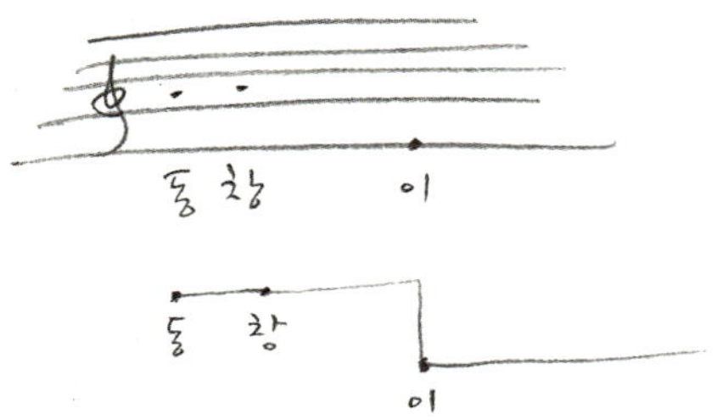

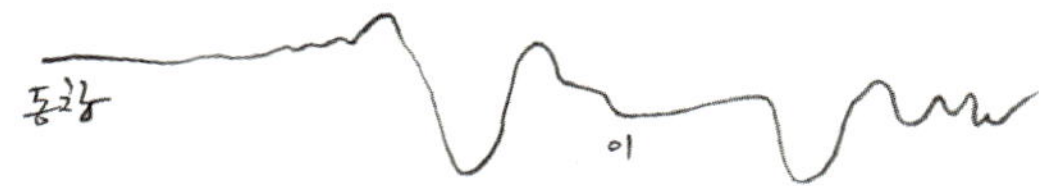

별 시김새 없는, 분위기 위주의 음악에 익숙해진 요즘 사람들에게
는 어려운 음악으로 느껴질 수밖에 없다. 예를 들어 푸치니의 오페라
《쟈니스키키》에 나오는 〈오! 사랑하는 나의 아버지〉를 들어보자.

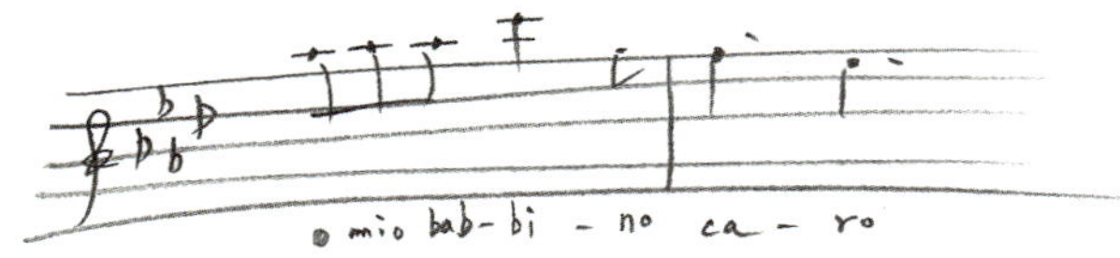

사랑하는 아버지를 그리는 마음이 아름답게 펼쳐진다. 그러나 시
김새는 없다. 단지 노랫말과 선율을 따라 감정선을 타고 가면 그만이
다. 나는 이런 종류의 음악을 '분위기 음악'이라 부른다. 이와 같은 분
위기 음악은 부르는 사람이나 듣는 사람 모두 자신도 모르는 사이에
가슴이 들리고 쉽게 동화되어 감동을 느끼게 된다. 그러나 우리 전통
음악은 어떤 정서를 표현하든 그 정서의 분위기에만 머물지 않고 분
위기의 실체를 온몸으로 드러낸다. 온몸으로 드러내는 분위기의 실
체, 이것이 바로 시김새다.

여창女昌가곡 이수대엽二數大葉(가곡 한바탕의 두번째 곡) 〈버들은 실이
되고〉의 경우에도 아래의 악보처럼 단 세 개의 음이 아래처럼 도저히
흉내조차 낼 수 없는 매우 어려운 시김새들로 가득차 있다.

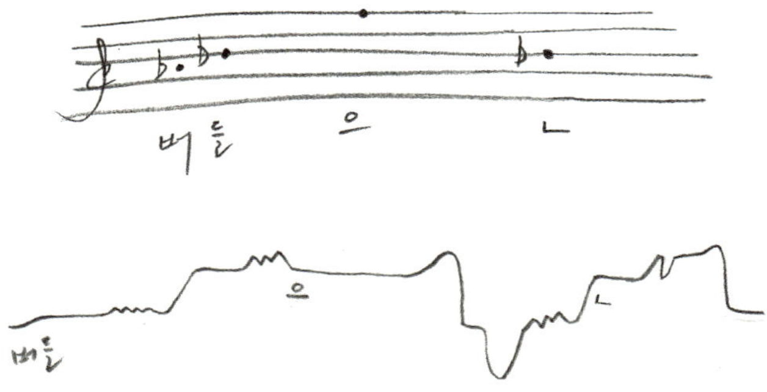

이 음악은 부르는 사람이나 듣는 사람이 '감동感動'을 넘어 '함咸'에 이르게 한다. '감'이 마음으로 분위기를 느끼고 즐기는 상태인데 비해, 감感에서 마음心이 빠진 '함'은 얕은 마음의 수준이 아니라 몸과 마음이 모두 음악과 하나 되어 깊이 울리는, 거듭남으로 나아가는 경지이다. 시김새는 '함'의 소리인 것이다. 굳이 수준을 따진다면, 시김새가 적을수록 낮은 수준의 음악이요, 시김새가 풍부할수록 높은 수준의 음악이라 할 수 있다. 그야말로 시김새는 노래의 영혼을 판가름하는 중요한 요소라 할 수 있겠다. 시김새는 우리 전통음악의 골수이자 우리 민족의 DNA와도 같은 것이다.

흥과 신명

자기가 원하는 대로 사는 사람이 얼마나 될까? 원하는 대로 살고 있다 해도 진정으로 행복한 사람은 얼마나 될까? 행복하게 살고 있다 해도 참으로 아름다운 삶을 사는 사람은 얼마나 될까? 행복하고 아름다운 삶을 살고 있다 해도 흥이 넘치고 신명으로 가득한 삶을 사는 사람은 얼마나 될까?

흥이 없는 삶은 죽은 삶이다. 흥은 살아 있음의 유일한 증거다. 그러므로 흥이 없는 행복한 삶, 흥이 없는 아름다운 삶은 거짓이다. 흥이 있는 삶은 행복으로 넘쳐난다. 흥이 있는 삶은 아름다움으로 넘쳐난다. 흥이 있는 삶은 신명으로 가득하다. 사람이 세상을 살면서 가장 중요한 것이 바로 흥이다.

'흥'이란 무엇일까? 흥타령 〈천안삼거리〉를 들어보자.

천안 삼거리 흥~ / 능수야 버들은 흥~ / 제멋에 겨워서 / 휘늘어졌구나 흥~

어느 봄날 나그네가 길을 걷다가 문득 냇가에 휘늘어진 능수버들을 보고 내면 깊은 곳에서 '기분 좋은 떨림'이 생겨나 자신도 모르게 콧노래를 흥얼거리게 되는 정경이다. 흥은 살아 있음의 증거인 마음의 생명 활동, 즉 '기분 좋은 떨림'을 말한다. 그 '기분 좋은 떨림'이 흥이라는 소리로 드러난 것이다. 이번에는 남도민요 〈흥타령〉을 들어보자.

(후렴) 아이고 데고 음음음음 성화가 났네 헤 / 빗소리도 님의 소리 / 바람소리도 님의 소리 / 아침에 까치가 울어대니 / 행여 님이 오시려나…… / 기다리는 님이 오지 않아 애태우는 모습……
(후렴) 아이고 데고 어허 음음음 성화가 났네 헤 / 꿈이로다 꿈이로다 모두가 다 꿈이로다 / 너도 나도 꿈속이요 이것저것이 꿈이로다 / 꿈 깨이니 또 꿈이요 깨인 꿈도 꿈이로다 / 꿈에 나서 꿈에 살고 꿈에 죽어가는 인생 / 부질없다 깨려는 꿈 꿈은 꾸어서 무엇을 할 거나

허무하고 허무하구나, 우리네 인생…… 애가 타고, 슬프고, 그래

서 허무한 인생을 구구절절하게 풀어내는 노래다. 그런데 왜 〈흥타령〉일까? 낮이 있으면 밤이 있듯 우리네 인생에도 웃음이 있으면 눈물이 있게 마련이다. 특히 남도민요 〈흥타령〉의 후렴은 가슴속에 쌓였던 한이 밖으로 표출되는 길고 다양한 소리로 이루어져 있으며 '한'을 정화시켜 '흥'으로 나아가게 하는 기능을 하고 있다. 그래서 노래를 부르다보면 애가 타고 슬프고 허무한 죽음의 그림자가 걷히고 새롭게 살아갈 수 있는 힘을 얻게 된다. 천안삼거리의 〈흥타령〉은 웃음의 흥이요, 남도민요 〈흥타령〉은 눈물의 흥이다.

그렇다면 흥을 내기 위해서는 어떻게 해야 할까? 이때 조상의 벽력같은 음성이 들린다. "놀아라!"

먼저 경기민요 〈태평가〉를 들어보자.

짜증은 내어서 무엇하나

성화는 부려서 무엇하나

인생 일장춘몽인데

아니 노지는 못하리라

한숨을 쉬어서 무엇 하나

눈물을 흘려서 무엇 하나

인생 일장 연극인데

아니 노지는 못하리라

욕심은 부려서 무엇 하나

질투는 하여서 무엇 하나

빈손 들고 왔다가는 인생길

아니 노지는 못하리라

니나노 닐리리야 닐리리야

니나노 얼싸 좋아

얼씨구나 좋다

봄나비는 이리저리

훨훨 꽃을 찾아서 날아든다

　인생은 꿈이고, 인생은 연극이고, 인생은 빈손인 것을 안다면 어찌 놀지 않을 수 있겠는가! 이어서 경기민요 〈창부타령〉을 들어보자.

아니 아니나 노진 못하리라

한 송이 떨어진 꽃을 낙화진다고 설워마라

한 번 피었다 지는 줄은 나도 번연히 알건만은

모진 손으로 꺾어다가 시들기 전에 내버리니

버림도 쓰라리거든 무심코 밟고 가니

누군들 아니 슬플손가

숙명적인 운명이라면 너무도 아파서 못 살겠네

얼씨구나 지화자 좋네 아니나 노진 못하리라

'아니 아니나 노진 못하리라'고 먼저 흥을 낸 후, 운명으로 받아들일 수밖에 없지만 그래도 너무 아파서 못 살겠다고 노래한다. 그러다 보면 술술 풀려서 더욱 흥이 난다. '얼씨구나 지화자 좋네 아니나 노진 못하리라'.

디리디~~ 디리디~~ 아니나 노진 못하리라

섬섬옥수 부여잡고 만단정회 어제런듯

조물이 시기하여 이별 될 줄 뉘라 알리

이리 생각 저리 궁리 생각 끝에 한숨일세

얄밉고도 아쉬웁고 분하고도 그리워라

아픈 가슴 움켜잡고 나만 혼자 고민일세

얼씨구 절씨구 절씨구 지화자자 좋네

아니나 노진 못하리라

'디리리~~ 디리디~~ 아니나 노진 못하리라'로 한껏 흥을 낸 후, 홀로 고민하는 자신의 처량한 신세를 한탄하며 더욱 흥을 돋군다. '얼씨구 절씨구 절씨구 지화자자 좋네 아니나 노진 못하리라.'

아니 아니나 노진 못하리라

기다리다 못하여서 잠이 잠깐 들었더니

새벽별 찬바람에 풍지가 펄렁 날 속였네

행여나 임이 왔나 창문 열고 내다보니

임은 정녕 간 곳 없고 명월조차 왜 밝았나

생각 끝에 한숨이요 한숨 끝에는 눈물이라

마자마자 마잤더니 그대 화용만 어른거려

긴 긴 밤만 새웠노라

얼씨구나 지화자자 좋네 아니나 노진 못하리라

　사랑하는 님을 그리워하는 절절한 노래도 더욱 흥을 돋워 부른다. '얼씨구나 지화자자 좋네 아니나 노진 못하리라.'
　끝으로 인생을 봄, 여름, 가을, 겨울의 변화에 비유하여 부르는 단가 〈사철가〉를 들어보자.

이 산 저 산 꽃이 피니 분명코 봄이로구나

봄은 찾아왔건만은 세상사 쓸쓸하더라

나도 어제는 청춘일러니 오늘 백발 한심하구나

내 청춘도 날 버리고 속절없이 가버렸으니

왔다 갈 줄 아는 봄을 반겨한들 쓸 데 있나

봄아 왔다가 가려거든 가거라

네가 가도 여름이 되면 녹음방초 승화시라

옛부터 일러 있고 여름이 가고 가을이 돌아오면

한로삭풍 요란해도 제 절개를 굽히지 않는 황국단풍도 어떠한고

가을이 가고 겨울이 돌아오면

낙목한천 찬 바람에 백설만 펄펄 휘날려

은세계 되고 보면 월백 설백 천지백하니

모두가 백발의 벗이로구나

무정세월은 덧없이 흘러가고

이 내 청춘도 아차 한번 늙어지면 다시 올 줄을 모르는구나

어화 세상 벗님네들 이 내 한 말 들어보소

인생이 모두가 팔십을 산다고 해도

병든 날과 잠든 날 걱정 근심 다 제하면 단 사십도 못 살 인생

아차 한번 죽어지면 북망산천의 흙이로구나

사후에 만반진수는 불여 생전 일배주만도 못하느니라

세월아 세월아 세월아 가지 말아라

아까운 청춘들이 다 늙는다

세월아 가지 마라

가는 세월 어쩔거나

늘어진 계수나무 끄끝터리에다 대랑 매달아놓고

국곡투식하는 놈과 부모 불효하는 놈과 형제 화목 못 하는 놈

차례로 잡아다가

저 세상으로 먼저 보내버리고 나머지 벗님네들 서로 모아 앉아

한잔 더 먹소 그만 먹게 하면서

거드렁거리고 놀아보세

그렇지! 거드렁거리고 놀아보자. 놀다보면 흥이 절로 오르고, 흥이 오르면 그동안의 모든 거짓된 삶이 날아가버린다. 미움도 날아가고, 분노도 날아가고, 탐욕도 날아가고, 모든 어두운 정서가 일시에 날아가버린다. 흥은 더럽혀진 내 몸과 마음을 정화시켜준다. 그래서 사람과 하나 될 수 있게 한다. 그래서 사람을 사랑할 수 있게 한다. 결국 '흥'은 '사람과 하나 됨'을 이루기 위한 떨림, 바로 사람을 사랑하는 일인 것이다.

다음은 '자연과 하나 됨'의 흥이다. 먼저 중봉 조헌 선생의 시조 한 수를 읊어보자.

지당에 비 뿌리고 양류에 내 끼인 제 / 사공은 어디 가고 빈 배만 매었는고 / 석양에 짝 잃은 갈매기는 오락가락 하노매

해질녘 정자에 앉아 눈을 떨군 그 자리에 펼쳐진 풍경, 비 내리는 연못에 피어오르는 안개, 어느덧 버들을 휘감아 도는데 사공 없는 배 하나 쓸쓸히 매여 있고, 저녁 하늘에는 짝 잃은 갈매기가 오락가락하고, 깊은 명상의 세계, 깊은 선의 세계, 몸과 마음이 텅 비워진 '흥'이다. 그래서 자연과 하나 되는 흥이다.

꽃 지고 속잎 나니 시절도 변하거다 / 풀 속의 푸른 벌레 나비 되어
나타난다 / 뉘라서 조화를 잡아 천변만화 하는고

상촌 신흠 선생의 시조는 그 아름답던 꽃도 세월 따라 지고 어느덧
속잎이 나듯 풀 속의 애벌레도 나비 되어 날아가는데, 도대체 무엇이
이렇듯 신비로운 조화를 부린단 말인가! 깊은 통찰의 경지다. 신비로
운 자연의 생명 활동은 무엇에 의해 이루어지는가. 알 수 없는 그 무
엇에 대한 끊임없이 이어지는 통찰, 이것은 참선의 세계다. 그래서
'참나'와 하나 되는 흥이다.

청산도 절로절로 녹수도 절로절로 / 산 절로 수 절로 산수 간에 나도
절로 / 그 중에 절로 자란 몸이 늙기도 절로절로

하서 김인후 선생의 시조 「자연가」는 텅 비워짐을 통해 텅 비워짐
이 사라진 상태, 통찰을 통해 통찰이 사라진 상태, 알 수 없음을 통해
알 수 없음이 사라진 상태로써 흥의 절정을 이룬다.
자연을 사랑하지 않고 사람을 사랑할 수 없으니, 자연을 사랑하지
않고 행복한 삶을 살 수 없고 자연을 사랑하지 않고 아름다운 삶을
살 수 없다. 자연이 없으면 나는 존재할 수 없다. 공기, 물, 흙, 풀, 나
무 등 모든 자연의 요소는 어느 것 하나도 나하고 분리될 수 없다. 그
러므로 몸과 마음을 풀고 풀어 '자연과 하나 됨'의 상태를 온몸으로

깨달아야 한다. 이것이 자연과 하나 되는 '흥' 풀이다.

　이처럼 '자연과 하나 됨'의 흥이 절정에 이르러 몰아가 되면 신명이 솟는다. 이때 신과 사람이 하나 되는 기적이 일어난다. 또한 앞서 말한 '사람과 하나 됨'의 흥도 오르고 올라 그 절정에 이르러 몰아가 되면 신명이 솟는다. 이때 사람과 사람이 하나 되는 기적이 일어난다. 신과 사람이 하나 되는 기적은 사람이 신의 품에 안기는 일이요, 사람과 사람이 하나 되는 기적은 사람이 사람을 사랑하는 일이다. 현재 자신이 어떤 상태에 놓여 있든, 놀다가 흥이 오르고 그 오른 흥이 절정에 이르면 자연과 하나 되고 사람과 하나 되어 그토록 꿈에 그리던 행복하고 아름답고 신명나는 삶을 살 수 있다니! '흥'은 우리가 조상에게서 물려받은 최고의 유산이자 가르침이다.

화두를 풀다

신 내리듯 시작해 두드리고 두드린 후 열렸던 피아노의 자유로움.
마침내 터져나온 내 음악. 그리고 변함없이 존재하는
사랑의 본질을 알게 된 일. 지극한 몰입으로 나아가 몰아를 거쳐
얻은 답은 '아무것도 없는 것', 즉 자유였다.

사랑 공부

40대 중반, 아직도 풀지 못한 숙제가 있었다. '오롯한 내 음악은?' 그리고 '이 뭐꼬?'였다. 그리고 새롭게 생겨난 숙제 '사랑이란 무엇인가?'를 풀기 위해 나는 모든 외부 활동을 접고 들어앉았다.

나는 살면서 나와 인연을 맺은 사람들과 진실하고 깊이 있는 소통을 하기 위해 항상 노력해왔다. 누구한테 배운 것도 아닌데 나는 어려서부터 내 마음의 상태, 즉 사소한 일이든 큰일이든 어떤 일을 당했을 때 내 마음이 어떻게 움직이는지를 살펴보는 습관이 몸에 배어 있었다. 사람을 대할 때 상대방이 나한테 어떻게 하느냐에 따라 내 마음 상태가 어떻게 움직이는지 살펴보는 것은 물론이고, 사람을 대할 때 내 마음의 상태가 근본적으로 사람을 귀하게 여기고 있는지 항상 살폈다. 어떤 사람이든 다 귀하게 대해야 한다는 그런 마음을 한 시도 잊은 적이 없다.

사람들은 보통 이런 교과서적인 말을 들으면 의심하고 비웃기를 서슴지 않는다. 기껏 상대방을 생각해서 해줬던 일들이 보상은커녕 원망과 무시와 오히려 더 큰 공격으로 되돌아올 때면 다시는 그런 짓을 하지 않겠다고 결심하기도 한다. 자신의 진심이 그렇게 왜곡되는 경험을 하면 대부분 증오와 미움을 품게 된다. 하지만 그 증오와 미움이 또 자신을 힘들게 한다. 그래서 겹겹이 옷을 입게 되고 속을 보여주지 않고 나를 감추게 된다. 그래야 자기가 살 수 있으니까.

언젠가 각시가 말했다. 내 사는 모습을 보면 남들은 다 겹겹이 옷을 입고 사는데 나 혼자 발가벗고 춤추고 있는 것 같다고. 하지만 나는 삶에 대한 그런 태도를 포기한 적이 없었다. 나한테는 생명처럼 소중한 일이기 때문이다. 어떤 때는 초탈한 듯한 모습으로, 어떤 때는 속이 터져 퍼붓기도 하면서 그렇게 살았다.

어쨌든 삶이라는 것은 그 어떤 것도 동떨어질 수가 없는 것이다. 삶의 문제, 관계의 문제가 안 풀리면 음악도 안 됐다. 나로서는 아무리 음악과 삶을 분리하려고 해도 불가능했다. 그래서 나는 사람과의 관계를 포기할 수 없었다. 그러나 어쩔 수 없이 만남을 포기해야 할 때는 깨끗하게 잊었다.

이십대 후반, 첫사랑에 실패한 뒤로 사랑이란 없는 거구나 하는 생각을 가슴속에 품게 되었다. 나는 무엇을 하든 올인하는 스타일인데 사람과의 관계에서는 올인하는 것이 무모한 짓이 된다는 걸 절감했다. 나에게도 상대방에게도. 그게 첫사랑을 통해서 나름대로 얻은 결론이었다. 사랑이라는 게 뭔지는 모르지만 불가능한 일이구나 싶었다. 이상적인 사랑이 불가능하다는 걸 안 뒤로는 사랑과 담을 쌓고 아무 생각 없이 살았다. 그때가 스물여덟이었다. 아픈 상처만 남긴 첫사랑 이후로 진실한 사랑이 불가능하다 생각하고 사랑 행각만 하고 살아왔다.

첫사랑부터 지난 이십여 년의 세월이 영화처럼 지나갔다. 그러면서 도대체 사랑이 뭘까 하는 의문이 들었다. 근원적인 외로움이 밀려왔다. 비단 이성과의 관계만이 아니라 친구, 부모, 형제, 선후배 누구와도 제대로 사랑하지 못했다는 걸 깨달았기 때문이다. 이성으로 시작된 사랑의 고통이 모든 사람에 대한 사랑의 문제로 번져갔다. 그래서 나온 게 사랑이란 무엇인가 하는 화두였다. 사랑이란 뭘까, 어떤 것이 사랑일까.

인생에서 무엇보다 중요한 게 공부지만 그중에서도 가장 중요한 게 사랑 공부다. 표현할 수 있는 능력, 표현력이라고 하는 건 사실 별거 아니다. 예를 들어, "저, 배고픈데 밥 먹으러 갈까요" 하는 것과 말을 잘 못하는 친구가 간절한 표정으로 배고픈 시늉을 하는 것 중에 어느 쪽이 더 표현력이 뛰어난가. 기술, 테크닉은 어느 정도만 연습하면 된다. 진정성, 진실한 사랑이 있어야 한다. 내 속에서 꿈틀대고 있는, 언제나 있는 본성이 사랑인데 그게 가려져서 다들 미움으로 살고 있다. 이것을 뜯어내어 사랑을 회복할 수 있으면 나머지는 저절로 된다. 문학을 좋아하면 문학가, 음악이면 음악가, 미술이면 미술가가 된다.

충북 보은에 '선병국 가옥'이라는 문화재가 있는데, 그 집 아이가 우리 집에서 묵으면서 공부를 하고 있었다. 그 아이 엄마가 각시를 소개해서 만났다. 당시 나는 거의 러닝셔츠 차림에 허구한 날 술을 마실 때였다. 하지만 애들만큼은 열정적으로 가르쳤다. 술을 마시다가도 "야, 장구 쳐봐" 하는 거친 모습을 보면서 곱고 예쁜 것을 좋아하는 각시가 처음에는 질색을 했다고 한다. 소개시켜준 사람한테 "뭐 이런 사람을 소개하세요" 했더니 두 달만 더 지켜보라고 했단다. 자기가 지금까지 본 남자 중에 가장 완벽한 남자라면서. 각시는 그분을 신뢰하고 있었던 터라 좀더 지켜보기로 했다고 한다.

당시 집에는 학생들이 여러 명 같이 기거하면서 공부를 하고 있어 한 달에 생활비가 오백만 원 가까이 들었다. 공연으로 번 돈이 거의 다 들어갔다. 돈 관리를 한 학생에게 맡겼는데, 하루는 생활비가 부족해서 각시한테 사백만 원을 빌렸다고 했다. 그런데 마침 그때 공연 요청이 들어왔다. 십 분만 연주를 해주면 육백만 원을 주겠다면서 시간이 없으면 애들을 보내도 좋다고 했다. 그런데 내가 그쪽 사정을 잘 알기에 공연은 하겠지만 그 돈은 그냥 뒤풀이에 엎어서 쓰라고 말했다. 그때 각시가 속으로 놀랐다고 했다. 자기는 '아, 저 돈 받아서 나한테 빌린 사백만 원을 갚겠구나’ 했는데 내가 그러는 걸 보고는 이 사람이 돈에 당당한 사람이구나 싶었다고 한다.

또 한번은 금호아트홀에서 내 공연을 보는데, 내가 연주를 다 끝내고 나서도 〈아리랑〉을 계속 연주하면서 이 곡을 즈려밟고 가시라고 말하는 걸 보고는 저 사람은 속이 따뜻한 사람임을 알았다고 했다. 놀랐다. ‘어? 이런 여자가 있다니! 내가 지금까지 겪은 여자 중에 이런 사람이 없었는데……’ 다시는 여자랑 한집에 안 살려고 밀쳐냈는데 그 말에 무너지고 말았다. 내 거친 모습 뒤에 있는 순박한 속살을 봤는데, 말하는 품새가 그냥 눈치를 채서 말하는 게 아니라 자기도 그런 사람이어서 상처를 잘 입는다는 것을 말하고 있었다. 그래서 약속을 하자고 했다. 사람이 한집에 사는 건 생활이고 일이므로 서로 약속을 하면 좋겠다는 의미에서 였다.

“첫째, 나는 진짜 자유롭게 살고 싶다. 우리가 결혼해서 살아도 서로 코 꿰지 말고 자유롭게 살자. 나는 내 맘대로 살겠다. 대신 그대도 그대 맘대로 살아라. 그리고 나는 그대를 귀하게 대할 것이다. 함부로 대하는 자유가 아니라 사랑을 바탕으로 한 자유를 말하는 것이다. 그대도 자유롭게 살아라.

둘째, 나는 지금 공부에 몰두해야 하기 때문에 공연하러 다닐 여유가 없다. 그러니 당분간은 돈을 못 벌 거다. 난 하루 세 끼 밥만 먹으면 되는데 나 밥 먹고 살게 해줄 수 있나. 어차피 그대는 돈을 버는 사람이니까.”

"좋아요."

이렇게 서로 합의를 하고 같이 살기로 했다.

각시는 새로운 차원의 첫사랑이었다. 무엇보다 내 사랑 공부에 깊은 통찰을 주었다. 사랑이 무엇인가란 화두를 풀려면 내 마음의 사랑 작용—미세한 몸과 마음의 작용—을 면밀히 들여다보아야만 했는데, 각시는 그 사랑의 대상이 되어주었다. 그리고 작곡에 몰두할 수 있도록 물심양면으로 도움을 주었다. 각시는 내 뒷바라지 하면서 조용히 살고 싶어 했지만, 워낙에 살림에 타고난 재능이 있어 나 하나만을 위해 살기에는 너무 아까운 사람이었다. 세상에 나가 그 재능을 사람들과 나누라고 등을 떠밀었다.

각시와 나는 안성집에서 신혼살림을 차렸다. 각시는 날마다 서울 삼청동으로 출퇴근하고, 나는 내 숙제를 푸는 데 전념했다. 2006년에 세상에 나온 책『효재처럼』은 그 삼 년의 신혼살림에서 내 이야기만 빠진 각시의 살림살이 이야기다.

사랑이란 무엇인가

'사랑이란 무엇인가'는 2000년에 와서 갖게 된 화두이지만, '나는 누구인가' '오롯한 내 음악은 무엇인가' 하는 화두는 오래된 것이었다. '내 음악은 무엇인가'라는 화두는 열일곱 살에 생긴 것이고, '나는 누구인가'는 내 음악을 만들기 위해 공부하는 과정에서 생겨난 화두였다. 내가 나를 모르고서 내 음악을 어떻게 만드나 싶어서 이십대 초반에 출가까지 했는데 이십여 년이 지나도록 그 문제를 풀지 못하고 있으니 답답하기 짝이 없는 노릇이었다.

당시에는 EBS 〈임동창이 말하는 우리 음악〉 프로그램이 인기가 치솟아 방송국에서도 횟수를 늘리자 하고 다른 방송국에서도 찾아오고 할 때였다. 하지만 이미 사십 대 중반인데 지금 세상이 부르는 대로 쫓아가다가는 이 화두를 풀 수 있는 혼자만의 시간을 갖기가 어려울 것이라는 판단이 섰다. 시간이 흘러 나이를 먹으면 기력이 떨어져 정진하기 어려울 게 뻔했고 화두를 풀지 못하면 스스로 불행해질 것이 분명했다. 그래서 과감히 들어앉기로 마음먹었다.

나는 거의 잠을 자지 않고 맹렬히 좌선만 했다. 좌선을 통해 지금까지 공부한 모든 선입견을 지워버리면 그 빈 곳에 오롯한 나만의 음악이 쏟아져내릴 것이라는 기대감으로 그렇게 한철을 살았다. 말하자면 영감이 쏟아지길 기다린 것이다. 그러나 실패했다. 가부좌만 틀었지 연필 한 번 들지 못했으니 당연히 아무 소득이 없었다. 오히려 잠도 제대로 못 자고 먹는 것도 제대로 못 먹은 탓에 건강만 상했다.

작곡은 '이상'이요, 연주는 '현실'이다. 그러므로 작곡은 '음', 연주는 '양'이다. 나는 나의 음악을 찾기 위해 '음'을 행했다. 그리고 그 방법 또한 극단적인 '음'을 택했다. '음'에서도 '극음極陰'으로만 치달았던 것이다. 결국 균형이 깨졌다. 정신이 흩어지고 몸이 망가졌다.

이 경험을 통해 나는 음을 추구하되 음 속의 양을 많이 행해야 조화로운 작업이 된다는 것을 깨닫게 되었다. 눈에 보이지 않고 손에 잡히지 않는 오롯한 내 음악을 찾기 위해서는 오히려 눈에 보이고 손에 잡히는, 즉 실체가 있는 작업을 많이 해야 몸도 마음도 건강하게 유지될 수 있으며 뜻을 이룰 때까지 지속적인 노력을 할 수 있다는 것을 알게 된 것이다. 그렇다면 내게 '음 속의 양'이란 무엇일까? 그것은 바로 '전통음악'이었다.

기뻤다. 왜냐하면 그동안 나는 눈에 보이고 손에 잡히는, 그야말로 실체가 넘쳐나는 우리 전통음악의 한복판에서 살아오지 않았던가. 나는 먼저 〈수제천〉을 연구 분석했다. 〈수제천〉은 백제의 한 여인이 행상 나간 남편을 기다리다 불렀다는 소박한 사랑노래인 〈정읍사〉를 조선시대 때 음악을 정비하면서 관악합주곡으로 편곡한 음악이다. 〈수제천〉을 연구 분석하여 만든 재료를 토대로 매일매일 일기 쓰듯 곡을 써내려갔다. 바로 음과 양의 조화를 찾은 것이다. "음 속에 음과 양이 또 있구나! 또 양 속에 양과 음이 또 있구나!" 이걸 깨달았다. 이 때 뒤늦게 생겨난 '사랑이란 무엇인가'라는 화두도 내 가슴속 깊은 곳 에서 함께 무르익어갔다.

1년 2개월이 하루처럼 흘러 〈수제천〉 작곡이 끝났다. 악보 오백여 쪽에 달하는 이 음악에 나는 '작곡일기—1300년의 사랑이야기'라는 제목을 붙였다. 그러나 이 음악은 한마디로 배설물이었다. 어려서부 터 내가 접하고 공부해왔던 음악을 음식이라고 한다면, 내가 먹어왔 던 이 음식이 소화흡수 과정을 거쳐 '작곡일기—1300년의 사랑이야 기'라는 배설물로 배출된 것이기 때문이다.

1년 2개월 동안 그야말로 목숨을 잊고 곡을 만들다보니 그동안 내 가 접하고 공부하고 활동했던 음악적인 것들이 모조리 빠져나왔다. 음악적인 것들만 빠져나온 게 아니라 몸에 갇혀 있고 마음에 가득차 있던 내 삶의 전부가 빠져나왔다. 이렇게 살았던 것, 저렇게 살았던 것, 내 몸에 쩔어 있던 삶의 방식, 내 마음에 굳어져 있던 모든 삶의 태도가 총체적으로 빠져나와버렸다.

그것들이 빠져나오면서 내 사랑을 가둔 이십 년 묵은 얼음덩어리도 흘러나왔다. 얼음물이 모두 빠져나간 그 자리는 그 무엇도 더하고 뺄 것 없는 사랑이 있었다. 마침내 나는 내 본연의 모습이자 모든 사람의 본연의 모습이 사랑이라는 것을 알게 되었다. '사랑이란 무엇인가'란 화두는 이렇게 풀려버렸다. 정작 나는 이 화두를 잊고 작업에 몰두했는데, 온 힘을 다해 작업을 끝내고 나니 어느덧 나는 사랑이란 종착역에 다다랐던 것이다.

사랑이 무엇인지, 어떻게 해야 하는지 아무도 가르쳐주지 않았고 나 역시 배우려들지도 않았던 상태에서 어느 날 느닷없이 닥친 첫사랑. 불 같은 마음만 가지고 달려들었던 무모하고 어리석었던 첫사랑 이후 나는 사랑에 대해 마음의 문을 닫고 그저 되는 대로 살았었다. 그러다가 모든 외부 활동을 접고 들어앉기 일 년 전, 사랑은 적극적으로 해결해야 할 숙제임을 자각했다. 이때부터 나는 주도면밀하게 통찰했다.

만남, 관심, 그리고 섹스. 이 단계에서의 꼭지점은 섹스다. 나는 우선 섹스에 몰입했다. 나도 모르는 사이에 외부로부터 들어와 내 마음에 박혀버린 유치한 선입견들, 몸에 박힌 몹쓸 습관들이 나의 주인이 되어 있었음을 자각하고 깜짝 놀랐다. 정신을 바짝 차리고 섹스의 전 과정을 현미경으로 들여다보듯 내 몸과 마음의 미세한 움직임을 통찰했다. 내 마음에서 일어난 감정이 어떻게 내 몸으로 나타나고 내 몸에서 일어난 움직임이 어떻게 내 감정을 움직이는지, 나아가 몸과 마음이 비벼져 어떻게 새로운 불꽃이 일어나는지, 또 이 불꽃들이 어떻게 내 몸과 마음의 경계를 사라지게 하여 상대와 하나 되는 기쁨의 절정으로 타오르는지, 어떻게 식어가는지, 식은 뒤에는 어떤 상태에 놓이는지를.

섹스는 사랑의 결정체였다. 섹스는 사랑의 씨앗이었다. 섹스 이후의 사랑은, 이 씨앗이 발아하여 자라는 것과 그 운명을 함께할 뿐이었다. 자연의 법칙과 꼭 같았다. 그래서 나는 틈나는 대로 자연과의 섹스를 연습했다. 몸과 마음을 텅 비워버리고 자연의 품에 안기는 섹스. 몸과 마음을 텅 비운 그 자리에 자연을 품는 섹스. 자연은 나에게 모든 것을 주나 아무것도 바라지 않는다. 내가 안기면 안아주고 내가 품으면 안긴다. 이렇게 자연과의 섹스에서 얻은 평화롭고 행복하고 아름다운 상태가 사람과의 섹스에서도 그대로 유지되도록 노력했다. 내가 상대에게 자연이 되는 것. 생각처럼 그리 어려운 일이 아니었다. 자연처럼 나를 텅 비우면 상대가 텅 빈 내 안으로 들어온다. 내가 상대가 된다. 그러면 상대가 보인다. 이해가 된 것이다. 비로소 사랑에 대한 모든 어두운 그림자가 사라졌다. 사랑은 곧 이해였다. 내 삶의 모든 것이 일단락된 듯한 느낌이었다. '작곡일기― 1300년의 사랑 이야기' 작곡 작업을 통해 그때까지의 내 삶이 정화된 듯한 느낌이었다. 지나온 길도 사라지고, 가려고 했던 길도 사라지고, 그야말로 모든 것이 텅텅 비워졌다. 뱃속까지 텅텅 빈 것 같았다.

그냥 아무거나 손에 잡히는 대로 정악을 틀었다. 그러자 마치 14개월 동안 단식을 하고 음식을 먹는 것처럼 음악이 온몸 세포 구석구석까지 스며드는 느낌이 들었다. 보였다, 음악의 영혼이. 그 음악을 만든 조상을 마주한 것이다. 황홀경이었다. 그렇게 몇 달을 황홀하게 보냈다. 나만의 음악을 만들어보겠다는 생각도 다 잊었다. 화두가 사라져버린 것이다. 그렇게 넘치는 기쁨 속에서 몇 달을 살았다. 그러던 어느 날 배꼽 밑에서 뭔가가 툭 올라왔다. 진정한 영감은 머리에서 오지 않는다. 가슴에서도 오지 않는다. 배꼽 밑에서 온다. 배꼽 밑에서 툭 하고 올라왔다.

'아, 되겠구나. 이렇게 하면 되겠구나.' 기다렸다. 배꼽 밑에서 올라온 그놈이 스스로 자라 꽉 찰 때까지. 이윽고 가득 차오르는 느낌이 들었다. 그것을 풀어낼 마땅한 곳이 필요했다. 바닷가 뻘밭에 마음이 갔다. 갈대밭이 있는 쓸쓸한 어촌에 허름한 방 한 칸을 얻어서 홀로 지내면서 작곡에 몰두하고 싶었다. 마땅한 곳을 찾기가 쉽지 않았다. 뻘밭이 마음에 들면 묵을 집이 없었다. 서해안에서 남해안까지 쭉 다녔는데 머물 곳을 찾지 못하고 마지막으로 들른 곳이 나주였다. 그때까지 단 한 번도 찾지 않았던 백호 임제 할아버지 묘를 찾아갔다. 조상을 잊고 가족도 잊고 살았는데, 문득 임제 할아버지 산소에 가보고 싶었다. 어릴 때 엄마는 늘 '너는 백호 임제의 14대손이다'라고 말하곤 했다. 산소가 있는 산이 그토록 가파른 것이 생전의 할아버지의 기상과 같았다. 정상에 다다르니 감이 딱 하나 달려 있는 작은 감나무와 산소가 눈에 들어왔다. 묘 앞에서 절을 하고 나자 빗방울이 떨어졌다. 뭔가 씐 듯이 미친놈처럼 돌아다니던 여정이 그 순간 끝이 났다. 마치 한판 굿을 한 것 같았다.

만삭이 된 산모가 몸 풀 곳을 찾아 헤매듯 마침내 안성집으로 돌아와 작업에 몰두했다. 두 달 동안 마흔한 곡의 가곡을 한달음에 긁어 댔다. 남창가곡 스물여섯 곡, 여창가곡 열다섯 곡을 바탕으로 마흔한 곡의 새로운 음악을 만들고 '동창이 밝았느냐'로 이름 지었다.

곡을 쓰는 내내 했던 혼잣말은 "다이아몬드 같다!" 였다.

곡을 마치고 나는 연필을 던지고 춤을 췄다. 열일곱 살에 받은 숙제 '오롯한 내 음악은?'이 삼십 년 만에 풀린 것이다. 임동창의 풍류 '허튼가락'이 탄생한 것이다. 그것은 남자를 접해본 적이 없는 숫처녀가 스스로 잉태하여 생명을 탄생시킨 것과 같았다.

당신의 음악에 대한 견해는 습관적인 훈련의 결과물이다
그것은 마치 시체들이 연주하고 시체들이 열광하는
꿈속의 드라마와 다를 바 없다
시체들의 잔치, 꿈속의 잔치일 뿐이다

꿈은 착각이요, 꿈을 깨면 실체다
꿈은 긴장과 폭력이요, 꿈 깨면 풀어져 평화롭다
꿈은 끝없는 억압이요, 꿈 깨면 찰나의 자유다

이 음악은
당신이 꿈에서 깨어날 수 있도록
당신을 흔들어 깨운다
꿈은 사라졌다
자유로 시작해서 자유로 나아간다.

시간이 흐른다

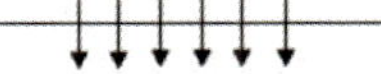

흐르는 시간을 일정하게 잘라간다

씨줄 날줄의 그물망이 짜였다

이 그물망을 벗어날 수 없다
시간과 공간의 그물망

나는
한순간에
벼락처럼
그물망을 뜯어버렸다

그물에 걸릴 수 없는 물고기가 되어······

비로소
씨줄 날줄이 춤을 춘다
자유와 신명이 넘치는
아름다운 생명의 춤
허튼가락.

다정한 감성이 흐른다

흐르는 감성을 영리한 이성이 잘라간다

수많은 감성과 이성의 댐이 만들어졌다

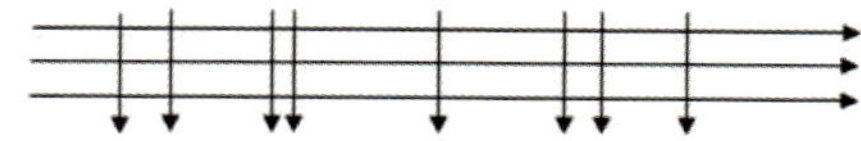

다정한 감성은 머물고 싶었다
영리한 이성이 막아주었다
감성과 이성은 하나가 되어 흐르지 못한다
몸과 마음의 감옥살이

나는
한순간에
천둥처럼
댐을 무너뜨렸다

이제 흐른다

길따라
바람따라

비로소
감성과 이성의 경계가 사라졌다
몸과 마음이 하나가 되어 흐른다

노래한다
아름다운 사랑의 노래
허튼가락.

허튼가락, 자유의 음악

허튼가락, 〈동창이 밝았느냐〉를 끝낸 후 나는 새로운 작곡 방법을 찾고 있었다. 우연히 최동선 선생님을 뵙게 되었다.

"선생님, 공부를 하고 싶습니다."

"그럼 곡을 써와라."

"어떻게 쓰면 좋을지 짚어주세요."

선생님이 짚어주신 내용을 가지고 철저하게 설계하여 작업을 했다. 일주일 후 작곡된 악보와 설계 노트를 보여드렸다.

"됐다. 다음엔 이렇게 저렇게 써보자."

"선생님, 다음 곡 쓰기 전에 먼저 이 곡을 한번 봐주세요. 제가 혼자 만든 겁니다."

내가 〈동창이 밝았느냐〉를 보여드렸다.

선생님은 꼼꼼하게 오랫동안 악보를 들여다보셨다.

"니가 이제 예술가가 되었구나…… 작업은 이렇게 해야 되는데…… 이제 내가 너한테 배워야겠구나."

"선생님! 제가 열일곱 살 때 '바흐를 넘는 음악을 만들 수 없다면 작곡한다는 것이 무슨 의미가 있겠는가'라고 생각했습니다. 제가 바흐를 넘었습니까?"

실제로 작곡 공부를 처음 시작할 때부터 줄곧 나는 바흐를 당할 작곡가가 없다고 생각하고 있었다. 작곡이라는 전문적인 관점에서 보면 그 누구도 바흐 앞에서는 머리를 조아릴 수밖에 없다고 생각했다. 그래서 바흐를 이어갈 수 있는 작품을 쓸 수 없다면 쓰레기를 하나 더 보태는 것밖에는 안 된다고 생각했다.

"그려 그려, 넘었다! 악보 첫 부분 보는 순간 알았다."

"피아노 연주의 자유로움을 터득하지 않고 이러한 음악을 작곡할 수 있겠습니까?"

"아니다, 아니다. 그건 불가능하다."

"선생님, 고맙습니다! 이 음악을 '허튼가락'이라고 이름 붙여보았습니다."

"허튼가락…… 좋다."

사람의 몸과 마음은 직선 활동을 한다. 직선 활동이란 몸과 마음이 굳어진 상태로 활동하는 것을 말한다. 이것은 뜻에 따라 생겨나 타고난 기질과 함께 버릇이 되어 더욱 강력해진다. 이 직선 활동을 녹여 곡선 활동으로 변형시켜야 한다. 직선 활동은 얻는 것이 많은 듯하나 단 하나도 내 손 안에 잡히질 않고 곡선 활동은 아무것도 얻는 것이 없는 듯하나 단 하나도 내 손 안에 잡히지 않는 것이 없다. 모든 것이 녹아 흐른다. 보이는 것은 물이 흐르듯, 보이지 않는 것은 바람이 불듯…… 이것이 '허튼가락'이다.

진정한 자유는 관계 속에서 생겨난다. 내가 사람을 귀하게 여기면 상대방도 나를 귀하게 여기게 되고, 그러한 귀한 관계망 속에서만 우리는 진정한 자유를 얻을 수 있게 된다. 그 문제가 여의치 않으면 음악도 안 되고, 음악이 안 되면 그 문제도 안 되고, 그 문제에서 앎이 생기면 음악으로 이어지고, 음악에서 앎이 생기면 그 문제로 이어지고…… 서로서로 그렇게 한 덩어리가 되어 내 삶이 자유로 나아갔기 때문에 대자유의 음악, 허튼가락을 만들어낼 수 있었다. 그렇게 탄생한 허튼가락에는 필연적으로 사람을 자유로 이끄는 기능이 내재되어 있다.

허튼가락은 우리 조상이 남겨준 본本음악에서 나온 음 이외에 아무것도 덧붙이지 않았다. 내가 평생 공부한 서구적 작곡 방식을 하나도 안 쓰고 만들었다. 우리나라의 독창적인 음악 요소만 가지고 만들었으나 결과물은 전혀 새로운 음악이 되었다. 음식으로 비유하자면 된장 성분을 분석해서 아무것도 섞지 않고 전혀 다른 음식을 만든 셈이다.

우리가 '클래식'이라고 부르는 서양의 고전음악을 공부한 사람들은 대부분 즉흥연주를 두려워한다. 서양 고전음악에서는 작곡된 악보에 충실한 연주를 하는 일이 무엇보다 중요하기 때문이다. 재즈는 즉흥성이 핵심인 음악으로 알려져 있지만 그 실상은 매우 다르다. 즉흥연주의 형식만 남아 있을 뿐 연주자가 평소에 자기 스타일로 만들어 연습하던 곡조를 연주하는 일이 허다하기 때문이다. 다른 장르의 음악을 하는 사람도 대부분 이와 같다. 진정한 즉흥연주란 아무런 준비 없이 형편되는 대로, 되어지는 대로 흘러나오는 연주를 말한다. 왜 진정한 즉흥연주가 중요한가? 창의력의 원천이기 때문이다.

허튼가락 악보는 곡의 끝 부분에 아무것도 없는 백지가 나온다. 그 앞장까지 연주를 하다보면 자신이 갖고 있던 고정관념이 깨지면서 저절로 편안해지고 정화가 되어 백지에 이르면 즉흥연주를 할 수 있게 된다. 나한테 공부하고 영국과 프랑스의 음악원으로 유학을 다녀온 한 학생이 허튼가락을 연주하다가 저도 모르게 즉흥연주를 하고 있는 자신을 발견하곤 깜짝 놀랐다고 한다. 한 번도 즉흥연주를 해보지 않았기 때문에 평소 같으면 엄두도 내지 못했을 텐데 허튼가락을 연주하다보니 자신도 모르게 즉흥연주를 하게 된 것이다. 집에 돌아간 이 학생이 한밤중에 전화를 했다 "선생님, 도통 잠을 잘 수가 없어요. 유럽 음악계에 이 음악이 알려지면 엄청난 반향이 일어날 거예요. 이건 충격이에요!"

우리 농악에 '허튼상'이라는 게 있다. 최고의 기량을 가진 연희자가 흥에 겨워 박과 상관없이 즉흥적으로 상모를 돌릴 때 이를 '허튼상'이라 한다. 허튼가락에는 처음부터 끝까지 이러한 즉흥성이 녹아 있다. 그래서 이 곡은 연주하는 사람에 따라, 또 같은 연주자라 할지라도 연주할 때마다 달라질 수밖에 없다. 허튼가락은 장르에 갇힌 생각과 느낌을 걸러내는 필터 역할을 한다. 무장해제되는 음악, 평화의 음악, 자유의 음악이다.

지금까지의 거의 모든 음악은 박을 맞춘 음악이다. 시간을 균등하게 자르는 음악이다. 인간이 이해한 시간, 이성적으로 해석한 시간에 맞춘 음악이다. 시간의 틀에 갇힌 음악인 셈이다. 장르라는 것은 모양만 다를 뿐 각각의 다른 틀일 뿐이다. 클래식이든 재즈든 민속음악이든 저마다 그 장르 속의 불문율, 틀을 갖고 있다. 각각의 장르들은 완고한 벽으로 가로막혀 있다. 허튼가락은 이 벽을 허문다. 그러나 그것은 무질서의 소리가 아니라 장르의 선입견에 오염되지 않은 순수한 자기 내면의 소리, 즉흥의 소리, 자유의 소리다.

어떤 장르의 음악을 공부한 사람이든 허튼가락을 연주하다보면 자신이 공부해온 음악의 틀이 모두 해체되는 것을 느끼게 된다. 느낌과 감각과 형식 등 모든 습관이 해체되면서 이윽고 자유로워진다. 자유로워지면 창의력이 샘솟는다. 비로소 오롯한 자신만의 음악을 창조할 수 있게 된다. 이러한 상태는 명상과 같다. 모든 선입견이 사라진 맑은 상태에서 초롱초롱 빛나는 생동감을 얻게 되는 것이다. 허튼가락을 연주하는 일은 구름을 타고 노니는 것처럼 명상의 극치에서 노니는 일이다.

허튼가락은 악보만 볼 줄 알면 칠 수 있을 만큼 쉬운 곡이다. 바이엘을 끝낸 사람이면 누구나 악보를 보면서 연주할 수 있다. 하지만 그 깊이의 끝을 알 수 없는 음악이다. 그 사람의 깊이만큼, 그다움으로만 연주할 수 있는 음악이기 때문이다.

허튼가락을 감상하는 두 가지 모습이 있다. 하나는 조는 것이다. 어떤 사람은 이 음악을 들으면 참을 수 없이 졸음이 쏟아진다. 두번째는 점점 더 초롱초롱한 상태가 된다. 진정한 선의 상태가 되는 것이다. 흔히 명상을 한다는 사람들이 분위기에 취하는 경향이 있지만, 명상이란 깨끗하게 맑힌 다음에 초롱초롱 빛나는 데까지 나아가야 한다. 명상의 극치는 그 생동감이다.

허튼가락, 이 풍류의 음악은 생동감으로 넘쳐 있다. 한마디로 선 음악이다. 여기서 '선'이란 단지 'Zen'이 아니라, 仙(신선), 善(선함), 線(직선과 곡선), 禪(참선)을 모두 포괄하는 개념이다. 그래서 나는 한글로 '선'이라고 쓴다.

이천오백 년 전 나의 친구, 공자

〈동창이 밝았느냐〉 이후로 계속해서 《영산회상》의 세 가지 버전인 〈중광지곡〉〈유초신지곡柳初新之曲〉〈표정만방지곡表正萬方之曲〉을 토대로 〈가즌 풍류〉를 만들었다. 가즌 풍류의 '가즌'은 음식 만들 때 갖은 양념 다 쓴다고 할 때 말하는 그 '갖은'이다.

이어서 세종대왕께서 훈민정음을 창제한 뒤 백성들과 함께 즐기는 음악으로 만든 〈여민락與民樂〉을 토대로 〈나랏말싸미〉를, 〈대취타大吹打〉를 토대로 〈국유현묘지도國有玄妙之道〉를 작곡했다.

수제천, 가곡, 상영산, 영산회상, 여민락, 대취타…… 악보 이천 쪽이 넘는 방대한 양의 작품을 삼 년 만에 다 끝낼 수 있었던 것은 많은 분들의 도움이 있었기에 가능했다. 거문고 채인영, 피리 손범주, 대금·단소 신장식, 남창가곡 김경배, 여창가곡 한자이 선생 등. 특히 신장식 선생은 채보 외에도 작업에 필요한 잡다한 일을 많이 도와주셨다. 그리고 국립국악원에서 펴낸 우리 음악 악보도 많은 시간을 벌어줬다.

들어앉은 지 꼬박 삼 년 만에 계획했던 작업이 모두 끝났지만, 어쩐지 끝난 느낌이 들지 않았다. 마침표가 없었다. 번개처럼 하나의 기억이 떠올랐다. 언젠가 문희순 박사가 들려주는 공자 말씀을 들었을 때, 내 가슴에 크게 와닿는 것을 느꼈다. 내 상황에 꼭 필요한 말씀들이 『사서삼경』 어딘가에 마련되어 있을 것 같았다. 그래, 공자를 만나보자 싶어 성백효 선생께서 번역하신 『논어』를 보았다. 대전에 사시는 문희순 박사와 안동의 김만동 선생, 두 분은 시도 때도 없이 전화로 한자를 묻는 나 때문에 고생을 많이 했다.

『논어』를 읽으면서, "그렇지!" 무릎을 쳤다. 가슴이 툭 터졌다. 한 구절 한 구절 모두 내 얘기였다. 배우고 익히는 것이 기뻤고, 사람들이 알아주지 않아도 좋았다. 사람을 사랑하는 법을 배우는 것이 곧 공부의 본질이었다.

"세상에! 이천오백 년 전 공자가 내 친구라니!"

나처럼 사는 사람을 주위에서 보지 못했지만 내가 제대로 살아왔음을 공자가 말해주었다. 『논어』 안연顔淵 편 22장에는 번지와의 문답이 나온다.

'번지문인樊遲問仁한데 자왈애인子曰愛人이니라, 문지問知(智)한데 자왈지

인^{子曰知人}이니라.'

번지^{樊遲}가 인^仁이 무엇인지를 묻자, 공자^{孔子}께서 "사람을 사랑하는 것"이라 하셨다. 지^智가 무엇인지를 묻자, 공자^{孔子}께서 "사람을 아는 것"이라 하셨다. 이것을 내 식으로 조금 재미있게 표현하자면 이렇다.

어느 날 번지가 스승인 공자께 여쭈었다.

"선생님께서는 우리더러 자나깨나 열심히 공부하라고 하십니다. 도대체 무엇을 알기 위해 이렇게 많은 공부를 해야 합니까?"

'자신이 모시는 스승이 이미 성인임에도 저토록 공부를 열심히 하는데 아직 범부에 불과한 자신은 도대체 공부를 얼마나 열심히 해야 된단 말인가?' 번지는 죽을 때까지 공부해도 스승의 경지를 눈치조차 챌 수 없을 것 같은 절망감에서 여쭌 것이다.

공자께서 말씀하셨다.

"사람이다, 이놈아!"

"예? ……"

번지는 다시 여쭌다.

"그러면 선생님께서 그토록 강조하시는 인^仁은 무엇입니까?"

"바로 그 사람을 사랑하는 거지, 이놈아."

사람이 살면서 알아가는 모든 일은 결국 사람을 알기 위한 도구이자 과정인 것이다. 나를 알고 너를 알고 너와 나의 만남에서 일어나는 일을 알게 되면 삶의 그 어떤 것도 이해하지 못할 일이 없다.

공부란 사람을 아는 것이다. 사람을 사랑하는 것이다. 『대학』에서 말하는 격물치지格物致知가 그 공부의 요체임을 알게 되었다. "사물의 이치가 궁극에까지 이른 다음에 내 마음의 지식이 극진한 데 이른다物格而後知至"는 구절이다. 또 큰 학문의 길은 밝은 덕을 밝히는 데 있다大學之道 在明明德는 말도 무릎을 치게 한 말이다.

명덕明德, 하늘로부터 부여받은 밝은 덕을 누구나 가지고 있는데 살면서 가려진다. 그 본성을 회복하는 것이 공부다. 내게는 '이 뭐꼬'라는 화두가 곧 명덕을 밝히는 참선법이었다. 살면서 내게 생겨나는 모든 일을 잘 살펴서 이치를 발견하는 것을 나도 모르게 해왔다. 인간관계에서 찜찜함이 남았을 때, 이유를 모른 채 덮어두고서는 견딜 수 없었다. 그러다보니 마음 작용의 이치를 혼자 궁구하는 버릇이 깊이 배었다. 내가 여태까지 살아온 방식이 바로 '격물치지'였음을 알게 되었다. 『논어』와 『대학』을 읽어보니 내가 해온 공부 방법이 옳았구나 하는 확신이 들었다. 혼자서 외롭게 걸었는데 이 고전들이 크나큰 위로와 격려가 되었다.

이레 만에 『논어』를 다 읽었다. 『논어』를 통해 아름다운 한 인간을 만났다. 공자는 내게 위로와 용기를 주는 친구이자 스승이었다. 나의 삼 년에 걸친 음악 작업은 공자의 허여許與로 확실한 마침표를 찍게 되었다.

『논어』와 시작된 만남을 멈출 수 없었다. 『대학』『맹자』『중용』을 며칠 만에 통독하고는 『주역』을 붙들었다. 지금까지 보던 책과는 완전히 달랐다. '서'와 '경'은 다른 세계였다. 경은 신의 영역이었다. 주역을 붙든 지 이틀째 되던 날, 64괘가 생겨나는 이치를 파악한 후 그려 보았다. 셋째날, '건'괘를 읽었다. 넷째날, '곤'괘를 읽다가 책을 덮었다. 읽어서 될 일이 아니었다. 읽어서 될 일이 아니라는 것은 생각으로 궁구해서 되는 일이 아니라는 것이다. 복희伏羲를 만나야 했다. 세상 만물의 이치를 궁구해서 팔괘를 그린 그를.

보광사 해우소, 문을 활짝 열어놓고 똥을 싸고 있었다. 무심하게 숲과 나무를 바라보았다. 무심한 눈길에 나무 한 그루가 들어왔다. 나무 한 그루 속에 담긴 만물의 이치가 순간적으로 보였다. 복희의 깊은 통찰이 거기 있었다.

한 줄기가 두 줄기가 되고 그 각각의 줄기가 또 저마다 두 줄기로 나뉘고…… 그렇게 해서 커다란 한 그루의 나무가 되고 숲이 되는 이치가 마치 스위치를 켜는 순간 전깃불이 들어오듯 내 안에서 확 밝아졌다. 나무 한 그루가 온전히 내 안으로 들어오는 느낌이었다. 눈에 보이지 않는 세계, 말로 표현할 수 없는 세상의 이치가 나무 한 그루 속에 담겨 있었다.

바로 점을 쳤다. 해解괘가 나왔다. 풀어진 것이다. 나는 노래했다.

"인간사 세상사 졸업이다."

허망하기 그지없는 숙제풀이

교회가 없었으면 나는 보이는 세계를 꿰뚫지 못했을 것이다. 절이 없었으면 보이지 않는 세계를 짐작도 못했을 것이다. 우리 조상을 만나지 못했다면 지금의 '허튼가락'은 존재할 수 없었을 것이다. 공자를 못 만났다면 정밀한 사랑의 실체를 알 수 없었을 것이다.

신 내리듯 시작해 두드리고 두드린 후 열렸던 피아노의 자유로움. 가슴속에 가득찬 별들을 끄집어내기 시작해 죽음의 과정을 거쳐 마침내 터져나온 허튼가락. 그리고 열고 닫음이 어우러져 이루어내는 변화무쌍한 사랑의 흐름 속에 변함없이 존재하는 사랑의 본질을 알게 된 일.

공통점이 있었다. 지극한 관심으로 시작해 몰입으로 나아가 몰아를 거쳐 얻은 답은 '아무것도 없는 것', 즉 자유였다. 지극한 관심은 떨림이다. 떨림은 흥이다. 흥은 열정을 낳는다. 열정은 알 수 있음을 알 수 없음으로, 알 수 없음을 알 수 있음으로, 즉 자유로 나아가게 하는 결정적 수단이다.

'허튼가락'을 쓰고 나서 혼자 말했다.

"오롯한 내 음악은 원래부터 없었구나. 없는 걸 찾아 헤맸구나."

내가 부모의 몸과 마음을 통해 생겨난 것처럼, 우리의 음악 또한 조상들이 했던 음악에서 비롯됨을 깨달았다. 그 조상들의 음악이 곧 나의 음악이었다. 나 홀로 오롯한 나의 음악, 천상천하 유아독존은 없다는 것을 깨달았다. 다시 말하면 천상천하 유아독존의 뿌리를 본 것이다. 자연스럽게 화두가 풀렸다.

그러면서 우리 조상의 문화와 정신으로 관심이 넓어졌다. 음악을 통해 조상을 만나고 나니, 음악 외의 다른 문화재들을 봐도 그 시대의 실상이 그대로 전해져왔다. 이 땅에 남아 있는 문화유적지를 수도 없이 찾아다녔다. 산청의 구형왕릉은 백성의 피를 볼 수 없어 신라에 항복한 가락국 마지막 왕의 무덤이었다. 입구에서 멈췄다. 돌무덤 중간에 있는 액자 같은 구멍이 내 가슴의 구멍과 맞닿는 느낌이 들었다. 무덤이 살아 있는 것 같았다. 호흡을 함께하니 가슴이 저려왔다.

부여박물관에 가서는 '백제금동대향로'를 만났다. 아침에 들어가 향로 주변만 빙빙 돌면서 점심도 거른 채 시간을 잊고 물끄러미 바라보았다. 향로를 통해 조상을 조우하는 느낌이었다. 박물관 문 닫을 시간이 되어서야 할 수 없이 나왔다.

절을 안내하는 것 같은 안내판을 보면 '절인가?' 하며 들어갔다. 임진왜란 때 죽은 의병장의 위패를 모신 사당이다. 'ㅇㅇ사'라고 쓰인 표지를 보면 또 핸들을 꺾었다. 여러 번 이런 일이 반복되었다. '왜 하늘이 나를 이런 곳으로 인도하나?'

뜨거운 여름날 정자에 앉아 쉬는 할아버지, 할머니 들. 바로 내 할아버지, 할머니의 모습이었다. 조상의 모습이었다. 때로는 재밌는 이야기도 나누고, 같이 낮잠을 자기도 하고, 막걸리도 함께 마시면서 노래와 춤으로 어우러지기도 했다.

다녀보니 문화유적지 아닌 곳이 없었다. 조상 아닌 사람이 없었다. 일부러 조상을 만나러 문화유적지나 유물을 찾아다닐 필요가 없었다. 그저 다니기만 하면 조상도 만나고 조상의 빛난 얼도 만나게 되었다. 그저 발길 닿는 대로 흘러다녔다.

마지막 남은 숙제는 '이 뭐꼬?'였다. 이십 년 이상을 유령처럼 나와 함께 살아온 '이 뭐꼬?'의 생명은 커다란 의심疑心과 커다란 분심憤心이다. 그런데 나는 의심도 분심도 생기지 않았다. 한 번도 못 본 사람의 이름만 외우고 있는 것처럼 흥이 나질 않았다. '이 뭐꼬?'는 방편이다. 흥이 없는 방편으로 무엇을 얻을 수 있단 말인가. 어떻게 해야 흥이 날까? 먼저 절에서 배운 방법을 버렸다. 쉽지 않았다. 그러나 가차없이 버렸다. 그리고 내 나름의 방법을 찾았다.

　세 가지 숙제를 풀고 난 후 나는 삶의 모든 일에 흥이 없어졌다. 흥이 없는 것이 나의 흥이 되었기 때문이다. 흥이 없는 흥, 그것은 맑음이었다. 맑음은 풀어짐이다. 풀어짐은 자유다. 세 가지 숙제의 공통된 답인 자유, 즉 풀어짐으로 '이 뭐꼬?'를 들여다보았다. 몸에 찌든 마음의 흔적들…… 그 허망함을 타고 내려갔다. 모두 모두 풀어내려갔다. 몸을 풀어 마음을 풀고, 마음을 풀어 몸을 풀고, 그렇게 그렇게 풀고 풀어나갔다. 어느덧 껍데기는 사라지고 '이 뭐꼬?'의 알맹이 상태만 남았다.

　비로소 '이 뭐꼬?' 아닌 것이 없게 되었다. 의심의 '이 뭐꼬?'가 아니라 의심 자체가 떠오른 것이다. 이때부터 '이 뭐꼬?'는 부담스러운 숙제가 아니라 아름답고 행복한 삶의 원동력이 되었다.

이 뭐꼬?

기억할 필요도 없고 의식할 필요도 없고 없앨 수도 없고
보이는 대로 들리는 대로 냄새나는 대로
느껴지는 대로 만져지는 대로

그러나 있는 것이 아니다
분명하게 없으나 분명하게 찾을 수 없는 것이 단 하나도 없다

한 덩어리가 되었다
이 거대한 덩어리는 오래지 않아
눈을 감아도 까맣고, 눈을 떠도 까만 암흑으로 빨려들어갔다

그 순간
터져버렸다
그리고 사라졌다

하하하……
자칫, 숨 넘어가는 날까지 모를 뻔했다
속아도 정말 크게 한판 속았다
허망하기 그지없는 '숙제풀이'였다

그러나 분하거나 억울함이 없다
왜냐하면 '이 뭐꼬?'라는 하나의 착각이
만 가지의 착각을 불러들여 터짐으로써
모든 착각이 일시에 사라졌기 때문이다

하나의 착각은 나의 일이요, 내가 할 수 있는 일이다
그러나 이후의 모든 일은
내 일이 아니요, 내가 할 수 있는 일이 아니었다

터지고 나니
그나마 내가 할 수 있는 그 작은 일까지도
내가 할 수 없게 되었다

결국
내가 할 수 있는 일은 아무것도 없다

풍류

나는 기술 따로 삶 따로인 것들을 신뢰하지 않는다.
그 삶은 가짜이기 때문이다.
풍류란 기술과 삶이 따로가 아닌 삶,
기술과 삶이 아름답게 하나 되는 삶이다.

허튼가락을 완성하고 나서 몇 해가 지난 뒤에야 악보집을 만들어 세상에 내놓았다. 여섯 권으로 이루어진 악보집 제작에는 상상디자인 대표인 김대석 선생이 큰 도움을 주었다. 고서처럼 한 권 한 권 실로 묶어서 만들었다. 예술경영지원센터의 '2009 전통예술 해외진출 우수 프로젝트 공모사업'에 선정되어 그 지원금으로 미국, 독일, 프랑스, 러시아 등 삼십오 개국 해외 유수 음악학교, 음악가, 비평가, 민속음악학자, 도서관 등에 이백여 세트의 악보집을 발송했다.

　동양음악을 연구하는 민속음악학자들이 특히 관심을 보였는데 그중 캘리포니아 산타바바라 대학교 민속음악학장인 돌로레스 쉬Dolores M. Hsu는 허튼가락 악보를 보고 발송담당자에게 다음과 같은 메일을 보냈다. "그는 진정으로 창조적인 예술가이며 명상에 대한 그의 생각, 그리고 그가 말하는 풍류는 정말 영감이 가득하군요. 악보집을 보면 그가 서양음악과 동양음악 둘 다 정통했다는 점이 명백합니다. 의심의 여지없이, 그가 이룩한 자유는 장차 그를 대단히 중요한 작곡가의 위치로 끌어올릴 것입니다. 음반을 매우 들어보고 싶네요. 특히 〈동창이 밝았느냐〉를요. 임선생님의 악보집을 보내주셔서 다시 한 번 감사드립니다. 이것은 나를 일깨우는 경험이었습니다." 허튼가락을 높이 산 그 교수의 평가에 매우 기뻤다. 허튼가락을 알아본다는 것은 그 속의 우리 음악을 알아본다는 것을 의미하므로. 앞으로 우리 전통음악이 전 세계 음악학자들에 의해 활발히 연구되길 바란다.

허튼가락 작곡 과정에는 수많은 사람들의 도움이 있었지만 누구보다 각시의 헌신적인 도움이 절대적이었다. 2010년 7월 악보집 『허튼가락』의 출간을 알리기 위해 각시가 일하는 '효재'에서 음악전문가와 언론인을 대상으로 '허튼가락' 발표회를 열기로 했다. 전날 설렘으로 잠을 설친 후 새벽에 일어나 차에 몸을 실었다.

나는 각시가 일하는 공간에 가는 것을 별로 좋아하지 않는다. 왜냐하면 각시가 일하는 모습을 보면 마음이 짠하기 때문이다. 그래도 일이 생겨서 어쩔 수 없이 갈 때는 가자마자 나오기 바쁘다. 그런데 이날은 기분 좋은 설렘으로 두근댔다.

효재에 도착했다. 몇 달 만에 보는 각시인가. 저만치 떨어진 거리에서 각시의 모습이 눈에 들어왔다. 그런데 어! 손이 이상하다. 시선이 고정되어 조금씩 가까이 다가가던 나는 깜짝 놀랐다. 각시의 그 짱짱했던 손의 기운이 사라졌음을 알았기 때문이다. 내 시선이 손목으로 옮겨갔다. 손목이 늘어져 있었다. 각시의 손을 잡았다.

"손이 왜 이래?"

"괜찮아요."

마치 처음 본 남자에게 덥석 잡힌 손을 빼내듯 각시는 내 손에서 얼른 자기 손을 빼냈다. 그리고 바쁜 척 딴청을 부리며 내 시야에서 멀어졌다. 발표회를 마치고 학생들과 살고 있는 남원 집으로 돌아와 각시에게 전화했다.

"어떻게 된 건지 말해봐."

"병원에 갔더니 의사가 하는 말이 내 손 나이가 백 살이래요. 일 많이 해서 그렇지요 뭐. 걱정하지 마세요. 어머나, 그런데 참 신기하네요. 다른 사람은 아무도 눈치채지 못했거든요."

각시는 수다를 떨며 내가 말할 틈을 주지 않았다. 그로부터 몇 달이 지났다. 산속 조그만 암자에서 작곡하느라 여념이 없던 어느 날, 밤 열두시가 넘어 각시가 내게 전화를 했다.

"이외수 선생님께서 시를 써주셨어요. 작곡 좀 해주세요."

"불러봐요."

효재처럼

여자로 태어나 사는 일이 버겁거든

"좋네, 알았어. 근데 내가 지금 하고 있는 작업이 있거든. 그것부터 하고 나중에 천천히 만들게. 기다려봐."

막상 전화를 끊고 보니 이미 그 시가 내 마음에 들어와버렸다. 내 마음에 들어와버렸는데 어쩌겠나. 바로 작곡할 수밖에. 하던 작업을 뒤로 미루고 곧바로 곡을 붙였다. 그리고 각시에게 전화를 걸어 다 만들었는데 들어보라고 노래를 불러주었다. 좋단다. 그러면서 무척 기뻐했다. 나도 기뻤다.

아리랑, 아리랑 ✤

 우리 민족의 정서를 그대로 드러내면서도 누구나 즉각적으로 음악 속에 흐르는 사랑과 평화를 느낄 수 있는 곡으로 아리랑이 최고이기 때문이다. 음악전문가의 관점으로도 보통 사람들의 느낌으로도 아름다운 명곡인 아리랑. 옛날에는 지역마다 지역색이 살아 있는 아리랑이 있었는데 지금은 몇 가지만 남고 사라졌다. 지역의 특성이 살아 있는 아리랑을 되살리고 싶어서 공연을 하게 될 때면 그 지역 아리랑을 만들기 시작했다. 신불산 공연 때는 억새와 바람을 가지고 가사를 만들고, 경상도 정서를 살린 메나리조로 작곡을 하면서 사람들이 쉽게 부를 수 있도록 메기는 소리와 받는 소리를 같은 선율로 만들었다.

2010년 울주문화회관에서 연락이 왔다. '임동창의 울주 오디세이'
를 하자는 것이었다. 울주에 갔다. 선돌, 반구대 암각화 등 울주의 여
러 명소를 둘러보고 해 지기 전에 서둘러 가보자고 해서 힘들게 올라
간 곳이 신불산 간월재였다. 산바람과 억새가 나를 사로잡았다.

"여기서 합시다." 장소를 결정하고 돌아왔다. 그리고 얼마 뒤 다시
가서 밤중에 간월재에 올랐다. 억새밭 한가운데에 자리를 깔고 앉아
몸과 마음을 풀기 시작했다. 내가 판을 벌이고 놀아야 할 공간의 참
모습을 보기 위해서 하는 일이다. 스태프들이 물었다.

"뭐 하는 거예요?"

"신고식 하는 겁니다."

바람이 억새를 어루만지는 소리, 멀리서 들려오는 폭포의 울음소
리, 간간이 들려오는 풀벌레의 노랫소리, 이런저런 소리들을 머금고
나는 신불산의 내면으로 녹아들어갔다. 한 시간쯤 지났을까? 무언가
알 수 없는 소리가 내 입에서 맴돌았다. 신불산이 나를 울려 내는 소
리였다.

이 소리가 점점 내 가슴에 가득찼다. 마침내 신불산의 노래가 나
를 통해 흘러나왔다. 나는 이때 행복해진다. 내 노래가 아닌 그의 노
래를 내가 부르고 있을 때. 한 시간쯤 지났다. 자리를 털고 일어났다.
내가 만나본 신불산은 한마디로 평화였다. 그 평화 속에 눈물이 들어
있기는 하나 맑은 눈물이었다.

공연 당일, 사오만 평의 억새밭이 펼쳐진 간월재 정상의 능선에 피

아노 한 대를 놓고 즉흥 판을 벌였다. 사람들은 여기저기 모여 앉아 도시락을 까먹기도 하고 따끈한 차를 돌려 마시기도 했다. 누구라도 나와서 노래 부르게 했다. 나는 그 노래에 반주를 하며 흥을 돋웠다. 사람들은 서서히 고조되기 시작했다. 제 흥에 겨운 몇몇이 자리에서 일어나 덩실덩실 춤을 췄다. 내가 아리랑을 연주하자 관객들이 모두 아리랑을 함께 불렀다.

> 아리랑 아리랑 아라리요
>
> 신불산 간월재 넘어간다
>
> 근심도 걱정도 다 버리고
>
> 억새처럼 바람처럼 놀아봐요

그때 갑자기 하늘에서 사람이 내려왔다. 깜짝 놀라 보니 패러글라이딩을 하던 사람이 무대 위 내 곁으로 내려온 것이다. 얼굴이 발갛게 상기된 그 사람은 갑자기 내 마이크를 뺏더니 말했다.

"하늘에서 아리랑을 듣는데, 마 미치겠다 아입니까. 너무 너무 황홀해서 내려왔심더."

그러더니 그냥 갈 수 없다며 주머니를 있는 대로 다 뒤져 오만 원권 몇 장을 내게 주었다.

사람들은 박수치며 환호했다. 막 다시 하늘로 날아가려는 사람을 내가 붙들었다. 나도 그냥 돌려보낼 수 없으니 노래 한 자락 하고 가

시라고. 그 사람은 신명나게 노래를 부르고는 하늘로 날아갔다. 모두
가 하나 되어 자유롭고 신명났던 한판 놀이터였다.

중요무형문화재 제45호 대금산조 보유자 이생강 선생. 재즈 색소
포니스트 이정식 선생. 동편제 판소리 명창 전인삼 선생. 그리고 나에
게 공부를 하고 있는 송도영양. 이 공연을 위해 고생하신 울주문화예
술회관 스태프들, 나래연의 이선우 선생. 남모르게 구석구석 챙겨주
신 강형기 선생. 이외에도 내가 미처 알지 못하는 고마운 분들. 이 분
들이 있었기에 이날 오신 관객들이 모두 신선놀음을 할 수 있었다.

지금도 감사하다. 무대와 객석의 경계가 없는 자유로운 한판. 내가
늘 추구하는 일이다. 그래서 언제나 무대의 주인은 관객이요, 나는
그 관객의 가슴에 불을 지르는 역할을 하는 것뿐이다.

신불산에 이어 대구, 완주, 진주, 안동, 가조(거창), 놀뫼(논산), 상
주 어린이, 남원, 홍주 어린이, 금산, 서산 등 열다섯 개 지역의 아리
랑을 만들었다. 이 작업은 앞으로도 계속하게 될 것 같다.

전통음악의 현대화

2012년 1월 '보스니아―사라예보 페스티벌'에 초청을 받았다. 눈이 엄청 왔다. 찻길 아닌 길은 다닐 수도 없었다. 그래도 연주회장이 꽉 찼다. 작은 성당 같은 울림 좋은 곳이었다. 거기서 실험을 해봤다. 해외에서 최초로 허튼가락인 〈가즌 풍류〉를 연주하기로 한 것이다. 쉬지 않고 연주하면 두 시간짜리인데, 주최측에서 한 시간 정도면 좋겠다 해서 한 시간짜리로 편집을 했다. 과연 서양 사람들이 어떻게 들을까. 아마도 태어나서 처음 접하는 음악일 텐데…… 너무 궁금했다.

공연 당일에는 피아노 페달을 아예 쓰지 않고 피아노 의자 위에 가부좌를 하고 앉아서 악보도 낱장으로 놓고 넘길 때는 던지면서 그렇게 한 시간을 연주했다. 사람들이 자리를 떠나지 않고 계속 앙코르를 외쳤다. 짧은 곡들 중에서 단순하면서 서양 사람들이 친숙하게 알아들을 수 있는 자작곡을 계속 연주했다. 몇 곡을 쳤는지 모르겠지만, 도무지 사람들이 일어날 기색이 없었다.

이튿날 한 여학생이 호텔로 찾아왔다. 처음에는 내가 치는 걸 보고 장난하는 줄 알았단다. 허튼가락이 처음에는 그런 느낌을 준다. 그런데 점점 그 속으로 빨려들어가면서 자신을 맑게 만들어주었다고 했다. 감정이 묻어 있지 않은 순수한 음악이라는 느낌이 들었다고 했다. 처음에는 이게 뭔가 싶었는데 들을수록 자신이 위로받는 느낌이 들었단다. 그러면서 자신을 솔직하게 드러낼 수 있게 해주었다고 했다. "연주가 끝나자 나도 모르게 눈물이 흘러나왔어요. 너무나 아름답다…… 어떻게 저런 음악이 있을 수 있나 싶었어요."

오늘날 우리가 흔히 가곡이라고 알고 있는 현대 가곡들은 서양식 곡에 우리말만 갖다 붙인 것들이다. 노래란 원래 말이 갖는 악센트와 리듬이 기초가 되어 만들어지는 것이다. 노랫말이 멜로디의 기초가 된다는 말이다.

우리말에 어울리는 가곡을 만들고 싶어서 옛시조와 한시들에 곡을 붙여보았다. 나옹선사의 「청산은 나를 보고 말없이 살라 하고……」를 비롯해 하서 김인후 선생의 「자연가」, 부안 기생 매창의 시, 남아 있는 황진이 시조 여섯 수에도 곡을 붙였다. 그렇게 삼십여 편의 가곡을 작곡했다. 이 곡들은 내게서 노래를 배우고 있는 송도영양이 공연 때 자주 부르는 곡들인데, 청중의 호응이 좋다. 처음 접하는 음악임에도 많은 사람들이 우리 음악의 맑음과 깊음을 정확히 느끼곤 한다.

전통음악을 우리가 너무 모르고 있어 안타까운 마음에 피아노로 연주하는 정악 음반도 만들었다. 정악 중에《영산회상》《경풍년 / 염양춘 / 수룡음》《수제천》을 연주하여 세 장의 음반을 2010년에 냈다. 허튼가락 악보집도 그렇지만 이 음반은 조상에게 제사 드리는 마음으로 작업한 것들이다. 녹음은 아는 이의 별장을 빌려 한달음에 했다. 차 소리, 새소리가 나지 않는 한밤중에 작업을 한 데다 곡들이 워낙에 정적이고 풀어지는 음악이어서 녹음을 도와주는 스태프들이 곯아떨어지는 바람에 녹음이 중단되기도 했다. 성능 좋은 스피커로 들어보면 수룡음(가곡의 반주 음악을 기악으로만 연주하는 음악) 부분에서 코고는 소리를 들을 수 있다.

《1300년의 사랑이야기 1—정읍사》음반은 우연히 나오게 된 것이다. 광주 금호아트홀을 대관하여 〈수제천〉을 녹음했는데, 녹음이 끝나고도 대관한 시간이 한참 남았다. 그냥 심심풀이로 수제천 원곡을 내 스타일 대로 편곡한, 일명 '수제천 똥 버전'을 연주하기 시작했는데 그대로 꽂혀서 내리 즉흥연주를 했다. 그렇게 한달음에 열두 곡의 즉흥연주곡이 탄생하면서 《1300년의 사랑이야기 1—정읍사》로 묶였다. 그런데 그러고도 시간이 또 남았다. 내친 김에 금낭화, 은방울꽃, 금강초롱꽃, 남산제비꽃 같은 우리 풀꽃들을 주제로 작곡한 열 곡을 이어서 연주하기 시작했다. 그 음반이 《우리 풀꽃 이야기》이다.

《1300년의 사랑이야기 2—달ᄒ》음반은 마하어린이재단 주최로 열린 마하어린이도서관 건립을 위한 자선음악회 실황을 녹음한 것이다. 수제천을 모티브로 하여 만든 '작곡일기—1300년의 사랑이야기'에서 여덟 곡을 골라 연주한 것이다. 아득하고 설레는 사랑, 슬프고 애잔하지만 소망을 잃지 않는 사랑, 기도 자체인 사랑 등 다양한 빛깔의 사랑을 담았다.

그런데 정작 '허튼가락'은 아직 음반 작업을 하지 못했다. 〈동창이 밝았느냐〉 한 곡만도 CD 열 장은 족히 되는 분량이어서 만만치 않은 작업이다. 앞으로 해야 할 일들이다.

살아 꿈틀대는 피아노, 피앗고 ❁

나는 피아노가 싫다. 이렇게 말하면 다들 놀라지만, 악기로써 피아노는 정말 마음에 안 든다. 특히, 국악기와 협연할 때마다 피아노 소리가 우리 악기와 온전히 조화를 이루지 못하는 느낌이 들어 영 답답했다. 피아노 현은 쇠줄로 되어 있는데 현을 두드리는 해머를 부드러운 양털로 하다보니, 건강한 쇠줄의 소리 그대로가 아닌 인위적으로 만든 소리가 난다. 소리가 옷을 껴입은 모양새 같다고 할까. 서양 클래식에는 이 소리가 어울리지만 우리 전통음악에는 아무래도 어울리지 않는다. 마치 옷을 다 갖춰 입고 섹스를 하는 형국이다. 자기다움을 감추고 있는 느낌. 우리 음악에는 쇠줄이 갖고 있는 순수한 소리가 더 어울릴 것 같았다.

♫ 풍류

1998년도 즈음, 《여우야 여우야 뭐하니》 음반을 제작할 때 실험적으로 해머를 개조해서 쇳소리를 내보았다. 아쉬운 대로 원하던 소리를 얻을 수 있었다. 하지만 더이상 실험을 할 여유가 없었다. 십여 년이 흐른 뒤 내 음악을 찾는 숙제를 끝내고 본격적으로 피앗고 제작에 달려들었다. 우여곡절 끝에 양털 해머에다 흰건반 표면에 쓰이는 아크릴 혼합제와 경화제를 발라서 마침내 원하는 소리를 만들어낼 수 있었다. 직접 피아노 제작도 하고 있는 친구, 서상종이 제작에 큰 도움을 주었다. 이렇게 개조한 피아노를 피아노와 가얏고의 이름을 따서 '피앗고'라 이름 붙였다.

굳이 피앗고를 만들게 된 까닭은 피아노가 가진 소리의 한계 때문이다. 사람마다 얼굴이 다르듯 목소리가 다르다. 그런데 비엔나합창단의 소리를 들어보면 그 많은 사람들의 음색을 하나로 통일시켜놓았다. 서양인들이 생각하는 이상적인 사운드가 그러한 것이다. 피아노 같은 서양악기의 소리는 다소 평면적이다. 매끈한 하나의 톤을 내도록 만들어놓아 감성적이고 분위기 위주의 음악에 적합하다. 반면, 소리 자체의 생동감은 떨어지며 국악처럼 입체적인 음악을 연주하기에는 적합지 않다.

사실 피앗고를 만들게 된 더 큰 이유는 우리 음악을 연주하기에 적합한 피아노의 음색을 찾고 싶어서다. 피앗고는 양금처럼 여러 음색의 쇳소리가 함께 들린다. 더 건강하고 섹시한 소리, 살아 꿈틀대는 소리다. 그래서 우리 음악의 생동감을 표현하기에 더 적합하다. 또한 음량이 크고 입체적인 톤이기도 하거니와 소리의 에너지가 워낙 짱짱해서 원래 관현악단과 협연할 때에도 다른 악기 소리에 파묻히지 않고 자기 소리를 충분히 낸다.

피앗고 첫 발표회는 2012년 7월 21일 가나아트센터에서 〈중광지곡〉을 연주하면서 가졌다. 피아노와 피앗고를 나란히 놓고 연주했는데, 청중의 호응이 기대 이상이었다. 피앗고의 매력에 반한 한 관객은 그 자리에서 '한국·캐나다 수교 50주년 기념 공연'에 나를 초청했다. 관객들은 "이제 피아노 소리는 싱겁게 들려요"라며 피앗고의 음색이 우리 음악의 깊은 맛을 훨씬 잘 표현한다고 놀라워했다. 음악평론가 탁계석 선생은 이렇게 말한다.

"피앗고의 소리는 성공적입니다. 피아노가 오케스트라가 내는 소리를 대신할 수 있는 악기라면 피앗고는 국악관현악단의 소리를 다 담고 있는 악기에요. 양악과 국악이 남북보다 더 떨어져 있는데 이제는 이 두 음악을 융합시켜나가야 합니다. 피앗고가 그 역할을 할 수 있을 거라 믿습니다."

연주회장에 자리를 함께한 피아니스트 김주영 선생은 이렇게 말했다. "피아노 해머에 손을 대는 것은 피아노 연주자나 제작자에게 금기사항입니다. 임동창씨는 그런 금기를 깨고 전혀 새로운 사운드를 만들어냈습니다. 임동창씨는 악기도 장르도 가리지 않는, 모든 것을 통합해서 자신의 색깔로 만들어내는 통합의 아이콘입니다."

뜨거운 호응에 힘입어 새로운 피앗고 제작에 바로 착수했다. 양털 위에 경화제를 바른 '피앗고 I'은 음마다 톤의 차이가 크기 때문에 정악처럼 느린 음악에 어울리며 빠른 연주를 할 때면 다소 거칠게 들릴 수 있다. 민속악처럼 활달한 곡 연주를 위해서는 조금 더 균일한 톤이 나도록 만들어야 했다. 그래서 탄생한 것이 '민속악'용 '피앗고 II'이다. 양털 해머를 쓰지 않고 아예 다른 나무를 깎아서 해머를 새로 만들었다. 듣는 사람들의 흥을 돋우는 소리가 난다.

2012년 10월 5일 서울 남산국악당에서 '최옥삼류 가야금산조' 연주로 첫선을 보였다. '피앗고 II' 연주를 들은 많은 사람들은 춤을 추고 싶게 만드는 소리라고 얘기한다. '피앗고 II'의 음색이 댄스음악에 어울린다는 확신이 든다.

두 번의 발표회가 끝난 뒤 탁계석 선생은 이렇게 평했다.

"한국 음악사에 새로운 장을 열었습니다. 세계 음악사에서도 피아노를 가지고 이렇게 장난을 친 사람은 없었는데요. 경이로운 일입니다. 악기 간의 친화력이 아주 높아졌어요. 원래 피아노는 다른 악기, 특히 한국 전통 악기와 놀면 이질감이 듭니다. 공명이 많은 소리이기 때문이죠. 피앗고는 이러한 소리의 거품을 빼고 아주 한국적인 소리를 내서 다른 어떤 악기와도 친화력이 뛰어납니다. 또한 일방적으로 감상만 하는 피아노에서 관객과 소통하는 악기로 변신했습니다.

우리가 서양에 가서 쇼팽을 친다든지 베토벤을 친다고 해서 청중의 마음을 그렇게 울릴 수는 없습니다. 하지만 임동창 선생이 피앗고

로 우리 음악을 연주한다면 한국음악을 제대로 세계에 전파할 수 있
다고 봅니다. 한국음악이 세계로 진출하는 날이 반드시 올 것입니다.
이렇게 흥이 있는 음악, 관객과 소통하는 음악이 서양에는 거의 없어
요. 그저 조금 박수치는 것으로 끝이 납니다. 이렇게 얼쑤~ 하면서
관객과 소통하는 음악이 서양에 들어가면 공연장 문화 전체를 뒤집
어놓을 수 있습니다."

　사실 요즘 전 세계를 휩쓸고 있는 케이팝 열풍은 우리의 원류 음악
케이클래식이 있기에 가능했다. 서양 고전음악과 한국의 고전음악
을 모두 포용하고 원류의 품격을 잃지 않으면서도 둘을 아우르는 새
로운 음악 세계를 선보이자는 의도에서 탁계석 선생과 함께 케이클
래식 운동을 시작한 것도 이런 맥락에서다. 탁계석 선생은 '언제까지
우리가 남의 음악을 수입만 할 건가. 이제 우리 역량으로 고품격의
음악을 수출할 때가 되었다'고 말한다.

딴따라 음악, 여민락

서양 클래식과 현대음악을 파고들었다가 또 우리 전통음악과 운명적으로 만났지만 나는 대중음악과도 인연이 깊었다. 하지만 음악의 본질을 꿰뚫지 않고는 대중과 소통하는 음악을 만들 수 없다고 생각했다. 이제야 겨우 딴따라 음악을 할 수 있는 상태가 되었음을 느낀다.

클래식은 이미 사람들과 멀어졌다. 서양의 이름난 연주회장에 가도 나이 든 사람들만 객석을 채우고 있다. 동양 학생들이 없으면 줄리아드 음대도 문을 닫을 지경이 되었다. 요즘 사람들은 심각하고 무거운 음악을 더이상 찾지 않는다. 반면에 대중음악은 점점 더 우리 삶 속으로 파고든다. 삶의 진솔한 음악이므로 무엇보다 쉽다. 하지만 그만큼 천박해지기 쉬운 위험이 있다. 대중음악이 그런 함정에 빠져 있다. 기획사와 방송국이 만들어내는 음악은 대부분 상업성을 목적으로 대중의 기호에 영합하기 위해 용의주도하게 만들어낸 것들이다. 그래서 음악을 통해 감성이 획일화될 위험을 안고 있다.

우리 전통문화에서 대중음악은 민요였다. 하지만 일제시대를 거치고 민요가 천시되면서 해방 이후 전통적인 대중음악의 맥이 끊어졌다. 일본의 대중음악(뽕짝)이 주입되고, 해방 이후에는 미국의 대중음악이 그대로 수입되어 퍼졌다. 일본과 미국의 문화식민지시대를 거치면서 자기 정체성을 잃어버린 것이 지금의 우리 대중음악이다. 하지만 이제는 우리 정체성을 돌아볼 만한 여유가 생겼다. 마치 허기를 면하기 위해 죽자 살자 일해서 이제는 먹고살 만해진 것처럼 문화의 세계도 마찬가지다. 대중음악의 세계에서도 우리다움을 찾을 때가 되었다.

사람들의 감성을 일깨우고 자기다움을 찾을 수 있도록 도와주는 음악, 그러기 위해서는 음악을 만들고 연주하고 부르는 사람들이 그런 사람이 되어야 한다. 오늘날 대중음악가들이 대체로 자기다움을 찾는 공부를 안 하고 성공만 추구하다보니 결과적으로 생명력도 길지 못하다. 자기다운 자연스러운 아름다움에 바탕을 두지 않기 때문에 그렇다. 요즘 많은 배우들이 획일적인 미의 기준에 따라 성형수술을 해서는 자기다운 표정을 잃어버린 것과 마찬가지다. 수술로 본래 얼굴을 뜯어고치다보니 얼굴 근육이 자연스럽게 움직이지 않아 연기도 안 된다. 대중음악의 세계도 이와 비슷하다.

내가 꿈꾸는 딴따라 음악은 우리의 우리다움이 녹아 있는 음악이다. 듣는 사람이 자기다움을 찾을 수 있게 도와주는 음악, 달리 말하면 널리 사람을 이롭게 하는 음악이다. 홍익인간의 정신을 음악으로 구현하는 멋진 대중음악을 하고 싶은 것이다.

딴따라 음악은 쉬운 음악이어야 한다. 누구나 가까이 할 수 있고 즐길 수 있는 음악이어야 한다. 누구라도 단번에 따라 부르고 따라 춤출 수 있는, 대중에 영합하는 것이 아니라 대중을 평화로 이끄는 쉬운 음악을 하고 싶다.

여러 음악장르의 장점들을 수용하여 진화해야 한다. 작곡자들의 다양한 개성이 클래식을 풍요롭게 만든 것처럼 딴따라 음악도 작곡자의 개성 있고 완성도 높은 음악성이 필요하다. 우리 전통음악이 갖고 있는 우리다움과 흥을 쉽고 편안하게, 이 시대에 맞게 끌어내야 한다. 사랑과 평화의 에너지를 품은 우리 음악, 이 에너지가 면면히 흐르는 새로운 대중음악이 나온다면 음악으로 세상을 더욱 아름답게 만들 수 있을 것이다.

마지막으로 건강한 춤을 출 수 있어야 한다. 딴따라 음악은 '흥'이 핵심이다. 그 흥으로 저절로 몸이 움직여져야 하고 그 몸짓이 몸과 마음의 건강에도 이로워야 한다. 지금의 대중음악에 따라 움직이는 춤은 춤을 추는 사람들이 나이가 들면서 몸에 많은 이상을 겪는다 한다. 나이가 들면 몸에 무리가 가서 출 수 없는 춤은 건강한 춤이라 할 수 없다. 반면 우리 춤은 춤추는 사람의 나이에 상관없이 사람의 몸과 마음을 건강하게 만든다. 이렇게 멋진 우리 춤사위를 응용하여 새로운 춤을 만들고 싶다. 수많은 사람들이 함께 모여 건강한 음악과 건강한 춤으로 아름답게 흥을 낼 수 있다면 얼마나 좋을까.

딴따라 음악의 세계는 음악을 갖고 노는 세계이면서 삶과 하나 되는 세계다. 남녀노소가 함께 놀 수 있는 음악이다. 그래서 딴따라 음악의 궁극은 곧 '여민락與民樂'이다. 모든 사람이 함께 즐기면서 하나로 어우러지는 음악이다. 우리 전통 속에 이런 딴따라 음악 세계의 본질을 보여주는 것이 다름 아닌 〈각설이 타령〉이다. 자기의 성품을 보고(품바) 깨달은 바를 풀어내는(각설) 것이 〈각설이 타령〉의 본래 모습이다. 원효가 시장바닥에서 춤추면서 불렀던 〈무애가〉가 바로 그런 딴따라의 원형이라고 볼 수 있다. '품바'를 하지 못한 채 각설만 하게 되면 천한 음악이 된다. 성품을 바로 보는 공부, 이를테면 견성의 공부가 필요한 것이다. 그래야 진정한 '각설이 타령'이 가능해진다. 대중음악이 '각설'의 경지에 이르도록 만드는 것이다.

노래꾼과 춤꾼, 서양 악기와 전통 악기 연주자들이 한데 어우러져 만들어 내는, 가무악歌舞樂이 하나로 어우러진 판을 만들어보고 싶다. 이런 딴따라 음악을 제대로 하기 위해 풍류학교를 열어 어린 친구들을 선발해서 도제식으로 공부하고 훈련시킬 계획을 갖고 있다. 이때 기준은 재능과 열정만이 아니라 이 아이가 어떤 마음으로 음악을 하려고 하는지, 어떤 심성을 지니고 있는지를 보려고 한다. 음악을 통해서 자기 삶을 어떻게 구현하고 싶은지를 더 중요하게 보려고 한다. 공부도 도제식으로 생활을 함께하면서 배우고 익히는 방식으로 할 것이다. 음악을 좋아하는 젊은이들이 정치판과도 같은 대중음악 세계에 휩쓸려 자기를 잃어버리지 않고, 자신 속에 있는 사랑의 힘을 키우고 사랑의 기술을 익혀 그것을 음악으로 풀어낼 수 있도록 공부하게 하고 훈련시키는 것이 앞으로 남은 나의 가장 큰 과제 중 하나다.

새로운 만남

나는 열일곱 살 때부터 아이들을 가르쳐왔다. 피아노를 주로 가르치던 시절에는 단기간에 예고, 음대, 콩쿠르, 외국 음대 대학원 등에 학생들을 척척 붙여주었고, 최고 음대 학생들이 교수 레슨으로 해결하지 못하는 것을 몰래 배우러오면 이를 해결해주곤 했다. 하지만 그들은 원하는 목표에 이르면 그걸로 끝이었다. 나는 막혀 있는 곳을 뚫어주고, 허기진 배를 채워주는 역할에 그쳤다. 사실 서울대 음대생들이건 유학생들이건 근본 문제는 테크닉이 아니라 음악에 대한 사랑이 없다는 데 있었다. 이 불감증을 깨워야 음악이든 뭐든 제대로 될거라는 사실을 깨달았다.

어느 날 서천군에서 강의 제안이 왔다. 군민들을 대상으로 우리 음악을 주제로 이야기를 해달라고 했다. 나는 몇백 명 혹은 몇천 명을 모아놓고 일반적인 이야기를 하는 강연은 사람들의 근본적인 변화를 이루어내지 못한다고 생각한다. 그래서 단박에 거절을 하고 강연 제안을 잊었다. 그런데 행정상의 착오가 있었는지 어느 날 강연 일정이 잡혔다는 연락이 왔다. 담당자의 실수든 전달한 사람의 잘못이든 이미 잡혀버린 강연을 무를 수는 없었다. 곤란해지는 사람들이 많아지는 건 원치 않는 일이었다. 그렇게 충남 서천 군민을 대상으로 한 강연이 이루어졌다. 그것이 계기가 되어 서천군청 과장인 홍성언 선생이 '청소년들이 꿈을 찾고 이를 이루기 위해 무엇을 해야 하는가'를 주제로 강연을 하면 좋겠다고 요청했다. 나는 단 한 명이라도 사람이 바뀌는 게 중요하지 대중강연은 별 의미가 없다고 그랬더니 다른 방식으로 해보자며 적극 제안을 했다. 그것이 동강중학교 방과후학습인 '음악영재교실'을 열게 된 이유다.

초등학생부터 대학 졸업생까지 다양한 연령의 학생들이 서른 명 정도 꾸려졌다. 피아노가 너무 좋았는데 학교나 교수의 부당한 처사를 겪다보니 그 좋던 피아노까지 싫어졌다는 친구, 피아니스트가 과연 자기 길이 맞는지 모르겠다는 친구, 뭘 해야 좋을지 모르겠다는 친구…… 동기는 다양했다. 악보를 경전처럼 숭배하는 서양 클래식 문화는 연습이라는 미명하에 똑같이 흉내내는 훈련을 시키면서 아이들의 자유로운 감수성을 좀먹고 있다. 나는 그것이 지금 음악교육의 현실이라고 생각한다.

홍성언 선생의 딸도 대학에서 바이올린을 공부하다 휴학을 하고 방과후학습에 참여했다. 어느 날 학생들과 함께 차를 마시다가 그 아이에게 한마디를 건넸다. "너희 아빠 정말 멋지더라. 네 아빠 때문에 내가 이 학교에 왔어. 아빠가 너무 순박하고 좋은 분이셔서." 그런데 그 얘기를 듣던 아이가 고개를 저으며 말도 안 된다는 듯이 "우리 아빠요? 픽!" 코웃음을 쳤다. 나는 깜짝 놀라며 그 아이에게 숙제를 내줬다. "내일까지 아빠가 왜 싫은지 그 이유를 한번 적어와라." 내가 시작한 첫 레슨이었다.

다음날 아이가 쫄래쫄래 종이 한 장을 팔락거리면서 내 앞에 나타났다. 멀리서 보는데도 A4 종이에 두어 줄 정도가 적힌 게 보였다. '그래, 뭐가 있겠냐.' 속으로 생각했다. 아이는 "적으려고 보니까 별게 없더라구요."라고 했다. 아이를 앉혀놓고 이야기를 시작했다.

"너를 누가 만들었냐?"

"하느님이 만들었지요."

"그건 알 수 없는 것이지. 네가 알 수 있는 것 중에서 다시 생각해봐라. 네가 어디서 왔냐?"

"엄마요?…… 아빠?"

"그렇지. 부모가 널 낳았지. 눈에 볼 수 있는, 누구도 부정할 수 없는 것이 부모가 자식을 낳았다는 것이야. 네가 아플 때 가장 먼저 달려오는 사람이 누구냐? 부모지. 병이 들면 부모는 자신의 하나뿐인

장기를 떼어주고서라도 너를 살리려고 할 거야. 그런 큰 사랑을 가진 사람이 부모다. 사소한 잔소리를 한다고 해서 그 큰 사랑을 의심해서는 안 돼. 그럼 부모들은 왜 잔소리를 하는 걸까? 부모와 너희들은 시간상으로는 함께 가고 있지만 너희는 미래로 나아가는 반면 부모들의 마음은 거꾸로 과거로 가고 있기 때문에 그런 거야. 엄마, 아빠가 세상에 나왔을 때는 너희들이 사용하던 컴퓨터나 휴대폰이 없는 세상이었지. 태어나고서도 한참 후에야 그것들이 세상에 나오지 않았겠냐. 살아온 시대가 다르니 경험이 완전히 다른 것이지. 전혀 다른 문화에서 살아온 부모들이 미래를 향해 가는 자식들에게 자신의 경험을 쏟아부으니 당연히 갈등이 생기지. 그게 너한테는 잔소리로 들릴 거다. 하지만 하나만 놓치지 마라. 이 작은 것 때문에 부모의 커다란 사랑을 의심하면 안 된다.”

아이의 눈빛이 달라지기 시작했다. 다음날 홍성언 선생이 아이들과 차 마시는 자리에 들렀다. 아버지를 바라보는 딸의 눈빛이 고와졌다. “우리 아빠 멋있다……” 작은 소리가 들렸다.

다른 학생들의 사정도 비슷했다. 놀랍게도 서른 명이나 되는 학생들이 하나같이 부모와 사이가 좋지 않았다. 정도의 차이는 있었지만 다들 사소한 일로 부모에게 삐쳐 있었다. 서로 소통이 안 되는데 그냥 되는 척만 하면서 살고 있었다. 게다가 부모자식 간에 소통이 안 되는 것이 다른 인간관계에서도 반복되고 있었다.

아이들에게도 똑같은 이야기를 들려주었다. 아이들이 다들 숙연해

졌다. 놀랍게도 그뒤로 아이들이 부모를 대하는 태도와 눈빛이 달라
졌다. 아이들은 쉽게 변했다. 오히려 부모들의 태도가 잘 바뀌지 않
았다. 나이 든 부모들이 자신의 습관을 버리기란 아이들보다 힘들다.
그래서 부모들을 만날 때마다 이런 얘기를 했다.

"과거의 경험을 가지고 미래를 살아갈 자식을 가르치려 들지 말고,
관찰만 하십시오. 부모와 자식 사이에는 사랑만 있으면 됩니다. 아
이는 다른 사회, 다른 미래를 향해 가고 있어요. 그저 사랑만, 아이를
사랑만 하십시오. 어려움이 있을 때 가장 먼저 달려와서 털어놓을 수
있는 사람이 부모여야 합니다."

라디오 방송을 하던 시절, 청소년 성문화연구소의 전문가들을 불
러 이야기를 듣는 시간이 있었다. 나는 전문가들이 임신한 청소년들
에게 들려주는 첫번째 이야기가 뭘까 궁금했다.

"가장 먼저 부모한테 가서 이야기하라고 합니다. 이 첫 단계만 성
공하면 모든 상황은 변해요. 부모에게 가야 아이에게 가장 안전하고
필요한 최선의 해결책을 찾을 수 있지요. 그런데 아이들은 부모한테
상처를 줄까봐 항상 가장 나중에 부모를 찾아갑니다."

서천군에서는 음악교실의 방향으로 영재교육을 내세웠지만, 중요
한 것은 영재교육이 아니었다. 먼저 사람이 되는 것이 중요하지 음악
의 기량을 닦는 것은 두번째라는 확신이 들었다. 음악교실이 삶을 가
르치는 교실이 되어야 했다.

이전까지 나는 나이 오십이 넘도록 내 내면의 문제를 해결하기 위

해서 살아왔다. 내 안의 문제를 해결하느라 가족도 친척도 친구도 그 어떤 사회적인 문제에도 관심을 갖고 살아오지 못했다. 서천 아이들이 처한 현실이야말로 내가 최초로 만난 사회의 실상이었다. 세대 간의 불통을 그대로 보여주고 있었다. 세대 간에 쪼개지고 민족 간, 국가 간의 평화가 깨진 근본은 부모 자식 간의 문제에서 비롯되었음을 깨달았다. 내가 내 부모와 소통이 안 되는데, 밖에서 어떤 어른을 어른답게 대하고 공경하며 대화할 수 있겠는가. 내가 가장 가까운 부모와도 마음놓고 이야기를 못하는데 다른 누구와 진정으로 소통할 수 있겠는가. 그것이 제일 큰 문제라는 생각이 드니까 아이들에게 음악만을 가르칠 수는 없겠다는 생각이 들었다. 하지만 서천에서는 더이상 이 프로그램을 지속할 수 없었다. 풍류학교를 열어야겠다고 생각한 단초가 서천의 아이들이었다.

흥이 날 때까지 기다려주는 일

동강중학교의 음악교실을 그만둔 후에도 서천에서 만났던 아이들 중 몇몇이 나와 계속 공부하고 싶다며 찾아왔다. 내가 제일 마음이 약해질 때는 '학생'들이 내게 뭔가를 요청할 때다. 무언가를 배우려고 나한테 손을 뻗은 아이들을 내칠 수가 없었다. 모든 아이들이 천재인 것을 누구보다도 잘 아는 나이기에, 자신의 껍질을 벗어버리고 변화하고자 하는 학생들을 모른 척할 수 없는 것이다.

아이들과 함께 공부할 공간이 없었다. 그때 서천에서 공부하던 성호 부모님이 살고 있던 남원집을 쓰라고 내주셨다. 그렇게 남원으로 자리를 옮겼다. 서천이 '무엇을 가르쳐야 하는지'를 깨달은 곳이라면 남원은 그 구체적인 '무엇'을 연습할 수 있는 실험장이었다. 피아노를 잘 치고 싶으면 꾸준히 연습을 해야 하듯, 잘 살고 싶으면 사는 연습이 필요했다. 그것도 남과 함께 사는 연습이 필요했다.

성호는 간디중학교를 다니다 피아노를 치고 싶다면서 학교를 그만두고 서천으로 찾아온 학생이다. 하루종일 열심히 피아노를 치긴 했지만, 그 소리를 들어보면 무엇인가에 걸려 피아노로 도망간 것이 분명했다. 아이는 얼음장 같았다. '시니컬의 황제'라는 별명이 붙을 정도로. 이런 상태는 당연히 일상생활에서도 적나라하게 드러났다. 다른 사람과는 아예 눈을 마주치지도 않고, 밥 먹을 때 다른 사람들은 아랑곳없이 제 좋아하는 반찬만 골라 먹고, 어른이 들어와도 알은체도 하지 않았다. 일 년 반 동안 함께 지내면서도 선생인 나에게 인사한번 한 적이 없었다.

서천 시절, 하루는 한 어른이 연습실을 방문했다가 교실 바닥에 드러누워 눈만 멀뚱멀뚱 뜨고 알은체도 하지 않는 이 아이를 보고 기가막혀 내게 따져 물었다. 이건 교육도 아니라고, 어떻게 저런 학생을 두고 보시냐고. 이런 일들은 여러 번 있었고 그때마다 나는 그분들에게 말했다.

"쟤는 선생인 저한테도 그럽니다. 하지만 그게 제 교육법입니다. 조금만 기다려주세요. 그놈이 뭔가 걸려서 그런 겁니다. 그놈이 풀어질 때까지 저도 기다리고 있는 중입니다. 아직은 때가 멀었습니다. 봄이 와야 얼음이 녹죠."

생각해보자. 알은체도 안하고 바닥에 멀뚱히 누워 있는 녀석이 내 자식이라면 어떨까? 머리 끝까지 화가 나고 격분했을까. 그 아이가 내 자식이라면 아마도 "너 어디 아프냐?"며 달려가 이마에 손을 얹고 왜 이럴까를 먼저 생각하게 될 것이다. 어른들은 성호의 '그럴 만한 이유'에 대해 생각하고 기다릴 여유가 없었던 것이다.

물론 나는 성호가 아프지 않다는 것을 알았기 때문에 걱정하지는 않았다. 다만 자신보다 어린 아이들에게는 한없이 다정한 녀석을 보며, 원래 따뜻한 아이임을 확신했다. 그저 아이의 마음이 녹기를 기다렸다. 하지만 24시간 함께 지내는 다른 아이들은 이기적인 이 녀석과 함께 못살겠다며 매일같이 나에게 항의했다. 하루는 아이들 전부를 불러모았다.

"내가 성호 때문에 화낸 적이 있냐?"

"아니오."

"나한테 인사 안 한다고 내가 성호한테 인사하라고 가르친 적이 있냐?"

"아니오."

"그러면 모두 나처럼 해."

그렇게 몇 달이 흘렀다. 어느 날 여럿이 모여 차를 마시는 자리에서 내가 성호에게 "너는 원래 여리고 섬세한 놈이여"라는 말을 했다. 그런데 갑자기 성호가 황소울음을 울기 시작했다. 드디어 때가 온 것이었다. 기억조차 희미한 어린 시절, 아빠의 큰 목소리에 놀라 굳어졌던 응어리가 어른들에 대한 원망으로 이어지고 결국 사람들을 얼음장 같은 마음으로 대하게 됐노라고 성호는 울면서 얘기했다. 마음이 풀리면서 아이는 몰라보게 달라지기 시작했다. 하지만 이제부터 시작이었다.

머칠 후 여느 때처럼 성호가 피아노를 치는데 소리에서 혼이 나간 게 느껴졌다. 소리만 내고 있지 혼이 없었다. 내 경험으로 삼 일이 지날 때까지 소리 속으로 혼이 들어가지 않으면 피아노는 끝이었다. 삼 일이 지나도 소리에 혼이 들어오지 않았다. 성호를 불렀다.

"피아노 치는 게 재미있냐?"

"아니요."

"재미없지, 임마. 그럼 뭐가 땡기냐?"

그동안은 얼음 속에 갇혀 있었으니 피아노는 그저 도피처일 터였다. 피아노가 좋았던 게 아니라 숨을 곳이 필요했던 거였다.

"너 요즘 재미있는 게 뭐냐?" 아이가 대답을 못했다. 그래서 내가 한참을 기다리다가 되물었다.

"내가 이야기할까? 너 연애하고 싶지?"

아이는 너무 놀라더니 "네" 하고 답했다. 자연스러운 일이었다. 열일곱 사내아이의 자연스런 본능이었다. 나는 슬슬 아이에게 불을 당기기 시작했다. "그럼, 해야지." "연애를요?" 아이의 눈빛이 조금씩 살아나기 시작했다. "여기는 연애할 사람이 없잖아. 학교를 가야 연애를 하지." 남원에 오기 전 간디학교를 다녔던 성호는 "그럼, 간디학교로 다시 가요?”라고 물었다. “야, 간디학교 물 좋냐?” “아뇨. 물은 안 좋아요.” “임마, 그럼 물 좋은 데 가야지 왜 거길 가냐? 너, 내가 보니까 머리도 괜찮아. 그러니까 공부해서 좋은 학교를 가라. 네 가치를 높여야 좋은 여자를 만나지. 내일까지 공부할지 말지 결정해.” 나는 아이를 몰아붙였다(나중에 들은 이야기지만 성호가 공부를 하기로 결심한 결정적인 이유는 ‘물 좋은데 가’라는 내 말이었단다).

초등학교 2, 3학년 때부터 공부에 손을 놓았던 아이지만, 나로서는 녀석의 피아노 공부할 때의 암기력과 성실함을 알기에 일반 공부도 훌륭히 해낼 것이라는 확신이 있었다. 허나, 다그치고 몰아갈 때가 있고 여유를 줄 때가 있는 법이다. 나는 ‘공부’라고 하는 것만 걸어놓고 최종 결정은 스스로 하도록 내두었다. 물론 무작정 여유를 주지는 않았다.

에너지의 흐름이야말로 공부에서 가장 중요한 일이다. 피아노로 계속 자기 에너지를 모았다가 툭 터진 지금 성호의 에너지는 자연스러워졌다. 그것이 연애로 향하려는 것을 바로 찌르고, ‘공부를 할지 말지 내일까지 결정하라’고 했으니 나는 이놈이 어떤 결정을 할까 피가 말랐다. 건강한 결정을 해줘야 하는데, ‘선생님, 나 공부는 하기 싫어요’라고 하면 어쩌나 싶었다.

다음날 아이가 차※ 방으로 들어왔다. 걸어오는 몸짓에서 마음이 놓였다. “선생님, 공부 한번 해볼게요” 바로 부모님을 불렀다. 그리고 기왕 하는 공부, 우리나라에서 최고로 좋은 고등학교를 목표로 하라고 했다. 과학고, 민사고, 외고 중에서 고르라고 했다. 그리고 아이를 서울로 보냈다. 촌놈인데다가 환경주의자이며 공자를 좋아하고 『반야심경』을 외우는 놈이 서울의 또래 아이들과 어울릴 수 있을지 어긋나지는 않을지 내심 염려되었다. 며칠 후 아이에게서 전화가 왔다. "지금 학원에서 성적이 바닥인데요. 그냥 제 식대로 해보려고요." 나는 마음이 놓였다.

나는 피아노를 가르치는 방식이 있다. 억지로 집어넣지 않는다. 그저 제 맘대로 치라고 한다. 어찌보면 가르치는 게 없는 게 내 방식이다. 하지만 '도' 하나를 누르더라도 제 흥에 겨워, 누르고 싶어서 누르게 한다. 그런데 성호가 피아노를 배운 그 방식을 공부에 쓰겠다고 했다. 다른 아이들 껍데기만 쫓아간다면 기초를 소홀히 할 수밖에 없을 텐데 다행히 내게 배운대로 제 방식대로 하겠다고 했다. 9개월 후 성호는 대원외국어고등학교로 진학했다. 그리고 올해 성균관대학교 인문학부 4년 장학생으로 입학했다. 나를 만나지 않고 얼어붙은 상태로 피아노를 계속 붙들고 있었다면, 성호의 삶은 어떻게 되었을까.

마음의 중심을 잡는 것

 방방곡곡을 유랑하던 시절, 한 젊은이를 만났다. 디자인 일을 하고 있는데 그 길이 자기 길이 아닌 것 같다고 했다.

"어떻게 살아야 할까요? 대학을 졸업하고 잘 나가는 디자인 회사를 다니고 있지만 왠지 제 길이 아닌 것 같아요. 살아 있다는 느낌이 안 들어요."

나는 진정으로 하고 싶은 일을 찾으라고 말했다. 아직 늦지 않았다고. 그 친구는 옮기려던 직장의 면접을 보지도 않고 다시 나를 찾아왔다. 진짜 자기 길을 찾는 공부를 해보겠다고 했다. 뭐를 잘하느냐고 물었다. 춤을 잘 춘단다. 내 피아노 반주에 맞춰 춤을 한번 춰보라고 했다. 잘 추기는커녕 엉망이었다. 나는 아이를 앉혀놓고 설명하기 시작했다.

"네가 춤을 잘 춘다고 생각하는 이유를 한번 생각해보자. 너는 어렸을 때 어른들 앞에서 종종 춤을 췄을 거다. 그러면 어른들은 잘 춘다고 했겠지. 그러다가 대학교를 가고 친구들을 만나 나이트클럽 같은 데도 가고 했겠지. 어렸을 때 '나는 춤을 잘 추는구나'라고 생각한 것이 굳어져 지금도 잘 춘다고 여기는 거지. 지금의 네 상태와 상관없이. 맞냐?"

"네. 맞는 것 같아요."

"그럼 춤 졸업이다. 다음으로 뭐가 재미있냐?"

"선생님이 피아노 치고 있는 걸 보고 있으면 재미있어요."

나는 피아노를 쳐보라고 했다. 아무 건반이나 누르라고. 그리고 내가 흥을 돋우려고 낮은 음에서 보조를 맞췄다. 그랬더니 입이 찢어진다. 염화시중의 미소가 따로 없었다. 진짜 재미있어 하는 거였다.

"그럼 피아노부터 치자." 그 친구에게 맞는 연습곡들을 만들어주었다. 피아노가 이 친구의 길이 아님은 알고 있었지만 지금 당장 자기 길을 찾을 수 없으니 우선 재미를 느끼는 피아노로 탐색을 시작하게 한 것이다. 아이는 고향집인 전주에 내려가 하루에 열 시간 넘게 피아노를 치기 시작했다. 집에서는 난리가 났다. 잘 다니는 직장을 그만두고 내려와 하루종일 피아노를 치는 딸이 이해될 리 없었다. 나는 전주로 내려가 부모를 설득했다. 피아니스트가 되려고 피아노를 치는 것이 아니라 자신이 하고자 하는 일을 탐색하기 위함이라고. 원래 초등학생 때 거쳐야 하는 것을 이제야 하게 된 거라고. 같이 지켜보자고 했다. 부모도 받아들였다. 아파트 이웃들을 달래느라 어머니는 음식을 해 나르고 아버지는 방음벽을 만들어주었다. 그렇게 두어 달이 지났다.

나는 공부를 해오면서 터득한 게 있었다. 뭐든지 꽂혀서 열심히 하면 두 달이면 결판이 난다는 거였다. 계속하거나 그만두거나. 자기가 갈 길이 아니면 그만 둔다. 하지만 자기가 갈 길이면 계속 한다. 그것은 예외가 없었다. 삼일 혹은 일주일에 한 번 전주로 전화를 했다. 피아노를 쳐보라고 하고는 전화기 너머로 들었다. 사실 피아노 소리가 중요하지 않았다. 그저 기다렸다. 진이 빠지기를. 제 길이 아님을 스스로 알기를.

두 달이 지났는데도 아이에게서 아무 말이 없었다. 얘는 피아노가 아닌데, 때가 됐는데 왜 이러나 싶었다. 나는 그야말로 초긴장 상태였다. 그렇게 이 주가 더 흘렀다. 전화를 했는데, 목소리가 기어들어 갔다. "선생님, 저 이 주 전부터 피아노 안 치고 글써요." 나는 쾌재를 불렀다. 아이는 왜 그리 진득하지 못하냐며 혼이 날까 잔뜩 주눅 들어 있었다. 나는 가슴을 쓸어내리면서 얘기했다.

"피아노에서 글로 옮겨간 게 무슨 잘못이냐? 피아노 안 쳐도 괜찮아. 지금 글이 쏟아지면 마음껏 글을 써. 네 가슴속에서 일어나는 것을 진실하게 찾아 표현하면 그걸로 된 거다.”

내가 걱정한 것은 에너지가 새는 것이었다. 나를 만나기 전 이 아이의 에너지는 전부 분산되어 있었다. 아빠도 신경 쓰이고 엄마도 신경 쓰이고 직장사람들, 친구, 남자친구…… 신경 쓸 게 너무 많았다. 하나로 모아져야 할 에너지 덩어리가 수많은 갈래로 나뉘어진 상태였다. 그런데 공부는 에너지를 모으는 일이다. 두 달 동안 피아노로 모아진 에너지가 다른 곳으로 그대로 옮겨가야 했다. 예전의 분산된 상태로 되돌아가면 큰일이었다. 그런데 아이는 피아노 대신 글쓰기로 에너지를 옮겨간 것이었다. 나는 너무 기뻤다.

그리고 여섯 달 동안 아이는 오백여 페이지의 장편소설을 한 편 썼다. 글 쓰니까 재미있다고 했다. 본격적으로 작문을 해보라고 했다. 아이에게 문장 하나를 분석해주며 이런 구조로 한 문장만 써보라고 했다. 그런데 아이는 내내 그 한 문장을 쓰지 못했다. 그 한 줄을 못 쓰겠다고 했다. 글의 논리라는 벽에 부딪혀 의욕을 상실했다. 글쓰기도 졸업했다. 그러더니 슬슬 그림을 그리기 시작했다.

어느덧 아이가 나하고 공부하기 시작한 지 일 년이 흘렀다. 나는 아이에게 1년 동안 했던 피아노 연주와 글, 그리고 그림을 가지고 일종의 발표회를 하자고 했다. 사람들은 아이의 그림을 좋아했다. 나도 그 아이의 그림이 가장 좋았다. 너는 어떠냐고 물으니 본인도 그렇단다. 그런데 아직 제 길인지를 잘 모르겠다고 했다. 나는 제의했다. 일단 그림 공부를 하자고. 고구려 고분벽화의 문양 중 세 종류를 각각

천 장씩 삼일 만에 연필로 그리기를 첫 숙제로 내줬다. A4 용지에 삼천 장의 문양 그림을 그려왔다. 이제는 붓을 들고 똑같이 그려보라고 했다. 유화 붓만 써봐서 자기는 절대 못한다고 했다. 그래도 해보라고 했더니, 며칠 뒤 아주 신기하다는 듯이 말했다. 연필로 그릴 때랑 똑같다고. 하나도 떨리지 않고 부드러운 붓으로도 자유자재로 선을 그릴 수 있게 되었다고. 다음에는 사람을 그려보라고 했다. 사람을 그리는 게 너무 어려워서 엄두가 나지 않는다고 했지만 크로키 작업을 하게 했다. "나를 그려라." 자세를 바꿔가며 십 분, 오 분, 삼 분, 이 분, 일 분, 삼십 초, 시간을 점점 줄여가며 연습을 시켰다. 몇백 장을 그리고 나자 사람을 못 그린다는 아이의 고정관념이 사라졌다. 그림에 대한 징크스를 모두 깨뜨린 것이다. 이후로 벌써 오 년이 흘러 현재 고구려 고분벽화를 소재로 전시회를 준비중이다. 아주 행복하게.

공부라는 것은 무엇을 하느냐가 아니라 어떤 상태인가가 중요하다. 몰입된 상태, 그 몰입된 상태가 없으면 어떤 것을 해도 의미가 없다. 사람들은 글 쓰는 것을 잘하고 싶다, 그림을 잘 그리고 싶다, 피아노를 잘 치고 싶다, 제각기 잘 하고 싶은 것을 이야기한다. 하지만 하루의 일과를 적어보라고 하면 정작 거기에 투자하는 시간은 하루에 오 분, 십 분이 전부였다. 문제는 하루 오 분만 투자한다는 것이 아니다. 친구하고 얘기하면서도 '이걸 해야 하는데……' 생각하느라 친구 이야기에 집중을 못하고, 정작 잘하고 싶은 일을 하는 그 오 분

동안은 딴 생각을 하며 몰입하지 못하는 게 문제다. 투자할 수 있는 그 오 분을 신성한 시간으로, 아무것도 범접할 수 없는 시간으로 만드는 게 중요하다.

사람들은 에너지가 흩어져 사는 것이 습관이 되어 있다. 완전히 에너지가 모아진 상태로 집중하면 그 사람은 달라진다. 오 분을 몰입하면 그 자체가 폭발하여 십 분이 되고 한 시간이 된다. 그런데 이게 좀체 안 된다. 그래서 마음의 중심을 잡아야 하는 것이다. 마음의 중심이 잡히지 않으니까 휘둘리고 흔들리고 갈피를 못 잡는 것이다. 나는 아이들에게 그 마음의 중심을 잡는 일을 가장 중요하게 이야기한다.

삶의 기술을 익히는 공부

다양한 사람들이 남남으로 만나 오륙 년째 한집에서 살면서 공부를 하기란 쉬운 일이 아니다. 갈등이 없을 수 없다. 그 과정에서 자신을 돌아보고 대화를 나누면서 함께 성장한다. 내가 하는 역할은 그림이나 노래뿐 아니라, 어떤 마음가짐으로 생활을 하고 공부를 해야 하는지 가르치는 것이다. 남원에 와서 본격적인 도제식 교육을 하게 되었다. 십여 명의 젊은이들과 육 년째 같이 지내오고 있다. 내가 숙제를 끝낸 뒤 본격적으로 가르치기 시작한 첫 학생들이다.

가르치는 일은 내게 음악보다 더 중요한 일이 되었다. 사실 음악은 사람을 변화시키는 힘이 약하다. 공연은 일시적인 위안이나 감동을 줄 수 있을지 모르지만 사람의 삶을 바꿀 수 있는 것은 삶 속에서 가르치고 배우는 교육이다. 묘하게도 피아노를 공부하는 학생은 아무도 없다. 대학에서 피아노를 전공하고 내게 다시 피아노를 배우겠다고 왔다가 자기가 갈 길이 아니라는 사실을 깨닫고 길을 바꾼 친구가 두 명 있다. 피아노가 정말 좋아서가 아니라 그저 좋아 보여서 선택했을 뿐이라는 것을 알게 된 것이다. 기타를 전공하다가 작곡을 시작한 친구, 노래 공부를 하는 친구, 그냥 인생 공부를 하는 친구, 다양한 젊은이들이 모여 있다. 고등학교를 다니다 말고 이곳에 온 네 아이는 근처에 집을 얻어 같이 공부하기도 한다.

이곳은 자기를 찾고 삶의 기술을 익히는 공부를 하는 곳이다. 기량을 기르는 일은 배우는 자 스스로 알아서 하면 되는 일이고, 선생의 역할은 배우는 이의 정신을 일깨우고 점검하는 일이다. 다른 것들도 마찬가지지만 음악이든 그림이든 홀로 존재하는 것이 아니라 삶과 같이 흘러간다. 본디 에너지란 하나인데 어디에 쓰느냐에 따라 다르게 나타날 뿐이다.

그래서 음식을 만들어 먹고 청소를 하고 그 모든 생활이 음악과 그림을 배우는 과정이다. 학생들은 음식을 하면서 뭔가를 빠뜨렸거나 실수하면 '아, 내가 섬세하지 못해'라고 말한다. 삶 자체가 바뀌어야 소리도 바뀌고 그림도 바뀐다. 그래서 무엇보다 생활교육을 중요시한다. 돌아가면서 음식을 정성껏 준비하고, 아침저녁으로 청소하고, 신발을 가지런히 놓고, 누가 부르면 큰소리로 대답하는 것을 일상에서 몸에 배도록 한다. 이전에 소학에서 가르치던 것들이다. 이런 소소한 일들이 마음을 가다듬는 데 큰 도움이 된다.

단 두 사람일지라도 한집에 산다고 하면 미묘한 심리들이 생겨서 보이지 않게 서로에 대한 미움이 쌓인다. 나는 아이들에게 그것을 다 솔직하게 드러내고 살라고 했다. 섭섭한 게 있으면 드러내놓고 싸우기도 하고 서로 얘기하라고 했다. 사람들은 서로 불편한 마음이 있어도 그걸 물어보지 못하고 겉치레로 서로를 대한다. 물어보면 본격적으로 자기를 미워할 것만 같아서, 말을 안 하고 이 겉치레 관계라도 유지하고 싶어 한다. 나는 우선 터놓고 얘기해보라고 했다. 모든 올라오는 감정들을 터놓고 이야기하라고.

그렇다면 대화를 통해 서로의 관계가 맑아질까. 깨끗하게 서로를 이해하는 상태가 올까. 나는 그런 일은 절대 일어나지 않는다고 생각한다. 아무리 대화를 해도 서로의 관계는 바뀌지 않는다. 일반적인 관계의 뿌리는 사랑하느냐 미워하느냐 하는 감정이기 때문이다. 감정은 뇌에 한 번 입력되면 그대로 고정된다. 나는 아이들이 서로의 관계 해결이 대화로 안 된다는 것을 철저하게 깨달아야 한다고 생각한다. 한집에 살려면 확실히 그것을 알아야 한다고.

아이들은 시간이 지날수록 대화로 안 된다는 것을 알기 시작했다. 그러고는 대화로도 안 되는 걸 어찌 해야 하느냐고 물었다. 나는 아이들에게 이야기했다.

"사람과 사람이 마음으로 서로 소통될 수 있다는 건 이상적인 거지. 하지만 대화 백날 해봤자 소용없다는 걸 너희가 다 겪었잖아. 너한테 생겨나는 마음은 네가 해결해야 돼. 쟤를 딱 봤는데 미움이 올라왔어. 그 감정은 저 사람과 아무 상관없어. 신경 쓰지 마. 남 탓하지 마. 네 안에서 올라오는 이놈, 이 미움, 이 화를 어떻게 할 것인가. 문제는 그것뿐이야.”

시간도 흐르고 물도 흐르고 모든 것이 흐른다. 세상에 흐르지 않고 변하지 않는 건 아무것도 없다. 생명 활동을 하는 모든 것이 변한다. 시간차만 있는 것이다. 사람의 마음도 마찬가지다. 마음도 흘러가야 한다. 사랑도 미움도 흐르지 못하고 정체되면 불행해진다. 화가 올라와도 붙들지 않을 수 있다면, 흐르게 할 수 있다면 그것은 삶의 행복을 거머쥘 수 있는 테크닉이 된다. 그렇다면 구체적으로 어떻게 해야 할까.

나는 미움의 감정이 올라오면 그 상태로 멈추라고 말한다. 피하지 말고 멈추라고. 숨기고 괜찮은 척하거나 폭발하거나 둘 다 옳지 않다. 충실하게 그 감정과 함께하는 것이다. 만약 상대가 앞에 있어서 의식된다면 자리를 피하라고 했다. 화장실이라도 가서 그대로 일 분만 멈추고 있으라고. 누르려고 하거나 폭발하거나 하지 말라고. 그러면 그 감정은 절대 일 분을 넘기지 않는다. 이 경험을 한 번만 하면 사람이 바뀐다. 세 번만 하면 마음공부는 끝이 난다. 그렇게 마음이 흘러가게 할 수 있는 기술을 연습해야 한다. 세계적인 피아니스트도 ‘도레도레’부터 쳐서 지금에 이르렀듯 인생을 행복하게 사는 기술도 연습을 해야 한다.

　이렇게 연습하다보면 내 마음의 중심이 생기고, 그 중심이 미움이 아닌 사랑으로 가득차 있음을 알게 된다. 그렇게 남원 생활이 오 년 지났다. 자기밖에 몰랐던 아이들이 서서히 변하기 시작했다. 지금 아이들은 자신의 삶은 물론 타인의 삶에 대해서도 더 적극적으로 관심을 갖게 되었다. 관심이 곧 사랑이라는 것을 아이들은 안다.

　교육이란 어찌 보면 '타이밍의 예술'이다. 때를 알아야 한다. 선생의 역할은 학생의 상태를 잘 들여다보고 적절한 때 적절하게 개입하거나 빠져주는 것이다. 기다려야 할 때, 나서야 할 때를 통찰해서 적절한 방법으로 적절하게 행해야 한다. 적절하다는 게 어떻게 하는 건지는 말로 할 수 없다. 그 사람에게 애정을 갖고 진심으로 만나다보면 저절로 알게 된다. 사람을 아는 공부가 공부의 전부이다. 그리고 나를 아는 공부가 곧 사람을 아는 공부다.

　그런 점에서 나는 교육을 전공한다는 것이 모순이라고 생각한다. 자기 스스로가 죽어라 공부해서 내면을 갈아엎고 무언가 터득이 되었으면 안 가르칠 수가 없다. 내가 공부한 결과가 교육이고, 내가 가진 것을 진정으로 나누는 것이 교육이기 때문이다. 그래서 나는 기술 따로 삶 따로인 것들을 신뢰하지 않는다. 가짜이기 때문이다. 풍류란 기술과 삶이 따로가 아닌 삶, 기술과 삶이 아름답게 하나 되는 삶이다.

♬ 풍류

숙제를 다 풀고 나니 아무것도 할 것이 없었다. 사회적으로 살지 않았으니, 더욱 할 것이 없었다. 그래서 놀았다. 어떨 때는 허망하기도 했다. 너무 나이 들어 숙제를 푼 까닭이었다. 그런데 한편으로는 아무것도 걸리는 것이 없는 삶이 그렇게 행복했다. 그러다가 이 아이들을 만나 할 일이 생겼다. 이제는 아무것도 못할 것이 없다.

아이들을 가르치면서 어느 날 '사람아 근심하지 마라'라는 말이 떠올라 종이에 적기 시작했다. 그대로 계속 쓰고 싶어져 한달음에 몇십 장을 죽 써내려갔다. 잠언 같은 글들이다. 그렇게 세 권의 책이 나왔다. 이 책들은 읽는 책이라기보다 보는 책이다. 그것도 책을 보는 것이 아니라 책의 글귀를 통해서 자기를 들여다보게 하는 거울 같은 책이다. 그래서 이름도 임동창풍류『거울 경』『사랑의 거울』『마음의 거울』이다.

『거울 경』은 하루를 시작하기 전에 아무 쪽이나 펴서 그날 하루 어떤 마음가짐으로 살지 명상을 할 수 있게 만든 책이다.『사랑의 거울』은 사람 관계에서 생겨나는 사랑의 문제를 해결하는 데 도움을 주기 위한 책이다. 마음속에 어떤 질문을 품고 책을 펼치면 왼쪽의 글은 '점사占辭'이고 오른쪽 글은 그에 대한 해설이다. 주역의 384개 효사를 사랑의 점사로 바꾼 것이다. 점占에는 여러 가지가 있는데, 대개의 점들이 점 보는 사람을 점사의 노예가 되게 만드는 데 반해, 이 책은 점사와 해설을 통해 자신을 성찰하고 사람과의 관계를 돌아보게 하는 데 목적이 있다. 부피가 가장 두꺼운『마음의 거울』은 매일

아침 세수하듯이 자신의 마음을 씻는 용도로 쓸 수 있는 책이다. 『거
울 경』의 구절들을 짧게 잘라서 명상하기에 더 적합하게 만든 책이
다. 이 책들은 앞으로 펼칠 풍류학교에서 쓰일 교재들이다.

몸과 마음을 풀어라

 십대든 육십대든 자신의 사랑을 회복하려 노력하는 사람은 누구나 환영한다.

그러면 사랑을 회복하기 위해 우리가 해야 할 일은 무엇일까?

누구라도 나에게 묻는다면, 이렇게 말할 것이다.

"풀어라!"

내가 풍류학교에서 가장 강조하고 싶은 것이 이 '풀어짐'이다. 풀어짐만이 사랑을 회복할 수 있는 유일한 길이다.

사랑. 사랑이야말로 우리가 공부해야 할 전부다. 우주만물의 본성이자 이치이며 우리는 이 사랑을 떠나 살 수 없기 때문이다. 사람의 본성은 사랑이다. 그러나 여러 가지 정보와 고정관념들이 그 사랑을

가린다. 내가 이 세상에 태어나기 전부터 지녀온 정보, 태어나 살면
서 홍수처럼 쏟아져 들어오는 정보, 수많은 정보들에 의해 고정관념
들이 생겨나고 그 고정관념에 의해 사랑이 가려진 채 겉과 속이 다르
게 살게 된다. 나는 '겉과 속이 다름'을 미움이라 말한다. 이 미움을
걷어내고 우리의 본성인 사랑을 회복해야 한다. 어떻게? 풀어서.

　몸과 마음을 풀어야 한다. '저 사람은 어쩜 저렇게 이기적일까? 미
워 죽겠어.' '내가 이렇게 말하면 사람들이 손가락질할 거야. 진심을
애기하면 안 돼.' '저놈은 외제차 끌고 다니는데 나는 이 꼴이 뭐야.
어휴 창피해.' 온갖 고정관념들은 몸과 마음속에 박혀 우리를 경직시
킨다. 뒤틀린 욕망이나 병이 되기도 한다. 이렇게 경직된 몸과 마음
을 남김없이 풀어야 한다.

　풍류학교에서는 내가 정리한 몸짓, 마음짓, 흥짓으로 몸 구석구석
을 풀고, 머리를 텅 비우고, 어두운 감정의 찌꺼기들을 날려버리는
'푸는 법'을 가르치려 한다. 풀어져 저절로 몰입이 될 때 우리는 사랑
을 저절로 회복할 수 있다. 한편, 사랑을 구체적으로 공부하는 방법
도 두 가지가 있다. 옛 성현의 말씀을 통해 지성을 깨우는 것이다. 사
랑이 무엇인지 면밀히 알 수 있다. 그리고 자연을 관찰하고 자연과
하나 되는 체험을 통해 '어떻게 사랑을 실천해야 할지' 그 실상을 터
득해야 한다.

　풀어짐의 공부와 구체적인 사랑 공부를 통해, 이제 사랑 하나만 남
겨놓고 우리는 모든 틀을 벗어던져야 한다. 정치, 경제, 종교, 그 어

떤 틀도 완전하지 못하다는 것을 다 알지 않은가. 사랑만이 완전한 답이다. 정치, 종교, 경제의 이상은 결국 사랑이기 때문이다. 또한 사랑의 이념이 아닌 사랑의 실재만 남아야 한다. 그렇게 되기 위해서는 한 사람 한 사람이 자신의 사랑을 회복해야만 한다.

풍류학교는 배우는 사람 스스로 자신의 삶을 대하는 진정성을 회복하고 자발성을 띠게 하는 데 가치를 둔다. 어떤 사람들은 나에게 그림이나 글까지 어떻게 가르치느냐, 점점 늘어나는 학생을 혼자 감당하겠느냐고 하는데 그 점이 문제가 안 되는 이유가 여기에 있다. 가르친다는 것은 머릿속에 무엇인가를 넣는 것이 아니다. 오히려 그 반대다. 빼내는 것이다. 머릿속에 들어 있는 온갖 선입견들을 빼낼 수 있게 도와주는 것이다. 나는 학생들에게 '그게 정말 니 생각이야? 니 감정이야?'라며 자신도 모르는 사이에 젖어 있는 선입견들을 지적하곤 한다.

피아노를 전공하다 피아노를 더 잘 치고 싶어 내게 온 한 여학생이 있었다. 아이가 어느 날 나에게 말했다.

"선생님, 저는 정말 피아노가 좋아서 친 게 아니었어요. 저는 돈을 벌고 싶어서 피아노를 친 것 같아요."

"그래? 그럼 너는 돈 버는 게 좋은 거구나. 돈 벌고 싶어 하는 게 뭐가 나쁘냐. 이제 돈 버는 공부가 니 전공이다. 오늘로 피아노는 졸업이다. 축하해."

아이는 넉넉지 않았던 집안 형편으로 인해 피아노를 그만둔 적이 있었고 나중에야 대학교를 가기 위해 다시 피아노를 쳤다. 돈 때문에 피아노를 그만두었어야 했던 한恨과 피아노를 치면 레슨으로 돈을 벌 수 있을 거라는 생각 때문에 피아노를 쳤지 진정으로 피아노를 사랑한 것이 아니었다.

진정성. 내가 진실로 이 일을 얼마나 사랑하고 있는가. 이것은 자신을 통찰하면 쉽게 알 수 있다. 그리고 항상 그런 것은 아니지만, 진정성을 발견하면 자발적이 되기 쉬워진다. 자발성은 연습이 좀 필요한 일이다. 사회의 교육시스템이 인간을 비자발적으로 만들어왔고 우리는 이미 거기에 길들여져 있어 쉬운 일이 아니다. 그러나 끊임없이 자신의 몸과 마음이 하는 '짓'을 통찰하다보면 자발과 비자발을 구별할 수 있게 되어 스스로 깨어나는 데 큰 도움을 준다.

나는 풍류학교에서 학생들의 재능과 꿈을 찾아주고 싶다. 누구라도 자신의 진정한 재능을 알고 거기에 몰입하여 살 수 있을 때 행복하다. 그런데 그 진정한 재능을 찾고 거기에 맞는 바른 꿈을 꾸는 것은 정말 어렵다. 대한민국에서 내로라하는 대기업에서 고속승진을 거듭한 중년의 여성이 후배에게 이렇게 말했단다.

"난 꿈을 이뤘어. 좋은 회사에서 능력을 인정받는 유능한 회사원이 내 꿈이었거든. 근데 지금 생각해보니, 내가 꿈을 잘못 꾼 것 같아. 꿈을 이뤘는데 행복하지가 않아."

성호 이야기, 그림 그리는 학생 이야기에서 보듯, 사람들은 자신의 진정한 재능을 모른 채 잘못된 꿈을 꾸는 경우가 많다. 사람은 누구나 각기 다른 빛나는 재능을 가지고 태어난다. 어린 시절을 생각하면 모두가 얼마나 순진무구한가. 그러나 자라면서 이런저런 일에 울고 웃고, 어두운 정서들이 쌓이기 시작한다. 미처 자신의 재능을 발견하기도 전에, 결국 무엇인가에 걸려 한풀이 수준의 뒤틀린 꿈 혹은 선입견과 탐욕에 의한 어리석은 꿈을 꾸게 되곤 한다. 어렸을 때, 하고 싶은 것이 생기면 열심히 몰입해서 해보고 계속 할 일인지 아닌지 결정하는 과정을 거쳐 자신의 재능을 탐색해야 하는데, 우리 현실은 그렇지 않다. 초등학교 때 거쳤어야 하는 이 과정을 못 끝내 평생을 '이건 내가 하고 싶은 일이 아닌데' 하며 사는 사람이 대부분이다. 얼마나 가슴 아픈 일인가.

조만간 남원 생활을 정리하고 완주군으로 옮겨가게 될 것이다. 소양면에 풍류학교 공간을 준비하고 있다. 올 가을 완주로 터전을 옮기게 되면 풍류학교가 본격적으로 꾸려질 것이다. 나는 평생을 외롭고 치열하게 삶을 공부해왔다. 부모가 고생하면 자식은 좀더 편안하게 자라듯, 나의 후학들은 나처럼 치열하게 혼자 애쓸 필요가 없다. 많은 시행착오를 거치며 나는 나의 공부 결과를 쉽고 편안하게 풀어낼 수 있게 되었고, 치열함만이 방편이 아님도 잘 알게 되었다. 이제 이 모든 것을 풍류학교에서 많은 사람들과 행복하게 나누고 싶다.

풍류

내가 하늘로부터 부여받은 숙제 네 가지는 자유로운 연주, 오롯한 내 음악, '사랑이란 무엇인가' '이 뭐꼬?'였다.

나이 오십이 넘어 겨우 끝냈다. 내 인생의 족쇄가 이제야 풀렸다. 숙제 끝낸 어린아이와 다를 바 없다.

네 가지 숙제를 모두 끝낸 지금, 지금까지 살아온 내 삶의 결정체를 '풍류風流'라 부른다. 풍류는 어떻게 해야 건강하고 행복하고 아름답고 신명나게 살 수 있을까에 대한 내 나름의 답이다.

우리 조상들은 사람이 어떻게 살아야 가장 행복하게 살 수 있는지, 이미 삶의 문화로 우리에게 전해주었다. 그것이 바로 풍류風流다. 우리의 음악 속에, 핏속에 그 절대 자유의 에너지, 풍류가 녹아 있다. 지금도 국악의 대가들은 "우리, 풍류 한바탕하세" 그런다. 말하자면 음악도 '풍류도'를 수행하는 하나의 도구인 것이다.

역사적 사료에 풍류라는 말이 처음 쓰인 것은『삼국사기』에 나오는 최치원이 쓴 난랑비 서문이다.

'국유현묘지도 왈 풍류國有玄妙之道 曰 風流'(나라에 현묘한 도가 있으니 이를 풍류라 한다.)

유불선을 아우르는 사상이 우리 전통 속에 녹아 있음을 밝히고 있다. 풍류는 우리 민족의 사상이고 종교이며 놀이이자 생활이었다. 자유로운 피아노 연주와 오롯한 내 음악을 창작하는 일, '사랑이란 무엇인가' '이 뭐꼬?'라는 본질 찾기를 화두로 삼고 살아온 한평생을 돌아보니 나의 구도求道는 궁극적으로 '풍류'를 향해서 나아왔음을 알게 되었다. 그것을 음악의 한 장르로 풀어낸 것이 바로 '허튼가락'인 셈이다. 그런 의미에서 허튼가락은 음악인 동시에 삶이다. 인간이 어떻게 살아야 행복한지 그것을 드러내는 내 삶의 결정체라고 할 수 있다.

사람은 누구나 태어나고 자라는 과정에서 뭔가에 걸려 넘어진다. 그로 인해 몸과 마음이 굳어지고 불감증의 세계에서 살게 된다. 얼음처럼 굳어진 상태로 평생을 사는 것이 보통 사람들의 삶이다. 굳어지면 사는 것이 힘들다. 그래서 사람들은 끊임없이 위안거리를 찾는다. 또 자신이 걸려 넘어진 무언가에 집착해서 그릇된 열정으로 살기도 한다.

삶이 흐르기 위해서는 먼저 굳은 것이 풀려야 한다. 추접스럽게 따지지 말고 풀어야 한다. 그냥 풀어야 한다. 아무 조건 없이 풀어야 한다. 그러면 된다. 내가 풀리면 무슨 일이든 풀린다. 풀어지면 흐른다. 흐르지 않는 것은 가짜다. 진짜는 늘 쉼 없이 흐른다. 흐르는 것이 생명의 본성이다. 그 본성은 사랑이다. 사랑을 얻은 이는 그 사랑이 이웃으로 흘러가야 참으로 사랑을 얻었다고 할 수 있고, 돈을 얻은 이는 그 돈이 이웃으로 흘러가야 참으로 돈을 얻었다고 할 수 있다. 명예도 권력도 그것이 이웃으로 흘러가지 않으면 진짜로 얻은 것이 아니다. 내게 들어온 돈도 명예도 권력도 모두 내 이웃으로부터 흘러들어온 것이기 때문이다. 무엇이든 흘러들어와 흘러나간다.

사랑의 일은 자연스럽고 사랑과 멀어진 일은 부자연스럽다. 자연스러운 일은 하늘의 일이요, 부자연스러운 일은 사랑과 멀어진 사람의 일이다. 우리 본성 속에는 하늘의 이치, 자연의 이치가 들어 있다. 불감증에서 깨어나 자연스러움의 본성이 흐르게 해야 한다. 사랑이 깨어나 흐르면 삶이 곧 종교가 된다. 놀이가 된다. 이것이 풍류의 세계다.

아무것도 못 한것이 없구나
그저 하기만 하면 되는것을
한다는것은
삶을 느끼게 두는것이며
바람과 하나되는 숨결을
아는것이다

이것이 풍류로구나

래열이동림

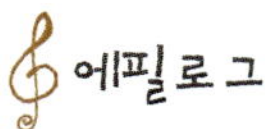 에필로그

모든 것은 하나다.
이 하나를 하늘이라 한다.

너도 하늘이요,
나도 하늘이다.
하늘 아닌 것이 없다.

몸과 마음의 풀어짐
깊고 깊은 풀어짐
죽음의 풀어짐을 통해
하늘을 대면한다.

그러나
하늘에 대해
아무것도 알 수 없다.

그저
하늘을
대면했을 뿐이다.

하늘은
보이는 것과
보이지 않는 것으로 이루어져 있다.

보이는 것은 몸이요,
보이지 않는 것은 마음이다.

몸과 마음은
하늘의 뜻에 따라
생겨나고
자라고
맺고
풀어져 돌아간다.

생겨나는 것은 즐거움으로
자라나는 것은 희망으로
맺어지는 것은 기쁨으로
풀어져 돌아감은 이해요, 사랑이다.

잘 풀어져 돌아가기 위해서는
잘 맺어져야 하고
잘 맺어지기 위해서는
잘 자라야 하고
잘 자라기 위해서는
잘 생겨나야 하고
잘 생겨나기 위해서는
잘 합해야 한다.

잘 합하기 위해서는
잘 선택해야 하고
잘 선택하기 위해서는
잘 분별해야 하고
잘 분별하기 위해서는
총명해야 하며

총명하기 위해서는
밝아져야 하며
밝아지기 위해서는
맑아져야 하며
맑아지기 위해서는
잘 비워져야 하고
잘 비워지기 위해서는
잘 풀어져야 한다.

내가 굳어지면
나를 해칠 뿐만 아니라
너도 해치게 되고

내가 풀어지면
나를 이롭게 할 뿐만 아니라
너도 이롭게 하게 된다.

몸을 풀면
마음이 풀어진다.
마음을 풀면

 에필로그

몸이 풀어진다.

몸과 마음이
완전하게 풀어지면

알
수
없
는

싱그러운 기운이 가득차

모든 일은
춤추고 노래하듯
저절로 이루어진다.

마음을 새롭게 하고
몸을 가볍게 하여
번데기가 나비로 탈바꿈하듯
자유와 신명이 넘치는
아름다운 삶을 살자.

나도 좋고 너도 좋고
두루두루 이롭게 하자.

노는 사람, 임동창
ⓒ 임동창 2013

1판 1쇄 2013년 5월 15일
1판 3쇄 2016년 10월 10일

지은이 임동창 | 펴낸이 염현숙

기획 김소영 형소진 | 책임편집 김소영 | 편집 형소진 | 모니터링 이민아
디자인 이효진 최미영 | 마케팅 방미연 우영희 김은지
홍보 김희숙 김상만 이천희
제작 강신은 김동욱 임현식 | 제작처 영신사

펴낸곳 (주)문학동네
출판등록 1993년 10월 22일 제406-2003-000045호
주소 10881 경기도 파주시 회동길 210
전자우편 editor@munhak.com | 대표전화 031)955-8888 | 팩스 031)955-8855
문의전화 031)955-8858(마케팅) 031)955-8870(편집)
문학동네카페 http://cafe.naver.com/mhdn | 트위터 http://twitter.com/munhakdongne

ISBN 978-89-546-2137-3 03810

* 이 책의 판권은 지은이와 문학동네에 있습니다.
  이 책 내용의 전부 또는 일부를 재사용하려면 반드시 양측의 서면 동의를 얻어야 합니다.
* 이 책의 국립중앙도서관 출판예정도서목록(CIP)은 서지유통정보지원시스템 홈페이지
  (http://seoji.nr.go.kr)와 국가자료공동목록 시스템(http://www.nl.go.kr/kolisnet)에서
  이용하실 수 있습니다. (CIP제어번호: CIP2013005466)

www.munhak.com